来自远方的回忆

朱乃肖 著

暨南大学出版社
JINAN UNIVERSITY PRESS

中国·广州

图书在版编目（CIP）数据

来自远方的回忆 / 朱乃肖著. —广州：暨南大学出版社，2024. 10
ISBN 978 – 7 – 5668 – 3623 – 6

Ⅰ.①来…　Ⅱ.①朱…　Ⅲ.①随笔—作品集—中国—当代　Ⅳ.①I267. 1

中国国家版本馆 CIP 数据核字（2023）第 015086 号

来自远方的回忆
LAIZI YUANFANG DE HUIYI
著　者：朱乃肖

出 版 人：阳　翼
策划编辑：潘雅琴
责任编辑：潘江曼
责任校对：孙劭贤　黄晓佳
责任印制：周一丹　郑玉婷

出版发行：暨南大学出版社（511434）
电　　话：总编室（8620）31105261
　　　　　营销部（8620）337331682　37331689
传　　真：（8620）31105289（办公室）　37331684（营销部）
网　　址：http：//www.jnupress.com
排　　版：广州良弓广告有限公司
印　　刷：广州市快美印务有限公司
开　　本：787 mm×1092 mm　1/16
印　　张：24
字　　数：377 千
版　　次：2024 年 10 月第 1 版
印　　次：2024 年 10 月第 1 次
定　　价：148. 00 元

（暨大版图书如有印装质量问题，请与出版社总编室联系调换）

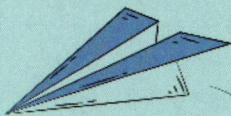

当我老了，满头银发，曾经健步如飞的双脚开始步履蹒跚，曾经活跃的思维开始变得迟缓，生活的年轮毫不留情地刻印在生命体征中。于是，在某个阳光明媚的早晨，或是在某个晚霞满天的傍晚，手捧一杯清茶，坐在摇椅上，翻开这本书，开始阅读。伴随着阅读，心灵重新插上青春的翅膀，在广阔的精神世界里遨游……

　　生命从远方而来，又向远方而去。在历史的长河中，某种程度上，可以说，每个人的生命都不过是微不足道的一瞬间，然而对个体而言，这一瞬又都是生命的过程，每一瞬间都有承载，都有辉煌，都值得品味，都有可能成为永恒……

回忆 来自远方的

目录 contents

第一章

爱恨交织的法兰西

　　法国被我称为第二故乡，在 2013 年出版的纪实小说《站在地球另一端的回望》里，充满了我对法国的深厚感情，文字在我的笔下挥洒，不知不觉中，对法国的描述占据了整本书的大半篇幅，从当年的留学生活，到近些年的学术交流，这些回忆几乎是我生命中最重要的一段历程的缩影。

　　现在这本《来自远方的回忆》凝聚着我对法兰西爱恨交织的情感以及难以忘怀的故事。

里尔——一个无法忘怀的城市

　　里尔（Lille）是法国北部最大的城市，也是北部—加莱海峡大区的首府和诺尔省的省会。它是法国第五大城，总人口数仅次于巴黎、里昂和马赛，居法国第四。

　　里尔历史悠久，传说建于 640 年，在中世纪早期已成为大都市，其原始居民是法国高卢人。里尔在工业革命后成为法国最大的工业城市之一，在历史上煤炭业、矿业和纺织业很发达。但是在 20 世纪六七十年代，这些行业开始衰退，从 20 世纪 80 年代开始，里尔的服务日益繁荣。它也是整个法国北部的经济、教育、交通和文化中心，拥有近百家跨国企业、数十所高等教育机构、两座国际性车站，并于 2004 年荣获"欧洲文化城市"的称号。

　　里尔的交通十分发达，自 1994 年英法海峡隧道建成后，它成为连接伦敦、巴黎和布鲁塞尔的转车台。

　　里尔是法国的经济重镇，零售业较为发达。国际著名零售商欧尚（Auchan）的总部就在这里，迪卡侬（Decathlon）、喀斯特拉玛（Castorama）、乐华梅兰（LeroyMerlin）等品牌也出自这里。

奇特的街景

　　拥有千年历史的里尔，最早可以追溯到中世纪的弗兰德斯伯爵领地。作为欧洲西北部的门户、重要贸易和工业城市，里尔饱经风霜，历经多次政治、经济危机，甚至是残酷的战争；历史也给这座城市留下了丰富的建筑和艺术文化遗产。来自不同国家的文化在这里交织汇集，就连欧洲人自己都承认，里尔的老城是最美的老城，是"欧洲建筑的活化石"。

　　2015年10月我第二次来到里尔，就立刻被火车站附近的街景深深吸引。大型的雕塑立于街道的主要位置，雕塑中有些是神话人物，有些是神兽，其造型栩栩如生。

里尔火车站

巨大的古代神话雕塑立于街头

雕塑

　　里尔市区街道旁边的建筑美不胜收。这独有的风景在世界其他城市很难看到，即使是艺术之都的巴黎，我们也不曾见到能将神话人物与古建筑群结合得如此美妙的。

艺术墙是一个不得不说的艺术品，建筑物墙体整面是一幅摄影作品，下方文字"LA VOIX DU NORD"则是"北方的声音"之意，这面墙后便是里尔歌剧院。在艺术墙前是一个由建筑群环绕的广场。

艺术墙前留影

这座拥有高耸塔尖的建筑是里尔市区的一座标志性建筑，展示着法国古建筑的美丽和魅力。在这里，游客会不由自主地驻足留影。

高耸入云的塔尖

临街建筑

　　在里尔，漂亮的建筑物比比皆是，历史的厚重感和艺术气息让我们流连忘返。

周日的广场

　　周日早晨，广场上人较少，除了餐馆在营业以外，其他商店都休息了。

里尔这座法国北方名城，出了不少名人，最著名的当然是夏尔·戴高乐（Charles André Joseph Marie de Gaulle，1890—1970），他是法兰西第五共和国首任总统。还有1926年诺贝尔物理学奖获得者——让·巴蒂斯特·佩兰（Jean Baptiste Perrin，1870—1942）。

逛旧货市场

西方的许多城市里都有旧货市场，记得在巴黎，我住在朋友王颖家，到了周末，她总会鼓动我到附近的旧货市场去"淘"些有价值的物件。2015年9月的一个周末，在她的鼓动下，我还真去了附近小区的旧货市场，那是居民区里一个规模不大的市场，只在周六和周日开市。商品基本上是居民自家闲置的日用品，大物件有摩托车、自行车、婴儿车；小物件更多，从锅碗瓢盆，到项链、胸花，甚至还有女孩子把自己小时候的洋娃娃拿来出售。

矗立在广场中央的雕塑

逛这种旧货市场，基本上"淘"不到有艺术价值或者收藏价值的东西，但是可以发现一些工艺精美的玻璃花瓶、陶瓷花瓶，还有一些法国人从非洲带回来的工艺品和一些奇奇怪怪的东西。

王颖告诉我，逛旧货市场的砍价原则是"对半砍"，且不要手软。大家的第一次报价都很离谱，但你真心想买，在讨价还价中，往往可以得到意想不到的价格。遵照这个原则，我在市场上看中了一枚古香古色的胸花。

这枚胸花工艺精美，体现在每个细节

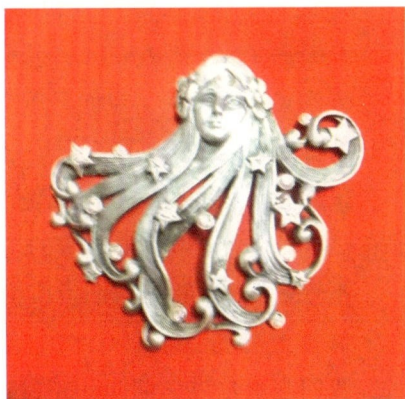

胸花

里。例如，女神头像很有古希腊女性的神韵，让我爱不释手。起初，我在摊位前徘徊了很久，最后，经过讨价还价，一枚报价 25 欧元的胸花，被我以 5 欧元的价格买下。卖主是一个上了年纪的老妇人，她说这么便宜卖给我，只是为了给这枚胸花找到一个懂得欣赏它的新主人。

她的话让我有些感动，似乎这枚胸花让我们两个素不相识的人，在这一刻成了知音。这就是巴黎，这个充满艺术氛围的城市，有品位的老妇人的话，让我久久不能忘怀。

还有一个收获，可以算是"淘"到一个铜制的特大夹子，有青绿色的铜锈，显示着年代的久远，正面有英文"希腊""雅典"字样，背面有一个女神 Epmhm（估计是这个女神的名字）。这是从希腊皇宫流落到民间的东西吧？因为普通老百姓怎么会用这样的大夹子呢？朋友王颖听了我的分析，不禁大笑起来，她说，也就是我这样自我感觉良好的人，才会对从旧货市场买来的一个生了青铜锈的夹子，能发表如此高见。

青铜夹子的正面

青铜夹子的背面

青铜夹子的正面，左面是英文"雅典"，右面是英文"希腊"。整个铜夹子很有分量，虽铜锈斑斑，但历史的沧桑感显露无疑。

王颖看到我的收获后评价说，我"淘"的旧货，也就这个东西属于有价值的。这个评价让我内心暖暖的。看来，人总是需要得到鼓励和赞扬的！

不管怎样，在巴黎逛旧货市场给我留下了很愉快的印象。

我们在里尔讲学期间，正好遇到一个周末，因此，我们也来到市中心，准备逛逛这里的旧货市场。

旧货市场大门　　　　　　大门前彩色气球群　　　　　　市场内景

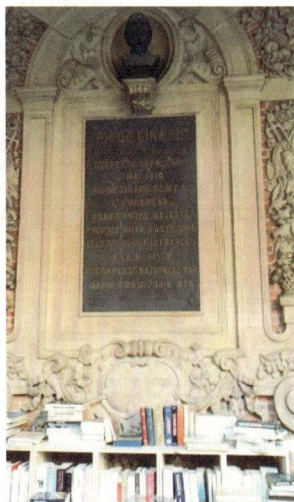

　　我们去的这个旧货市场被一栋四方形的古建筑包围着，中间是一个小小的广场和宽阔的走廊，许多卖家的货物就摆在这里。

　　旧货市场的小广场中心，有一个五颜六色、形态各异的气球群。我们到达时还不到中午，人流不是太密集，据说过节时这里热闹非凡。

　　市场的每面墙上都有一尊人物雕像，以及纪念他们的文字，我随意选了其中一尊走近，便看到了发明家菲利普·德·吉拉尔（1775—1845）。1810 年 5 月 7 日，拿破仑一世发出政令，肯定吉拉尔发明的一种亚麻织布机，并声称要给他报酬，然而有趣的是直到拿破仑三世时期，吉拉尔才得到了发明的回报。

　　市场的围墙上设置的都是法国历史上的发明家、历史学家、哲学家的雕塑及其介绍，环视这个围墙，就好像一座博物馆，历史的厚重感扑面而来，我们不由感慨，法国是一个非常尊重历史且注意保护文物的国家。

　　不论是对当地人来说，还是对外国游客而

旧货市场上的图书

骑马军人

醉酒者

言，逛旧货市场的同时，会增加不少对法国历史名人名家的了解，这也算是"淘"旧货之余的一个收获吧。

旧货市场上最多的要属图书了，可惜我对此并不感兴趣，倒是一些铜制的工艺品盘子引起了我的注意，经过挑选。我选中了两个铜盘子，暂且给它们取名为"骑马军人"和"醉酒者"。

"骑马军人"这个铜制盘子里刻有一个骑马的军人，背景是山丘、树林，还有两匹小马在围栏旁边，仔细观察，制作工艺还是很精细的。

"醉酒者"却是另一番景象，似在一个酒吧里有一个喝醉酒的男士，仔细看来，甚至可以看出这位男士醉醺醺的眼神，他的手里拿着一杯酒，桌上有一盘肉和一瓶酒，桌子旁边还有两位男士。"醉酒者"看起来工艺比较粗犷，人物在画面很突出的位置，但看不出年代，这一点让我有些遗憾。

我和同事用 24 欧元买了 5 个铜制工艺品盘子，平均一个盘子不到 5 欧元，也算是"淘"到了我们喜欢的宝贝。

享受法国大餐

2015 年 9 月 30 日，我们从法国巴黎戴高乐机场乘坐长途汽车来到里尔，两个多小时的旅途让我们感到饥肠辘辘。于是，入住酒店后我们直接来到酒店旁边的饭店享受午餐。

从严格意义上说，这顿饭称不上法国大餐，因为吃饭时是下午两点，已经过了法国人享受午餐的时间。

一走进餐馆，我就注意到一个黑板上的菜单。书柜中间的小黑板，写着餐馆当日的菜单。这是严格意义上的、很正宗的法国餐馆的菜单。第一个是份 10 欧元的套餐，应该是个公道的价格。

我知道，一般在法国餐馆就餐，如果逐个点菜的话，要花费较长时间，当时我们实在是又累又饿，于是我建议大家点套餐。这个套餐给我留下很深的印象，因为主菜是奶酪焗肉沫土豆泥，盛在一个热气腾腾的铁锅里，上面是一层厚厚的奶酪，散发着诱人的香气，中间是一个大大的由肉沫烩成的肉饼，下层是满满的土豆泥，分

餐馆酒柜

菜单

量非常足，以至于吃完这顿饭直到晚上都不觉得饿。

整个餐馆的书香气息给我留下深刻印象，这是在法国其他城市没有的。高高的书架上，图书和酒别致地摆在一起，让顾客觉得这不是一个吃饭的地方，而仿佛是图书馆中供读者小憩的地方。

餐馆的图书展柜

餐馆墙上的广告

　　餐馆毕竟是个商业场所，墙上的装饰就把餐馆的商业意图挑明了。墙上的牌子是餐馆代理销售的各种啤酒和葡萄酒的标志。

　　除了上面这个充满书香气息的餐馆以外，我们也去了不少有特色的餐厅，留在味蕾上的各种美味至今让人难以忘怀。

　　在一家非常正宗的法国餐馆里，墙壁上的油画让我们在享受大餐的同时也迎接了一份视觉盛宴，得到美的享受。

享受美味前的留影

法国特色装饰

我们的头盘和主菜终于上了，头盘是奶酪和青菜，主菜是海鲜，有海虹、煎鱼、大虾等。法国面包无限量供应，不过坦率地说，里尔的面包远远比不上巴黎的面包，巴黎新鲜出炉的法棍面包是我永远的心头好。

甜品是必不可少的，浓浓的热巧克力伴着草莓冰激凌，再配上一杯纯正的浓缩咖啡，这个滋味，是我一生的最爱，无论是在餐后还是下午茶，这样的搭配，往往使我的满足感达到顶峰。

头盘和主菜

热巧克力与草莓冰激凌

享受完美味之后的片刻安逸

　　我的许多朋友看到这里，都会笑话我，"一个小小的甜点，一杯纯纯的咖啡，就把你搞定啦"！是的，有的时候，人的需求就是这样简单。挣得千金万银，个人所需也无非是一张舒服的大床、一张宽大的写字台、一台顺手的电脑、一顿合口味的饭菜、一份在阳光下的下午茶，还有永远的法国甜点与咖啡。

享受教学的乐趣

　　2014 年 5 月，我来到法国里尔市与法国巴黎政治大学里尔分校签订学术交流协议。

　　你能想象吗？这座带着烟囱的红砖建筑，就是现在的法国巴黎政治大学里尔分校（Sciences Po Lille），只不过，2016 年时该校已经搬到新址了。

原法国巴黎政治大学里尔分校外景

学校近景，这座建筑的前身是一座纺织厂

走在学校里面，抬头就可以看到这样的画面：四层铁架子把两座红砖建筑连接在一起，学校的墙上还有一个铭牌，可见这里原是一个名为 François FURET 的工厂的历史建筑。

校园内的涂鸦也带着浓浓的工业气息。

校内涂鸦

一个大红色的校牌在红砖大楼的中央高高悬挂，不注意还真不容易发现它的存在呢！

事实上，这样的工厂建筑，在里尔郊区比比皆是。还有一个建筑引起了我们的注意，那就是这个标有 ONERA 的圆筒形建筑，经过了解才知道，ON-ERA 是法国航空航天研究院的缩写。也就是说，过去工厂的厂房，现在已经改造成航空航天研究院的研究室了，这算是工业城市向高科技城市转型的一个缩影吧。

就连我们住的酒店也是由旧厂房改造而成的。

红色校牌

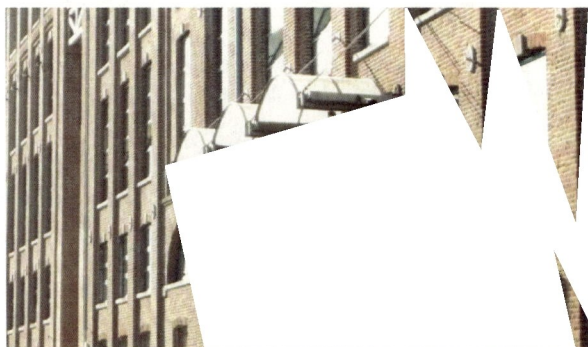

ONERA 远景

酒店外景

指示牌

　　如果没有 "Sciences Po.Lille" 这个指示牌，在一群旧厂房里，估计很难找到法国巴黎政治大学里尔分校。

　　这个分校全部安置在一栋红砖大楼里，和法国其他大学一样，学校只有课室、图书馆、教师办公室和行政办公室。学生下课就离开学校，回各自住处。

　　2014 年 5 月下旬，我代表暨南大学欧盟研究中心与法国巴黎政治大学里尔分校签订学术交流合作协议。正是因为有这个协议，两个学校便开始有了

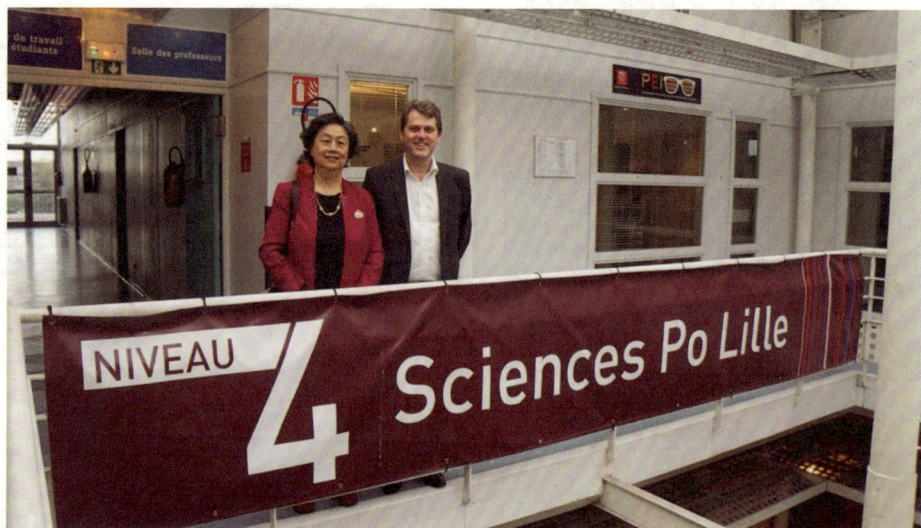

合影

正式的学术交流活动。我
和经济学院副院长刘德学
教授在 2015 年 10 月到这
个学校进行专题讲座。法
国巴黎政治大学里尔分校
外事处处长 Patrick Madel-
lat 教 授 和 他 的 同 事
Philippe Liger-belair 教 授
也 于 2015 年 11 月访问了
暨南大学经济学院。

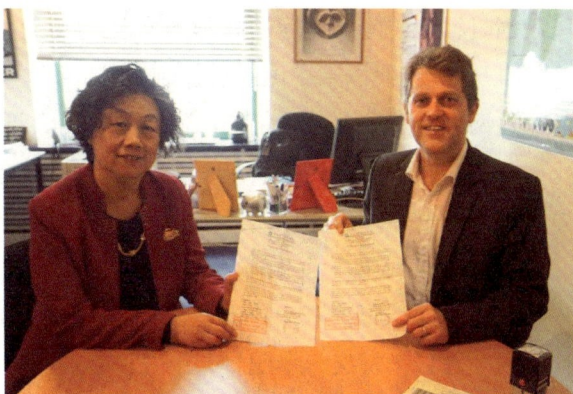

签署合作协议

凡是对法国有一定了解的人，都知道著名的法国巴黎政治学院（Sciences
Po）。这所大学的历史可以追溯到 1872 年，在普法战争结束后，埃米尔·布特
米等人创立了这所大学。法文校名"Sciences Po"取自大学原名巴黎政治科学
自由学校（Ecole libre des Sciences politiques），它设有 9 个研究中心，在政治
学、社会学、经济学和历史学四大学科领域享有国际盛誉。

然而，使这个大学真正扬名的是许多法国政要都毕业于此，例如，弗朗
索瓦·密特朗、雅克·希拉克、尼古拉·萨科齐以及弗朗索瓦·奥朗德，所以这
所大学也被誉为"政治家的摇篮"。

早在 20 世纪 80 年代我留学法国时，对这个学校就已有所耳闻，当时中
国文化部选出的不少公派进修生（其中有不少我的朋友）就是在法国巴黎政
治大学学习的。没有想到的是，二十多年以后，身为教授的我，有机会再次
来到法国这所著名的大学做专题讲座，这是当年留学时绝对没有想到的。

我们来到学校时是 2015 年 10 月 1 日，恰值中国的国庆节，于是，首先
映入我们眼帘的是学校入口电子屏幕上出现的鲜艳的五星红旗的图像，与"欢
迎中国暨南大学刘德学教授、朱乃肖教授到学校做学术专题讲座"的电子屏
幕，轮换出现。这确实给我们一个不小的惊喜。

走进大厅，我们还看到中法两国的国旗、欧盟的旗帜以及学校的校旗。
原以为是我们到达学校上课正好是中国的国庆节，学校才挂出中国国旗，后
来才知道，节日只是原因之一，因为学校对中国的重视，中国的国旗常年挂
在学校门口的大厅里，这让我们这些来自中国的师生有一种亲切感。

当时，学校门口大厅的电子屏幕上，"欢迎中国暨南大学朱乃肖教授做题为'自从80年代以来中国经济体制改革介绍'系列讲座"的欢迎语也非常醒目。这两块电子屏幕从我们2015年10月1日抵达直到10月9日离开，未停止播放，每次看到它，我都感觉非常亲切。最起码，我们的教学得到他们的充分重视，也许作为老师，被尊重的感觉比获得任何物质奖励都重要。

在这里，我给学生做"Economy Reform in China Since 1980s"系列讲座，一共有六次课，每次三个小时。为了让外国学生更好地理解这个讲座，我设计了六个题目，每次一个题目，第一讲是简单扼要地介绍中国的历史、文化、风俗习惯、哲学思维、饮食习惯、区位地理等。因为很多外国学生对中国并不了解，要在短短三个小时内，让同学们对中国有个总体初步印象，并不是一件容易的事情。我备课时花费了不少时间，才把如此多的内容浓缩在三个小时的讲座中，这一讲的准备时间远多于其他五讲。

第二讲是介绍中国的政治体制改革，因为政治体制改革与经济体制改革关系密不可分，虽然政治体制改革不是我的重点，但是如果学生对中国政治体制改革一点儿都不了解，那么也无法真正了解中国经济体制改革的进程。政治体制改革也不是我的专业长项，因此这一讲也花费了不少时间。欣慰的是，很多学生的考试论文里在谈论中国经济体制改革问题时，都谈论了与这

留影

一讲内容相关的政治体制改革，让我觉得自己备课的功夫没有白费。

从第三讲到第六讲是我最熟悉的经济体制改革内容，涉及中国经济体制改革的时期划分，不同时期的特点，国有企业改革与私有企业改革，中国农村改革，人民币国际化，互联网经济与工业 4.0，中国深圳低碳小镇试点等方面，我向同学们做了全面介绍。

讲课是一个脑力劳动与体力劳动相结合的过程，当然，作为老师，站在讲台上，注视着学生们渴望知识的眼睛，看着他们认真做记录，我非常享受这个过程。

因为是第一次在国外大学做系列讲座（以前在法国巴黎第七大学、第八大学里大多数是做一场或者两场讲座），对讲学的效果如何、学生是否能掌握所有的知识要点，我心里并没有数。直到一个多月以后，我回到中国开始接收注册我这个系列课程的 44 位学生提交的课程论文，在批阅论文的过程中，我再次体会到做老师的喜悦。

44 位注册课程的学生中有 41 位同学提交了论文，因为我的专题讲座并不是必修课，学生们自愿参加，不提交论文的学生只是没有分数，对其学业并无影响，但提交论文的学生，其分数可以计入总学分。

参加我的专题讲座的学生，不仅有来自法国的，还有来自美国、韩国、德国和中国的学生。其中几个来自中国的交流学生（来自中山大学、复旦大学等）告诉我，在法国，听中国老师讲解中国经济体制改革，感觉特别亲切，讲座的内容对他们来说非常熟悉，从某种意义上说，他们也是中国改革开放的直接受益者。

因为法国巴黎政治大学里尔分校是一个国际化程度相当高的院校，学生来自世界二十多个国家。大部分课程是用法语和英语授课的，我们的课程要求全程用英文授课。虽然我曾在法国留学，攻读的是法国经济学博士学位，但是回国以后使用法语的机会很少，法语大大退步了。因此在讲课时，我只是在比较风趣的解释中用一点儿法语，一是为了让学生有亲切感，二是因为我的法语已经不足以用来讲课，只能应付一些日常生活和简单对话。

阅读和批改学生的课程论文，于我而言，是讲课之外的另一种享受。41 位提交课程论文的学生，绝大多数获得良好和优秀，满分是 20 分的学分中，有 18 位同学得到 18 分，其余学生分数在 15 分左右。这样的成绩大大出乎我

授课

的预料。其中，印象最深的是一位得了 18.5 分的学生，他是最优秀的。这位同学写的是中国农村经济改革，难能可贵的是，他是在法国乡村跟着祖母长大的孩子，法国乡村的生活使他对中国农村的改革历程特别关注，他花费不少时间和精力为论文搜集资料，论文中不仅有我讲座的内容，还有不少他自己的观点，阅读他的论文有一种丰收的喜悦。

Philippe Liger-belair 教授告诉我，他教过的学生中，曾经最高得分是 19 分，是这个学校历史上的最高分。那么，这位得了 18.5 分的学生，应该也算名列前茅吧。我不禁为自己能有这样的学生感到骄傲和无比欣慰。

对于过了花甲之年的我来说，上课已经不是一种轻松的事情了。每次上课的时候我都很兴奋，讲起课来很激动。但是下课以后，累得连话也讲不动了。而且课间休息时，我必须及时补充能量，吃饼干，喝牛奶、热巧克力，否则就没有力气支撑下去，会有一种"能量不足"的感觉。

对我来说，现在给学生上课当然是驾轻就熟的，可是我不会忘记自己第一次上课时的窘况。

那是 1982—1985 年读硕士时的往事。因为我就读的是师范大学，学校要求每个研究生都要参与教学实践，也就是要给本科生上课。我记得当时是给本科三年级学生讲授"经济学原理"。每个课时是 45 分钟，我准备了近 2 个小时的教案。

因为是第一次上讲台，我很紧张，生怕讲不好，特别请父母当学生来试听。我父亲是中国比较教育学的三位奠基人之一，他的专长是研究而非讲课。我母亲是心理学教授，专长是讲课而非研究。母亲讲课时常常神采飞扬、声情并茂，经常获得学生们经久不息的掌声，她自己也非常享受讲课的过程。母亲讲课时中气十足，即使在百余人的大课室，也不用扩音器。她 70 岁高龄时仍坚持授课，还愿意讲下去，但是她当年的学生，也就是后来的领导们都不敢再聘请她了，怕她年纪大了讲课出什么意外。母亲 90 岁以后患了阿尔茨海默病，经常在半夜自己讲起课来，讲课的内容都是心理学知识，可见她对这个职业有多么热爱。

父母听我试讲的第一课是在家里进行的，至今我还记得他们认真的样子——手里都拿着笔和纸，一边听我讲，一边记录我需要改进的地方。我很庆幸自己成长在一个教师之家，父母对教育工作的那份热爱也传给了我。虽

和班里的学生合影

然在退休前的十年我才又回到教育领域，但是在此之前，在企业工作的十年，对企业员工的培训是我最乐意做的工作。

第一次走上讲台的经历并不顺利。虽然有家里的那次演练，但是真正走上讲台上课时，我还是出了洋相。准备近2个小时的内容，我不到30分钟就讲完了，然后站在讲台上，不知所措。这就是后来大家所说的"挂在黑板上了"。

好在听课的学生们刚刚从中学实习回来，他们的教学实习是给中学生上课，对我这样"被挂在黑板上"的情况非常理解。课间，不少同学来安慰我，提醒我："不要太紧张，语速不要太快，该重复的地方要重复两到三遍。"

结课后的喜悦一刻

这次经历非常难忘，后来，虽然讲课对我来说，可谓驾轻就熟、久经沙场，但是"被挂在黑板上"的经历至今不敢忘记。

上完最后一节课，我高兴地离开学校，但是没有想到，就在拍完下面这张相片十分钟后，发生了一件让我"恨"法国的事情。

街头的"惊心动魄"让我对法国"另有看法"

我的故事

我不会忘记2015年10月9日。当天下午5点多，就在我结束最后一个讲座，兴高采烈地在学校门口留影，然后步行返回离学校不远的酒店时，一件意想不到的事情发生了。

走在大街上，这里是里尔市的郊区，行人稀少。我的腋下夹着一个黑色手提包，漫步在夕阳下，一边走一边回味着愉快的教学过程，这是我到法国巴黎政治大学里尔分校做的最后一个讲座，一种久违的轻松感在心底油然升起。

很遗憾，这种愉快的感觉仅仅持续了十分钟，在我走回酒店的路上一个骑单车的小伙子从我身边飞快过去，抢走了我腋下的手提包，一瞬间，在我还没有明白怎么回事时，那个小伙子骑着自行车已经不见踪影。

在那一瞬间，我站在路边愣住了，大概一分钟后才缓过一点神来，明白发生了什么，于是大喊起来。当时天还是很亮的，大马路边有来来往往的车，尽管我不住地向那些汽车招手，但是没有一辆肯停下来帮助我。

我继续向前走，途中碰到两位法国中年男子，我用法语和英语告诉他们"我被抢劫了，请求帮助"，他们冷漠地摇摇头，拒绝帮忙。

就在我失魂落魄地继续在路旁寻求帮助时，四位高中学生路过，他们善良和纯净的面容，让我至今难忘。他们在我身旁停下来，问清楚事情来由，然后打电话报警。我因为手提包被抢，手上没有电话，身上没有一分钱，惊吓、恐惧使我的心脏病和高血压立刻就犯了。我瘫坐在地上，感觉天旋地转。

四位高中生虽然热心帮我打了电话，让惊恐万状的我有了一丝丝安慰，但是警察并没有来到事发现场。他们四个人又再一次给警察打电话，让我用法语再一次描述实施抢劫的小伙子的体型、年龄和抢劫的时间、地点等细节，警察在电话中让我们原地等待，然而我们等了几乎三十分钟，连一个警察的影子都没有见到。当时他们看见瘫坐在地上的我，一时也没了主意，只是一个劲儿地问我："是否要叫救护车？"我估计当时我的脸色一定非常苍白。

就在大家都一筹莫展时，听我讲座的美国籍学生 Gabrielle Blackman 正好经过这个地方。我永远不会忘记在那个最困难的时刻，她伸出的援助之手。

她扶起瘫坐在地上的我，对我说："老师，我送您回酒店吧。我们外国人在法国被抢，就算警察来了，也只会被带到警察局做个笔录，没有人会帮你追究这个事情的。"（后来我的许多朋友告诉我，Gabrielle Blackman 的话没错。事实上，路上被抢一个手提包，对警察局来说，真是一个不足挂齿的小案子。即使在法制比较健全的法国，也没有警察会重视这样的事情。）

于是，Gabrielle Blackman 扶着我，一步一步向酒店移动，之所以说"移动"，是因为我当时头晕目眩，眼睛都是闭着的，完全靠着她的支撑，我才回到酒店。

在酒店大堂，我躺在沙发上，意识完全不清楚，估计低血糖也犯了，当时的血压在 160/110mmHg 之间，低血糖与高血压同时发作，使我头痛欲裂，神志不清。

此时此刻，来了一位法国女士，应该也是一名住客，也许还是位医生吧，她看到我的情况，赶忙从大厅旁边的餐桌上拿了一小包白糖倒在我的嘴里，接着又给我喝了一罐含糖的汽水，十几分钟后，我的低血糖症状有所缓解，神智也慢慢开始清醒，Gabrielle Blackman 一直陪着我，看到我的情况有所好转，才离开酒店。

回到房间已经是下午六点多，我依然头疼、头晕，躺在床上惊魂未定。当时我有三个选择：第一，通知法国学校负责外事的老师，让他们到警察局再次报案；第二，叫救护车到里尔市区医院看急诊；第三，自己平静下来，服用备的镇静药和降血压药。

好在与我同行的同事在此时非常镇定，在他的建议下，我们选择了第三个方案，服用自己带来的药，在酒店静养，几个小时之后，药效开始起作用，我的血压趋于平稳，头疼有所缓解，整个人也从过度惊吓中缓过来了。

后来回国以后，头疼、失眠和右边脸麻木的症状一直没有缓解，以至于我不得不到医院住院治疗，医生诊断为"惊吓后遗症"。为了治疗这个后遗症，我又经历了相当长的康复阶段，这是后话了。

2015 年 10 月 9 日在里尔郊区街头被抢，也许是一个偶发事件，与 2015 年 11 月发生的震惊世界的法国巴黎恐怖袭击事件相比，简直不值一提。但是，这一事件不仅对我的精神造成极大的损害，也使我对法国的看法有所改变。

在过去几十年的时间里，我把法国当作自己的第二故乡，因为无论是当年的留学生活，还是近几年频繁的学术交流活动，法国之行都给我留下美好而深刻的印象。当然，这并不意味着这个国家是完美无缺的，只不过很多不愉快，或者不幸的事情没有发生在我的身上罢了。

Mary 的故事

遇到抢劫事件后，我和法国朋友以及在法国旅居多年的中国朋友说起这样的事件时，没有想到的是，旅居法国的华人朋友们，十之八九都有类似的经历。甚至我的论文指导教授——希腊经济学家 Koatas Vergolous，其夫人——一个旅居巴黎几十年的希腊人，也有类似的经历。

我的好朋友 Mary 也告诉我她经历的一次被抢劫事件。那是十年前一个冬季的傍晚，她带着孩子走在回家的路上，两个小青年突然从一条斜马路旁窜出来，把她推倒在地，对她拳打脚踢，把她斜挎的书包肩带生生拉断，抢走书包。书包里现金倒不多，但是有居住证和工卡，所以 Mary 本来想追上去抢回书包，但是当时身边的一儿一女已经受惊，大声对她呼唤："妈妈，妈妈！"Mary 意识到，保护孩子比抢回证件更重要。于是，她一手搂着一个孩子，跟跟跄跄地回家了。从此以后，她书包里的证件永远都是复印件，再也不敢把证件原件随身带着了。

Mary 在巴黎听到我在里尔被抢劫的经历，才告诉我这个发生在她身上的真实故事，虽然这已经是十年前发生的事情，但是她告诉我时，仍然心有余悸。

"为什么以前没有听你说过？"我问。"这种不愉快的事情，我希望早些忘记，所以从不向朋友提起。但是我自己是永远不会忘记的，这种伤害会跟随我一辈子。"Mary 说。

"我不明白，为什么大马路上的汽车来来往往，看到我呼救的手势，没有一个停下来，而且路过碰上的两个法国男士，也不肯提供帮助？我原来以为，法国人的素质很高，看来也不过如此呀！"我说。

"这种事情你就不明白了。如果你在马路上摔倒，流血了，或者骨折了，不能动，坐在马路上，一定会有法国人上前帮忙，问你是否要去医院，或者帮你叫救护车。但是你要是被抢劫了，法国人会认为，那是警察的事情，你找警察就好了，他们无能为力。"Mary 说道。

我不知道 Mary 的解释是否符合大部分法国人的价值观——"他们只管自己应该管的事情"，但是在路上遭遇抢劫得不到路人的帮助，是我的亲身经历，使我不得不相信她的解释。

听完 Mary 的故事，我最初还以为是个特例，但是住在好朋友 Louxi 家时，她也告诉了我她曾被抢劫的经历。

五年前，Louxi 在一家法国公司工作，因为刚到巴黎，经济比较拮据，在寸土寸金的巴黎市中心租不起房子，就在十三区租了一间小公寓。按说十三区位置不算偏僻，但是她从来不敢在天黑后出门，因为法国的冬天天黑得很早，通常六点多天就黑了。

有一天下班回家，应该还不到七点，在一条小巷的拐弯处，她突然被一个人从背后勒住了脖子，接着她的手提包被抢走了，她还被推倒在地，整个过程只有十几秒。当她惊魂未定地从地上爬起来时，那个劫匪已跑得无影无踪。

Louxi 告诉我："我跌跌撞撞地走到附近一家咖啡店，老板看到我惊慌失措的样子，问我出了什么事情，当他知道我被抢劫以后，见怪不怪地扬扬眉毛，耸耸肩膀，然后告诉我，附近有一个警察分局，可以到那里报案。"

"根据他提供的路线，我好不容易找到了警察分局，向警察说明了情况，让我非常失望的是，值班的警察除了做笔录以外，没有给我任何帮助。由于摔倒时腿部受伤，最后我还是自己叫的救护车去医院包扎了伤口。"Louxi 愤愤不平地对我说。

虽然以前在报纸、网络上看过不少类似的报道，但是当这样的事情真正发生在朋友和自己身上时，感觉很不一样。我们当然不能用这些事情来否定整个法国社会，因为这种事情在任何一个地方都有可能发生。"这个世界既没有天堂，也没有地狱，如果能生活在相对稳定的社会环境里，那就是我们的幸运。"这是好朋友 Mary 的忠告。我想，她的话是对的。

第二章

又见塞纳河

　　自从 20 世纪 80 年代到法国留学，已经数不清到法国有多少次了。然而，除了留学、出差之外，在讲学、旅游的经历中，2014 年与好友陈和平一起游欧洲算是最难忘的一次。

　　陈和平是我中学时的同学，"下乡"到海南岛时又在同一个农场——屯昌县中建农场（当时的生产建设兵团六师九团）。可是，无论在学校还是在农场时，我俩并不相识。我们的相识，始自 2011 年我患上腿部疾病以后。

　　2011 年 4 至 5 月我到法国做学术交流，6 月又到中国香港开国际研讨会，没想到在从广州到香港的直通车上，感觉膝盖疼痛，走起路来要强忍疼痛。坚持开完会，回到广州，膝盖肿得像一个发起的大馒头，完全不能走路。急诊住院后，被诊断为右膝盖急性滑膜炎，从此，开始了漫长的治疗之路。

　　其间，广州、北京各大医院的专家教授，中医、西医，凡是可以治疗的方法几乎全部用了，坐轮椅七个月之后，终于可以自己慢慢地走路了。但是，由于七个月的轮椅生涯（疼痛时无法走路，只好坐轮椅），右腿肌肉开始萎缩。此时才想起当初医生的话："一个星期不运动，腿部肌肉就开始萎缩了，一定要不断运动腿部肌肉。"可惜，为时已晚，发现肌肉萎缩时，膝盖虽然已经痊愈，但是，右腿细，左腿粗，已经成为不得不面对的现实，我不得不开始进行康复训练。

　　感谢老同学梁坚的介绍，我找到同样在做康复训练的陈和平，也因此认识了私人体能教练王宁。陈和平当时膝盖炎症也很严重，如果她不把体重减下来的话，就到了要做手术的境地。于是，我们一起开始做训练。

　　事实上，体重和膝盖的负担有直接的关系。我们在进行康复训练的同时，不但要恢复腿部运动功能，还要减重。训练是枯燥的，我们两人在一起训练时，开玩笑说："等腿好了，我们一起去欧洲旅游。"当时也许只是一句玩笑话，但是到了 2014 年，我的腿真的好了，接到了到法国讲学、到德国法兰克福欧洲中央银行访问和到奥地利讲学的邀请时，这句玩笑话就成真了，陈和平成了我这次欧洲之行的最佳搭档。

　　陈和平是第一次到欧洲旅行，她非常认真地准备了一切前期工作，使我们这次旅行成为一次非常难忘、非常难得，也是此生中不会有机会再重复的愉快之旅。

　　在 5 至 7 月的两个月的旅程中，我们到了法国、德国、奥地利、匈牙利、斯洛伐克、捷克、丹麦、瑞典、芬兰、挪威、俄罗斯 11 个国家，其中有参加学术会议和参观访问的公务之旅，也有参加当地旅游团的跟团游，还有我们两个人的自由行，整个过程可谓丰富多彩。

在知识的海洋中畅游

在法国巴黎第七大学做讲座

法国是我们旅行的第一站。我接到法国巴黎第七大学的邀请，前来做学术交流访问，其中有两个主要内容：一是给研究生做讲座——《20 世纪 80 年代以来中国经济改革研究》；二是参加研讨会，与巴黎第七大学的教师们一起研讨经济转轨的模式与难点，以中国、东欧、俄罗斯等原计划经济国家和地区为对象。

讲座现场

授课

下课后，我和法国老师在走廊交流，她曾到暨南大学做访问

我和巴黎第七大学的教授们讨论关于计划经济体制向市场经济体制转轨的问题

讲座前的准备

法国巴黎第七大学的研究生们正在用心地听讲

在 OECD 参加国际研讨会

2014 年 5 月，在法国巴黎进行学术访问期间，我有幸再次来到经济合作与发展组织（OECD）总部。望着 OECD 新的建筑大楼，有一种恍如隔世的感觉。

第一次来 OECD 还是 1988 年，当时我在攻读博士学位，经法国第八大学经济学系推荐，到 OECD 做实习研究生，也算是半工半读。那时的 OECD 在一栋旧大楼里，除了门卫说法语，里面的研究员在交流时都说英语。

虽然我在 OECD 只有短短的三个多月时间，但是收获不小——参与了一本有关中国科技发展的书的编撰工作。我的任务是将中文资料翻译成英文，供研究员使用。在这份工作中，我的英文成为留学时期第一个为自己获得赚钱机会的"武器"。当时，我特别感谢父亲，特殊时期他仍要我坚持学习英文，没有想到在十几年后，父亲留给我的最宝贵的精神财富，发挥了作用。

在会议大厅中央坐着的是匈牙利著名经济学家科尔内，

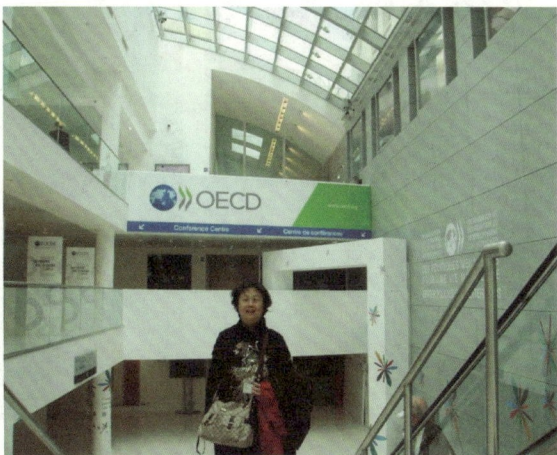

在 OECD 大楼内留影

也是《短缺经济学》的作者。他在中国有很大的影响力，在 20 世纪 80 年代中期曾到中国参加经济改革会议，其中最著名的是长江论坛上的会议，在计划经济向市场经济转轨的过程中，他的理论和他对计划经济向市场经济转轨的研究经验影响了一代中国人。

2014 年 5 月，他受 OECD 的邀请，为新书《过剩经济学》做宣讲。这本书应该是《短缺经济学》的续篇，因为经过几十年的改革，像中国这样的国家，确实已经从短缺经济向物质丰富过渡了。

与会代表在 OECD 入口处留影

在 OECD 的大楼外留影

和西丽薇女士在 OECD 门口合影

法国经济学家 Bernard Chanvance（查旺思）和夫人西丽薇在 OECD 大门前留影

好朋友欢聚一堂

在法国好友家聚会

在查旺思教授家聚会

法国经济学家查旺思在家里宴请我、瓦哈比教授夫妇，以及匈牙利经济学家科尔内教授夫妇。查旺思不仅在经济学领域，特别是在经济学转轨理论方面有很深的造诣，还是一位美食家。他向朋友们展示自己烹饪的牛腿，味道好极了。

这是个典型的法国家宴，主食是香喷喷的牛腿肉，还有蔬菜、奶酪、红酒、刚刚出炉的法国面包，等等。

法国有三千多种奶酪，而查旺思又是一个奶酪超级爱好者，他从精心挑选的奶酪中各切一小块，给朋友们品尝。科尔内教授用摄像机拍下了这个难忘的时刻。

查旺思教授烹饪的牛腿

查旺思教授、西丽薇、瓦哈比教授布菜

查旺思教授介绍奶酪

　　我把自己的专著《智力劳动价值理论与中国企业的知识产权保护》 （中英文版），送给科尔内教授夫妇。

赠书

与匈牙利著名经济学家科尔内教授合影

在 Eric（埃里克）教授家做客

埃里克教授曾经到我们学校访问，他和夫人（中学老师）在家里设宴请我和查旺思教授夫妇。埃里克教授有一个十分幸福的家庭，一对儿女是他们夫妇的骄傲。2014 年时双胞胎儿女正好 16 岁，当我们夸奖他们的儿子很帅气时，埃里克对我们冲口而说："Like father，like son."用中文说，就是"有其父必有其子"！于是，我就开玩笑说："那么女儿呢？"他立刻笑眯眯地说："Like presents，like children."哈哈！这真是"表扬与自我表扬相结合"啊！

我们看到了典型法国家宴的第一道菜，刚刚出炉的面包上是奶酪和鹅肝。玻璃

餐前菜

埃里克教授一家

037

与埃里克教授一家留影

杯里是自制的酸奶，下面黑色是巧克力，上面红色是新鲜的西红柿。这道餐前菜很有特色，可以配酸奶吃，也可配不同的开胃酒。

我和查旺思教授以及教授夫人西丽薇一起在埃里克教授家的庭院里，享受家宴款待，度过了一段难忘的时光。法国人的家宴，历时非常漫长，我们下午六点左右开始，一直到深夜十二点才结束。

也许你会有疑问，家宴为什么持续这么长时间？法国人的宴会，尤其是在家里和朋友们的聚会，经常会持续很

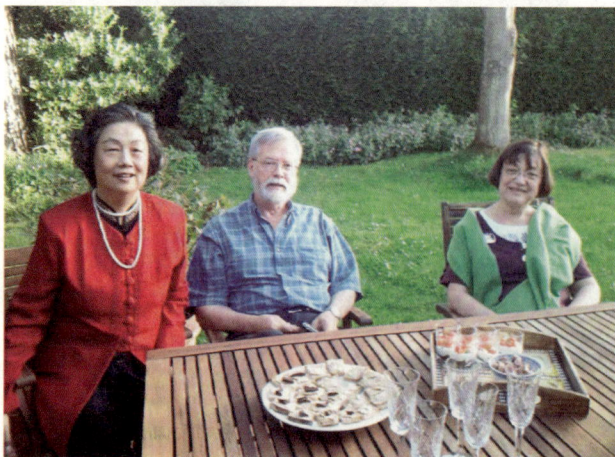

庭院合影

长时间。法国人特别能聊天，例如，在介绍餐前开胃酒和开胃菜时，客人和主人会介绍自己品尝过的不同国家不同风味的开胃酒和开胃菜，这几乎就用了一个多小时，当然，这次也少不了我来介绍中国的开胃酒和开胃菜。

再如，有新电影上映，只要一个人谈起来，其他人一定要发表观后感和评论，新书问世更是大家热烈讨论的话题。当然，对于总统选举之类的话题，也是十分丰富的谈资。总之，在家宴上，朋友们几乎无话不说，品着红酒，吃着奶酪，一个话题讨论一两个小时，就不足为奇了。

虽然这样的家宴非常有意思，可以了解很多法国知识分子的内心世界和想法，但也是十分累人的，往往参加一次，第二天要休息整个上午才能恢复过来。

和多美小姐相聚

多美小姐是我认识多年的朋友，2014年访问法国时，我在巴黎送她《站在地球另一端的回望》一书，这是我在2012年出版的纪实文学，书中有一篇记录了我和多美小姐的故事。

和米歇尔太太相聚

米歇尔太太是我的法文老师，也是我的博士论文法文版的翻译者之一

与多美小姐合影

（从英文译为法文）。我们之间的友谊和故事，在《站在地球另一端的回望》中已有描述。2014 年，在巴黎一家咖啡馆，我把这本书送给她。

与米歇尔太太合影

与博士论文导师 Costas Vergoplous（科斯塔·维克布罗）教授相聚

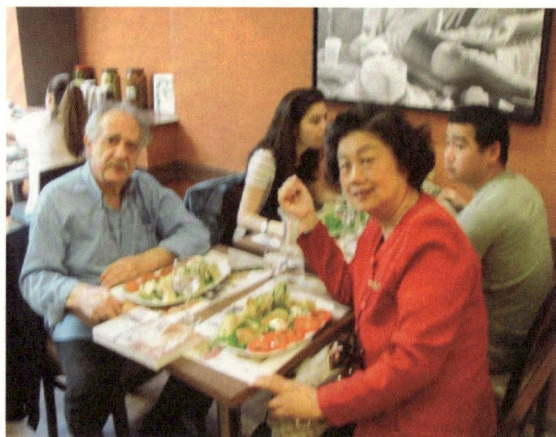

与导师科斯塔·维克布罗教授合影

我的博士论文指导老师科斯塔·维克布罗教授邀请我在法国的意大利餐馆共进午餐，我把《站在地球另一端的回望》送给他，回想当年做论文时的趣事，我们忍俊不禁。

但没有想到，这是我最后一次见到我的导师。2017 年 11 月，他因病去世。

与中国朋友聚会

住在王颖医生家

经好朋友徐小玲的介绍，我们认识了旅法多年的王颖医生，我和陈和平住在她家，度过了一段难忘的日子。

勤劳勇敢的陈和平，每次旅行前总会做足功课，规划旅游路线，订酒店，报旅行团。因为有她同行，我们的旅行变得非常愉快和高效。

和平在工作

说她勤劳，是因为她在旅途中从来都不怕苦，不怕累，很少休息。她个子比我矮，但背的东西比我的重。劳累一天回到住处，她还会不辞辛苦地做饭，做好三菜一汤，而我只会坐享其成，整得我很不好意思，对她表示感谢也好，对自己的懒惰表示内疚也罢，对此她常常一笑了之。和平还是位医生，与这样的伙伴同行，是我的福气呀！

说她勇敢，是因为她虽然第一次到欧洲，而且膝盖关节已经不太"灵光"，但只要是没有去过的地方，她都要看一看。作为一个摄影爱好者，无论到哪个国家，只要有机会，她都会不辞劳苦地拍摄日出日落，拍摄各种花草、动物，哪怕为此多走许多路。她做什么都有一股干劲，我自愧不如呀！

当 Professor Zhu 和 Doctor Cheng 一起出现在会议时，我介绍 Doctor Cheng 是我的助手，会议组织者表示理解，只是悄悄地问我："你这个助手不年轻呀？我们还以为你带了一名学生呢。"我就开玩笑说："Doctor Cheng 是一位活到老学到老的学生哟。"

在开会期间，Doctor Cheng 马不停蹄、忙前忙后地给我照相（她的新相机是为了这次欧洲之行特地买的），也确实承担了助手的职责。以至于一同开会的法国大学教授，一年以后来到我们学校进行学术交流，还记得我有一个很会照相的助手 Doctor Cheng，专门问起她的情况呢。

　　事实上，和平与我同岁，这次相伴而行，是我们"预谋已久"的计划。我们把我在法国巴黎第七大学讲学，到德国法兰克福欧洲中央银行进行学术访问以及到奥地利维也纳大学讲学的三个公务，与我们在欧洲的私人旅游相结合。为了兼顾参加会议的公务和自行旅游的私务，陈和平做了不少衔接工作和计划安排，虽然她的英文口语不太"灵光"，但是她勤奋努力地查字典、查地图，与旅行社联系，最终规划好了我们两个月时间的欧洲之行。其中的辛苦，我在随后的旅行中才深深体会到。

　　第一天到巴黎，我的过敏性鼻炎就犯了，"一把鼻涕一把泪"是我当时的真实写照，为此，我不得不吃药睡觉。

在客厅小憩

王颖（右）、她的女儿（中）和我一起享受自制中西合璧的大餐。王颖的女儿9岁到法国，会说中文，但是书写中文有些困难。她是眼科博士，一个很优秀的女孩，没有辜负王颖对她的培养

聚餐当然少不了陈和平（左）

为我们在巴黎相遇、为我们之间绵绵不断的友谊而干杯

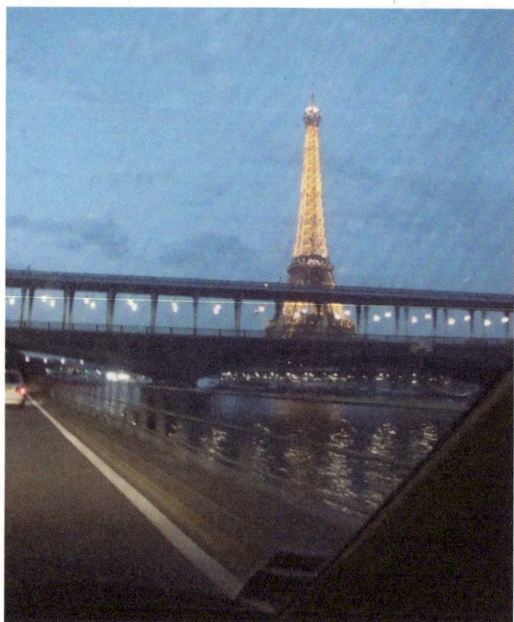

塞纳河畔夜景

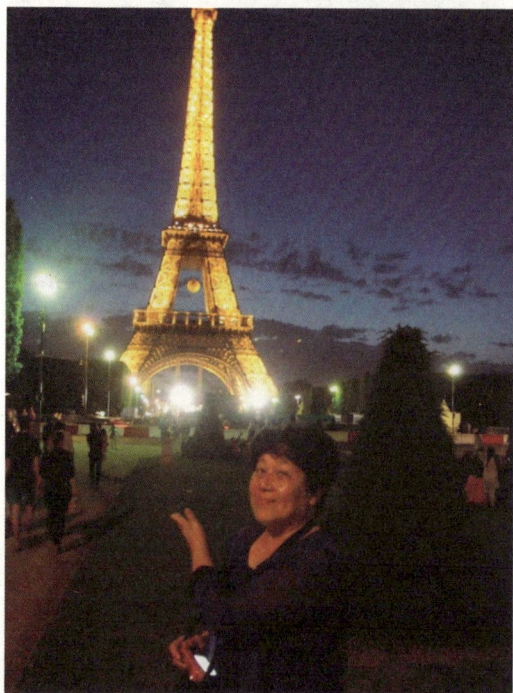

和平在河畔留影

这里要告诉大家一个有趣的小故事。一天晚上，王颖邀请我和陈和平到塞纳河畔欣赏埃菲尔铁塔的夜景，对于这样的邀请，我与和平欣然接受。于是，王颖开车，我们一起前往美丽的塞纳河。

我们用陈和平买的新相机兴高采烈地照了无数张相片，然而，最终只有这唯一一张相片记录了当时的夜景。其他相片都无影无踪了。为什么？因为我们可爱的陈和平同志，忘记在新相机里面插上储存卡了！

和徐小玲、汪亚秋游览莫奈花园

徐小玲和汪亚秋是我多年的朋友了。在 20 世纪 80 年代末 90 年代初，我们在巴黎相识，那时候，我是一个奔命在攻读博士学位与打工之间的留学生，辛苦且快乐着。当时小玲在读书，亚秋的工作与旅游和接待相关，我们虽然都不富裕，但是互相帮忙，互相关心，在异国他乡的友谊从此在心中生根发芽。

回国几十年了，我们的联系一直没有断，每次到巴黎，我们都要相聚。2014 年，小玲和亚秋还陪我逛了著名的莫奈花园。

和小玲（中）、亚秋（右）相聚

在莫奈花园中留影

漫步莫奈花园

餐馆一角

在莫奈花园里的一个特色餐馆，我们共进午餐。餐馆装饰得富有艺术气息，墙上都是莫奈的油画复刻品，典型的法国风格。

与画合影

如果我不在此注明是餐馆，给人的印象可能是在一家博物馆。餐馆墙上挂着各种风格的油画，有风景画，有人物肖像，在这样的艺术氛围中进餐，可以真实地体会法国风情，这也是我留恋和喜欢法国的主要原因之一。

在莫奈花园的小桥上，虽然游人如织，我们的镜头还是在空隙中找到了好景色

小玲和我在莫奈花园的餐馆里享受法国大餐

告别莫奈花园前的留影

品尝法国甜品

我曾经在《站在地球另一端的回望》里描述了自己对法国甜品的喜爱，每次到法国，品尝法棍和甜品，是一种不可或缺的享受，虽然冒着血糖升高的危险，一边吃着拜糖平（降血糖的药），一边毫不犹豫地大肆与甜品亲密接触。没有办法，在

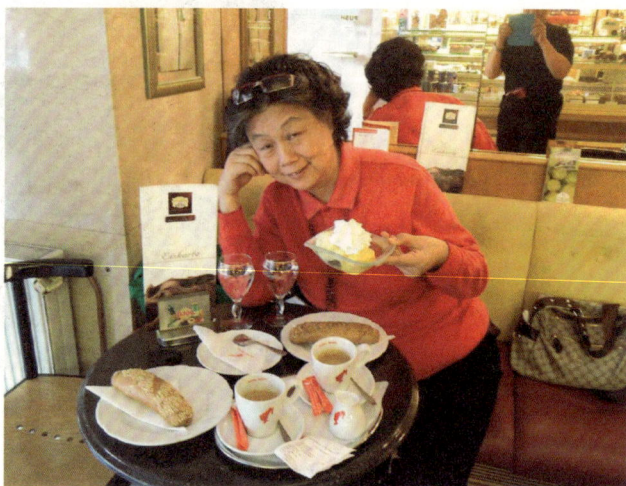

享受甜品

甜品的诱惑下，我完全没有抵抗力！不过，甜品带来的愉快感觉，也永远停留在我的记忆之中。

让我的 2014 年法国巴黎之行在品尝与回味甜品之中，画上一个完美的句号吧！

品尝甜品

第三章

在"撒尿小童"故乡

2015 年 10 月 12 日，是一个难忘的日子。我受邀前往比利时布鲁塞尔的欧盟委员会总部进行参观访问和学术交流。作为暨南大学经济学院欧盟研究中心的主任，我们搭建这个学术交流平台已十余年了，但是，到欧盟委员会访问还是第一次，机会十分难得。

在欧盟总部与专家们座谈

于欧盟委员会总部留影

到欧盟委员会总部参观，是一件非常复杂、严谨的事情。

首先，我们接到欧盟委员会战略发展研究与财政研究总经理梅兰德教授的特别邀请。如果没有这个特别邀请，是无法到欧盟委员会内部参观和参加座谈的。

其次，在接到邀请以后，我们要在到达比利时的前两天，向欧盟委员会秘书办公室提交详细的个人信息，包括姓名、性别、国籍、出生地点、发护照地点、护照有效期等，秘书们经过核对，给我们发来电子版的"入门许可证"。与此同时，告知我们把电子版许可证打印出来，在 2015 年 10 月 12 日到达欧盟委员会总部大门时出示。

12 日上午 9 时，我们按照预定的时间来到欧盟委员会总部大门口，还没有等我们出示许可证，就有位女士主动上前和我打招呼，并且询问："您是中国来的朱教授吗？"在得到肯定答复以后，这位女士说："我是秘书办公室的秘书，负责接待你们。"

在她的带领下，我们不用再次进行登记（因为通过电子邮件，我们的资料已经得到确认）。但是，我们要通过严格的安全检查，所有的包都要打开，录音设备和器材不能带入。

秘书在和我们一起乘电梯时解释，因为欧盟委员会也是恐怖袭击的对象，所以安全检查的级别提高了，连在这里工作的人员，每天上下班都要经过严格的检查。我们表示理解，因为中东的恐怖主义和难民潮，已经让整个欧洲受到多方面的影响。

说起我和梅兰德教授的交情，可以追溯到 2013 年香港中文大学法学院召开的一次国际研讨会，我俩是研讨会的主讲嘉宾。她的演讲题目是"介绍欧债危机的成因、问题与发展趋势"，我则是介绍智力资本理论与中国企业的知识产权保护。虽然我们演讲的内容在不同的领域，但是我们一见如故，交谈甚欢，从此成为合作研究的伙伴和好朋友。

我以暨南大学经济学院欧盟研究中心的名义，两次邀请梅兰德教授到暨南大学经济学院给研究生开设讲座，并且请她到深圳参观高科技企业。她作为欧盟总部驻北京代表团的政务参赞在北京工作了近五年，我每年夏天到北京度假，我们总会

我和梅兰德教授在欧盟委员会外留影

我和梅兰德教授在座谈会后的合影

见面探讨欧洲经济发展的各种问题。总之，在欧洲经济与政治研究方面，梅兰德教授给我提供了很多帮助，在中国经济改革研究方面，我为她提供很多参考，正是在这种互助下，我们各自的研究都得到很好的发展，我们的友谊也因此更加深厚。

我们欧盟研究中心成立十余年了，建有一个国际研究网络团队，在国际学术交流领域，我们的研究开展得如鱼得水、游刃有余。十余年的辛勤耕耘，如今到了收获的季节。我指导的研究生论文得以在国际学术期刊上发表，我们每年都有机会到欧洲高校进行学术交流，经济学院的学生可以作为交换生到欧洲各个大学学习和进修，这都与我们研究中心 10 多年的不懈努力分不开。

为了这次的特别访问，梅兰德教授专门为我们组织了一个学术交流会议，参会人员全部是欧盟委员会的经济学家、金融学家、投资专家，以及研究英国、法国、德国、希腊、西班牙经济的专家。在三个多小时的座谈中，我们听到了欧盟委员会专家们对欧洲经济形势、欧洲货币政策、欧债危机的分析以及对欧盟一体化发展问题的分析。同时，我们也对人民币国际化、中国"一带一路"倡议、中国经济体制改革等问题交流了看法。这次交流，对我们双方的研究都有很好的推动作用。

梅兰德教授曾作为欧盟总部驻北京代表团的政务参赞，结束了在北京的工作任期后，于 2015 年 6 月回到比利时布鲁塞尔欧盟总部工作。她因为工作出色而被委以重任，除了负责财政政策分析外，还负责欧洲难民问题。

与梅兰德教授（右）、Mary Mccarthy 总裁（左）合影

座谈会结束，我们与梅兰德教授的好朋友——Mary Mccarthy 总裁一起愉快地享用了比利时西餐，为我们难忘的欧盟委员会之行画上了一个完美的句号。

在布鲁塞尔欧盟工会研究院进行学术交流

2015 年 10 月 14 日，在比利时布鲁塞尔，我们受欧盟属下的研究机构——European Trade Union Institute（欧盟工会研究院）的邀请，到该研究院做学术交流与专题演讲。

欧盟工会研究院的 Jan Drahokoupil 博士接待了我们。Jan 博士是个有趣的人，最初我们是通过法国巴黎第七大学经济学家查旺斯教授认识的，很快他就成为我们研究网络团队中的活跃分子。

Jan 博士的成长经历非常有意思，可以说是一部浓缩的东欧青年成长和东欧经济变化的历史。Jan 博士出生在捷克斯洛伐克，在十多年前考取了德国慕尼黑大学经济学研究生，攻读完博士以后，由于成绩优秀，留在大学研究所做研究，主要研究计划经济向市场经济转轨问题。其间，他的专著在英国出版，确立了他在"转轨经济"领域的学术地位。

2015 年 11 月 5 日暨南大学经济学院组织国际研讨会，Jan 博士是我们邀请的主讲嘉宾之一。当时他已经受聘于欧盟工会研究所,举家从慕尼黑搬到布鲁塞尔。

Jan 博士在得知我们于 2015 年 10 月初要到法国巴黎高等政治研究院里尔分院讲课后,便立刻发出邀请,希望我们在完成法国讲课任务后,能够前往布鲁塞尔欧盟工会研究院进行学术交流。正是他的热情邀请,才有了我们在布鲁塞尔之行的另外一个有意思的学术活动。

2015 年 10 月 10 日上午,我们乘火车到达布鲁塞尔,一出火车站,就碰到来接我们的 Jan 博士。这是我们第一次见面,虽然在此之前我们邮件往来了多次,已经非常熟悉了,但如果不是他举着 "Professor Zhu" 的牌子,我还是认不出他。

当天晚上,热情的 Jan 博士邀请我们到他家做客,招待我们的还有 Martin Myant 教授和他夫人。Martin 教授也是欧盟工会研究院的研究员。

Jan 博士有一儿一女,当时女儿刚满 2 岁,令我惊奇的是,在德国出生的这对孩子,第一语言不是德语,而是捷克语。Jan 博士骄傲地告诉我们,这对儿女是由他父母一手带大,所以他们最熟悉的是自己祖国的语言。彼时他 7 岁的儿子开始学习英语、法语,还希望以后学习中文。

在 Jan 博士家留影

前排为 Myant,后排从左到右依次为我、Jan 博士、Martin 教授夫妇

这种情况在欧盟国家的家庭很常见,很多孩子从小就掌握多种语言,尤其像比利时这样的国家,与德国相邻的城市很多人讲德语,与荷兰接壤的城市很多人讲荷兰语,还有比利时当地的语言,不过在布鲁塞尔,由于该城市的国际地位,英文成为很多人掌握的语言。

2015 年 10 月 14 日下午,我们与欧盟工会研究院以及比利时鲁汶大学联合举行的研讨会如期进行,会上我做了题为 "中国工会与欧盟工会比较研究" 的演讲。

我在研讨会上发言

研讨会上大家讨论我的演讲题目

说老实话，在接到欧盟工会研究院邀请之前，我对中国企业的工会没有很深的研究，只是知道中国的工会与欧盟的工会在政治制度中的地位、角色及在经济来源和独立性等方面有着非常大的不同。

我在法国留学时，因为是半工半读，和企业有接触，所以对工会有一些了解，知道法国工会在法国经济制度和政治制度中，一直扮演着重要的角色，也是各个政治领袖在竞选中积极争取的对象。不仅法国如此，在西方很多国家都是这样，只不过重要程度不同。

回国后，我在国有企业工作过，国有企业的工会基本上是和政府站在一个立场，因为其经济来源是政府财政或者企业的营运成本。

随着市场经济的确立与发展，工会的角色在国内越来越被重视，但是这个领域待研究的问题还是非常多的。在研讨会上，Jan 博士以及比利时鲁汶大学的教授都发表了他们的看法，他们对中国工会、中国政治体制改革和经济体制改革抱有极大的兴趣和关心。

研讨会之后，Jan 博士就中国的"一带一路"倡议及其对欧盟经济的影响，与我们展开了专题讨论和研究。这次讨论，无疑将对他在 2015 年 11 月 5 日在暨南大学经济学院召开的国际研讨会上的演讲起到积极的推动作用。也因为这次讨论，加深了我们双方的科研合作。

登原子塔，俯瞰布鲁塞尔

我去过比利时布鲁塞尔很多次，但只有两次登上著名的原子塔。第一次是 20 世纪 90 年代初，还是留学生的我，和一些朋友们拼车到布鲁塞尔，记得当时的原子塔内部是比利时科学发展历史的博物馆，免费开放参观。

但是 2015 年我们再次来到原子塔时，这个巨大的球形建筑已经被运营商分割成几大部分。最顶层作为观光景点，游客们乘电梯可以直接到达，饱览布鲁塞尔市区的风光。在圆形建筑的中间，是一个餐馆，用餐价格当然是不菲的，因为人们在享受美食的同时，还可以饱览布鲁塞尔市区的风景（前提是天气好）。

另外几个大型的圆体建筑，分别用作酒店和会议大厅，经常被各种各样的国际会议使用。不要忘记，布鲁塞尔国际机构林立，在著名的原子塔，几乎每周都会有各种各样的国际会议召开。

纪念品商店也是旅游景点必不可少的。在原子塔的出入口、必经之路的两旁，摆置的是琳琅满目的纪念品，价格当然比在市区的纪念品商店贵不少。

原子塔

从原子塔最高处鸟瞰布鲁塞尔市区

原子塔顶端自动出售纪念币的机器

原子塔附近的游乐园

　　原子塔旅游点的生意不仅在原子塔本身，它还出售套票，包含了附近的一个游乐场和微雕世界。这个微雕世界比深圳的世界之窗还要小，但二者宗旨一样，就是把世界著名的建筑物，如埃菲尔铁塔、凯旋门、莫斯科红场、北京天安门和长城等，浓缩成微型建筑，让游客们在有限的时空里，领略世界各地的著名建筑。

眺望市区风景

　　我们到达那天天气非常不好，在高高的原子塔上，只能看到模模糊糊的布鲁塞尔市区风景，这给我们留下了遗憾，当然也为下一次再来参观留下了念想。

第四章

希腊之神的召唤

去希腊旅游是我的夙愿，终于在 2015 年 9 月实现了。我们对希腊这个文明古国的关注终于从纸面的研究发展到实地考察，而这次难忘的旅途，也将长久地留在我们记忆的深处。

站在雅典古剧场的思考

在露天古剧场留影

2015 年 9 月 12 日我们从雅典出发，两个小时车程后，我们来到希腊保存最好的露天古剧场。站在中央高喊一声，声音响彻整个古剧场，最令人感到震撼的是参观古代希腊医药的圣地。埃皮达夫罗斯古剧场曾是希腊古代神医的聚集地，那个时候，古希腊的医生就用各种器械、小刀、小针、小罐子以及音乐给人们治病，传说还有一种叫蛇疗的治疗方法，就是让蛇来舔病人的伤口，达到治疗创伤的目的。我们不禁为古人的智慧所折服，以至于现在欧洲许多药店的标志，除了绿色的十字外，是一个绿色的蛇的标志，国际卫生组织图标也用蛇的标志。我猜想，这说不定是渊源于古希腊的蛇疗。由此可见，古希腊文明影响广泛，让我们不由自主地怀着敬畏之心，来参观这些古迹。

雕塑

人体雕塑模型

人像雕塑

不同角度的人体雕塑

用金箔制成的人像

用金箔制成的战马

　　这些用金箔雕塑和制作的人像，栩栩如生；用金箔制作的战马，呼之欲出，仿佛可以奔腾起来。古希腊艺术家的作品，让我们现代人叹为观止。

　　然而，再辉煌的历史也仅仅属于历史，2015 年的希腊，还深陷经济危机，欧央行 850 亿欧元的援助对于背负天文数字债务的希腊，仅仅是杯水车薪，只够支付债务的利息，还要出售 500 亿欧元的国有资产。即便如此，希腊走出债务危机的希望仍然渺茫，关键是整个希腊经济的创新能力太弱，经济发展动力太弱。希腊危机的缩影，从某个角度上看，提醒人们，古代文明虽然给现代希腊人的旅游业带来丰富的、不可替代的自然资源，但是躺在祖宗的老本上过日子终归是不行的，这是我站在希腊古迹上最深的感受。

　　在古希腊废墟前，我不仅留下了影像，也留下了作为经济学者的思考：

　　第一，为什么希腊历届政府在 2008 年经济危机时出台了那么多刺激经济的政策却不见明显成效呢？

　　例如，政府出台不少优惠政策，建立出口退税区，鼓励高科技企业发展，鼓励创业，鼓励外国投资者投资建企业，等等。为此，我询问了我们的导游—— 一位在希腊生活了十年的中国温州人，他的答案令我深受启发。主要原因归纳如下：

　　一是"输血"与"造血"，两种不同性质的援助，产生不同结果。

　　欧洲中央银行与其他债务国对希腊给予了大量援助，但是以"输血"援

古城堡废墟前留影

助为主。而希腊经济自身的"造血"功能，如创新能力、技术升级换代等并没有得到实质性改变，援助资金几乎全部用来偿还利息，拆东墙补西墙，被动局面没有得到根本改善。

二是为什么那么多的经济刺激政策不见效？

只有发展经济新动力，才能真正走出危机。希腊政府确实出台不少刺激经济的优惠政策，但是迟迟没有落实。究其主要原因，是其中有些政策受到议会议员的反对，对此我们非常不理解。

分析可知，是外国竞争者的到来增加了当地商人的压力，商人从自身利益出发持反对态度。而所有的议员是以自己当选为最大利益和目标，为了保住选票，不惜牺牲希腊长远发展利益来反对政府刺激经济政策。这样想来，就算议会通过了刺激经济的政策，恐怕最终也得不到落实。

第二，为什么年轻人的失业率高居不下？

2008年经济危机以后，希腊的失业率一直居欧洲之首，一度高达23%，而其中又以18～25岁的人群失业率最高，据说已经高达50%，也就是说，在大量的年轻人中（18岁高中毕业，25岁大学毕业）几乎有一半人找不到工作。

为什么政府出台很多鼓励年轻人就业的政策，如免费技术培训、有组织劳务输出、鼓励青年人创业、税收减免等，却不见效？对于这个问题，我咨询了导游小陈。

小陈告诉我，许多希腊年轻人成为"啃老族"，有父母的社会福利养老金垫底，他们并不积极找工作，没有工作也不影响他们度假、享受阳光、沙滩与美食。由此可见，一方面说明希腊福利制度给养老者提供了丰富的物质基础，不仅能让老人们活得很好，还能惠及他们的后代。这种社会保障制度的优与劣看来要重新评价。另一方面说明"啃老"是世界性的问题。过去西方传统是孩子 18 岁就独立出去居住，不受父母管制。现在不仅是希腊，就是在法国，也有不少工资低的年轻人为了省房租回父母家住。这种世界性的"啃老"，是人类的进步还是退步呢？

我问导游小陈，欧盟内部人口自由流动，希腊就业困难，为什么不去德国？德国劳动力市场供不应求呀！小陈说，只有一些工程师、设计人员愿意去德国就业，在那里他们的待遇也比较好。而对于普通年轻人，如果他们没有专业技术，只能做普通工作，待遇一般也就不愿意去了。

第三，一支"希腊导游大妈"队伍，引起我们的关注。

在希腊，一支大妈队伍引起我们的关注，那就是希腊导游大妈们活跃的身影。她们年龄在 50 ~ 60 岁，除了可以说一口流利的希腊语（即使不流利，我们也听不懂），说的其他语言如英语、法语、西班牙语、日语等，都是结结巴巴的，而且带有浓厚的希腊口音。因为我可以听懂英语和法语，略懂西班牙语和日语，因此从语音、语调和语流方面，可以断定她们的外语非常不专业。但是，她们的身份是国家认可的专业导游。

为什么会有这样一支特殊的劳动大军，而且全是上年纪的女性？"难道这些大妈是下岗再就业？"我心里默默地想。

小陈告诉我，我的猜测没有错，这些希腊导游是根据政府规定、每个旅游团必须花钱请的。虽然她们的业务熟练程度有限，但是根据法律规定，我们必须聘请她们。这其实也是希腊政府解决就业，特别是大龄女性就业的强制性规定。

这样的规定具有两面性。对希腊大妈导游们当然是有利的，她们只要付出很少的劳动，一般也就三四十分钟，最长也不超过一小时，就有了有保障的收入来源，她们的收入成为家庭收入主要的、稳定的来源；此举对希腊政府也是有意义的，最起码可以降低居高不下的失业率。但是对游客、对整个希腊旅游业来说，这种做法并不值得称赞。一方面她们不专业的口语（英语、法语等）拉低了整个导游队伍水平。另一方面对她们的费用支出是强制性的，增加了游客们的经济负担。虽然短期还看不出太大危害，但是如果把这种做法法律化、长期化，将会降低游客到希腊旅游的期望，最终对旅游业发展是不利的。

第四，对希腊旅游资源的思考。

到希腊旅游是我的一个心愿，当我们乘着大轮船在爱琴海上航行之时，我可谓"梦想成真"了！

希腊是个可爱的国家，是一个历史悠久的文明古国，自然资源特别丰富。除了大自然毫不吝啬给予的阳光、海滩、白云、蓝天外，几千年的历史遗迹，古希腊文化传统，传统建筑、各类美食等，都成为其他任何国家无法取代的优质旅游资源。

值得思考的是，占希腊经济收入四分之一的旅游业，仅仅靠文化遗产，还能维持多久？如何在保留与开发之间找到一条可持续发展旅游业的道路，值得人们深思。

第五，希腊经济振兴的出路在哪里？

希腊没有发达的工业，主要经济来源于旅游业、航运业、太阳能、服务业。

目前所有振兴经济的办法都属于被动性，"紧缩，紧缩，再紧缩"已经成为希腊人民的"紧箍咒"。希腊的出路到底在哪里？

我认为，发掘经济动力而非一味压缩开支才是根本出路。当德国在热烈讨论工业 4.0 时，当中国在热烈讨论"互联网＋"，还是"传统行业＋互联网"时，当美国在热烈讨论智能机器人广泛应用之时，希腊人应该结束阳光沙滩、白云蓝天的度假日子，把高科技与太阳能用于发展航海业、旅游业、生态农业。根据经济学最基本原理，任何一个国家，一个企业，有债务并不可怕，真正可怕的是不能正确使用债务，可怕的是不把债务用于创造利润，创造新的生产力；可怕的是为了短期经济利益而放弃国家长远发展。

与旅友席地而坐，享受阳光

简单地说，只有积极创新，才有新希望。具有经济学常识的人们都懂得，只有把债务转化成资本，用资本创造出新的利润，才是根本出路。

希腊人的时间感与距离感——慢悠悠主宰一切

2015年9月15日，我们来到爱琴海边最著名的圣多利诺岛（简称圣岛）。从雅典到圣岛，我们在爱琴海上漫游了八个小时，到岸时间是15号中午。虽然有导游事先提醒，但我们上岸后还是为找不到正规的出租车（不像世界其他城市，这里有正规出租车执照的出租车在码头根本看不到）而感到惊讶和为难。

出租车是旅游城市的一面镜子、一个城市的名片，能反映这个城市的精神面貌，体现这个城市的经济和它的交通等。而圣岛的出租车算是个例外，数量少且不说，车上甚至没有计价器，到任何地方都是一个价格。

大型游轮到达港口时，本来是出租车做生意的最好时机，但这里不同，居然让游客们拉着行李，像无头苍蝇一样到处乱走。

后来，我们不得不采用导游小陈教的最后一招——到街边饭店请求帮助。在一个希腊当地人的介绍下，我们来到一个出租车站，给出酒店地址，三十欧元一部车，不讲价。经过曲折的山路，我们终于来到蓝色与白色相间的小酒店。虽然只是三星级，但很干净，环境很不错，不过上网非常不方便，只有在酒店的小酒吧范围内才可以上网，因此我们不得不坐在露天酒吧里，把各种需要借助网络完成的事儿都完成了，才能回房间。

当然，希腊环境保护非常好，在希腊的海岸边，只能看到深蓝色的大海，没有一点儿污染。沙滩保护也非常好，在我们酒店不远处著名的黑沙滩上，游泳、晒太阳的游客络绎不绝，让人流连忘返，这也是希腊的魅力、圣岛的魅力所在吧！

在酒店泳池旁留影

我也美丽一下

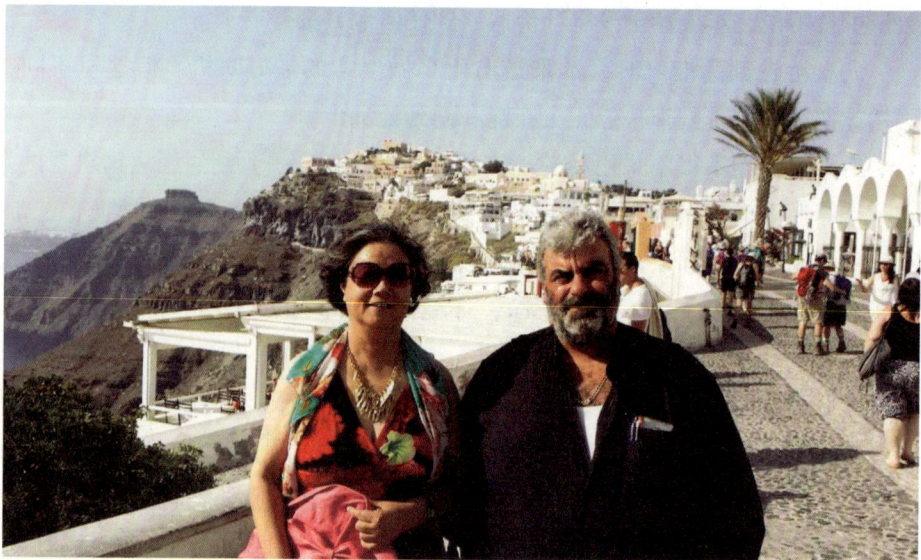

与希腊大叔合影

希腊大叔是我所居住的小酒店的房东的岳父，他特地开车带我到圣岛最美丽、最有特色的景点参观，背后是蓝色大海，白色建筑群以及长长的海岸线。希腊大叔说，远处可见的白色建筑群中有许多高档酒店，每晚的房租要几千美元，暑假期间还常常爆满。"这个世界上的人都疯了吧！"大叔开玩笑地对我说。

"驴道"印象记

2015年9月16日一早，我们一行6人坐上酒店的车，付了20欧元，避免了等公交车之苦，直接到了市中心。然后根据导游介绍，去参观另一个小岛。旅行社的人告诉我们只需五分钟便可到达旧港口坐船，谁知道，我们足足走了一个多小时。根据旅行社的建议，我们沿着一条曲曲折折的山路往山下走，下山下得我双腿发抖。山路上有骑驴的、骑骡的、骑马的游客，看着惊险无比也劳累无比。可惜那是一段没有回头路的行程，我们只好硬着头皮走完了这条布满驴粪、马粪、骡子粪的路。

说起圣岛，人们毫不吝啬地使用美丽词汇来描述，在蓝天白云下，阳光海滩边，在熙熙攘攘各色人等的陪衬下，小岛确实像一幅美丽的油画。然而，对我来说，小岛给我的最深刻印象，却是一条弯弯曲曲的山道。从山上直接通到山下的海港码头，又称旧码头，从这里上船可以到圣岛附近的其他小岛。

本来我们没有计划去那些小岛，心想仅在圣岛上参观即可，无奈经不住酒店服务员的热情推荐，于是在圣岛旅游的第一天，就根据酒店服务员的推荐，向旧码头出发了。

很快，我们找到了一个卖小岛船票的旅行社，热情的服务员拿出地图，指指画画，把去旧码头的路线告诉我们。从地图上看，线路非常明确简单，转一个弯，一直走，经过旧货市场，旧码头就到了。

"大概要多长时间？"我们问。

"5分钟，5分钟。"服务员热情回答。

于是，每个人买了16欧元的船票，向旧码头进发。

开始时路还不错，虽然是窄窄的石头小道，两边的各色特产和小商品也令人目不暇接，但是我们很快就被引上了一条没有"回头是岸"的山路，后来被我们戏称为"驴道"。

驴道

　　无论是上山还是下山，驴都成为主要的交通工具，骑在驴背上的人"耀武扬威"，走在崎岖驴道上的游客则小心翼翼，因为一不小心，就会被迎面而来的驴群吓到。没有亲身经历的人，永远没有办法体会这种感觉。

　　上坡山路上，驴人混杂，地上驴粪斑斑，一不小心，就踩上"地雷"。

驴道上的"地雷"

　　这几张驴道相片是在千辛万苦的跋涉途中拍摄的，一辈子估计只有这一次经历，永世难忘！

　　我们的船票是上午 11 点开船，当时的时间才 9 点多一点。如果按照希腊人的说法，五分钟就可以达到旧码头，那么时间是绰绰有余的，但是作为领队，我对希腊人的时间概念还是持有怀疑，因此一路上我不断催促大家快走，不要迷恋商店里五颜六色的小商品。现在回想起来，幸亏我当时的催促，否则，我们很难顺利完成跋涉及时到达旧码头。

　　谁会想到，当我们走出旧货市场，来到一个高山之巅，垂直往下看，山巅到海边的码头，也就几千米吧。要命的是，这几千米不是直线，而是弯弯曲曲的、大大的"之"字形道路，这就意味着，本来 1000 米的距离，"之"

字形后，就变成 2000 米，或者 3000 米。更要命的是，希腊人为了做生意，在这条从山巅到海边的道路上，安排上了驴子、骡子和马，为不愿意走路的游客服务，每个人只要支付 5 欧元，就可以在驴背、骡子背或者马背上完成艰难的跋涉。

于是，在窄窄的下山小道上，挤满了骑驴、骑马、骑骡子的游客，即使在每个驴子队伍的前后都有一个控制牲口的希腊人，不断喊着只有他们和牲口们可以听懂的语言，试图控制牲口队伍。但是，牲口毕

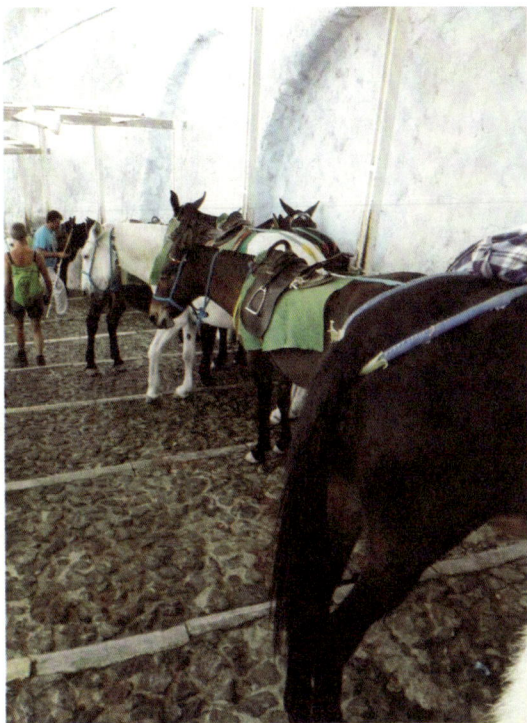

山路上的驴和马

竟是牲口，乱跑乱跳，游客的惊呼声也此起彼落。

如果仅仅是在人的臭汗与牲口粪便混合的混浊空气中行走，我们还算可以忍受，但险象环生的是，上行的驴子与下行的驴子挤成一堆，把我们这些步行下山的人挤得几乎没有立足之地，还要时时刻刻提防驴子、骡子、马向我们踢一脚。

我们的大呼小叫和骑在牲口上的游客们的惊叫声混成一片，对于有膝盖半月板受损、腰椎间盘突出病史的我来说，挂着拐杖走这段路下山，其难度可想而知。

汗水大颗大颗地从额头、肩膀等不断冒出，浑身上下没有一点儿干的地方。如果只是出汗也就算了，关键是每下坡一步，膝盖就像刀刺一样痛，右膝盖本来因为受伤就没有力气，左腿成为主力腿，当全身的重量都压在左腿上时，左腿也发出强烈的抗议。左腿开始发抖，右腿开始发软，即使我挂着拐杖可以借一点力，也是杯水车薪、无济于事。我的同伴们伸出援助之手，

把我的书包、水壶都替我分担了，即便如此，我的行走还是非常艰难，一边要躲避横冲直撞的牲口们，一边要倚靠已经累得发抖的双腿，把这段山路走完。因为这是一条不能回头的山路，我们别无他择。

为了鼓励自己坚持走下去，我不断往山下的海港看，离海港的距离越来越近了，便在心里暗暗鼓励自己。"再坚持十分钟，再坚持五分钟……""在海南开荒的大山比这里难走十倍都熬过去了，还有什么克服不了的？"

有的时候，人的意志力很强大，可以支撑人体完成看似不可能完成的任务。那条崎岖山路，最终被我们抛到身后。虽然这条希腊人说只需要走5分钟的小路，我们走了整整110分钟，但是当我们站在海港码头，看着深蓝色的大海，呼吸着新鲜空气时，一切疲劳都被抛到九霄云外去了。

这段"驴道"值不值得走，是我离开圣岛以后的思索。

当时若有第二种选择，我会毫不犹豫放弃走"驴道"。其实在山路中途，我们发现有缆车，但是距离太远，不知道缆车站在什么地方，也不知道从山路到缆车有无道路可以去，所以只有"仰望缆车而兴叹"的份儿。

我疲惫不堪地完成艰难的"驴道"之行，在当地的一个小旅行社前台坐下来休息。背景墙上绿色的地图就是圣岛的地图，整个岛屿被爱琴海包围。在疲惫不堪时，我想："人生的道路有时也与此类似，在看似无路可走时，也许坚持一下，就会'柳暗花明又一村'，即使要为此付出相当大

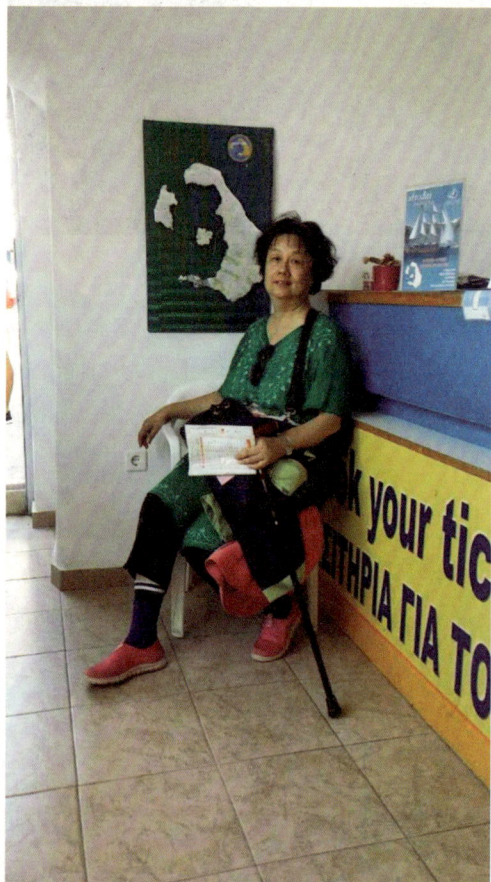

"驴道"之行后的小憩

看到这样的美景，一定觉得在"驴道"上的辛苦付出是值得的

的代价。"

当我们在海港上船，到小岛参观以后，又回到老码头，这时就发现了缆车的入口处。当然，筋疲力尽的我们肯定不会再从"驴道"上去了，而是选择了乘坐缆车。更具讽刺意味的是，现代化的缆车的价格居然和骑驴的价格一样，都是5欧元。缆车只需要2分钟就走完我们走了110分钟的"驴道"。希腊人为什么要保留古道驴子、骡子、马等牲口们驮游客呢？

答案是多种多样的。有的说，欧洲人为了刺激，专门留下惊险无比的小道，让人们在惊吓与惊喜中体验从未有过的经历；有的说，留下这个项目，可以增加希腊圣岛人的就业；也有的说，缆车与驴道竞争，可以促进双方发展，谁的服务好，谁的客户就多，良性竞争促进旅游业发展，不是坏事。

也许这些答案都对，存在的东西总有其合理性吧！

沙滩

人们在海滩上悠闲地晒太阳。

在希腊风味餐厅留影

一家非常地道的希腊风味海鲜餐厅，服务生会讲一些中文来招揽生意。

俯视的铜像

希腊圣岛独特的风景，蓝白相间，最大的白色教堂在蓝天下屹立，两个青铜制作的雕塑尽情地俯视着来往游客，形成一道独特的风景线。

在希腊奥林匹克体育馆入口处

在爱琴海圣岛海边

爱琴海、圣岛与游艇

圣岛白色建筑

建筑间熙攘人群

圣岛特色美景

第五章

别来无恙吧，我的康桥

2015 年 9 月 21 日，跟随旅游大巴，我们来到世界著名的高等学府——剑桥大学。

屈指一算，这应该是我第二次来剑桥大学。第一次是在 1996—1997 年，具体日期记不得了。当时我在中国纺织品进出口公司研究室工作，作为国际贸易协会商业条例惯例委员会委员，受命与当时中国化工进出口总公司的周处长、中国国际贸易促进委员会的王处长一行三人，到伦敦参加国际贸易促进会的年会和商业合同条例修改研讨会。

参加完研讨会，剑桥大学法学院的院长热情地邀请我们到法学院参观访问，于是，就有了我的第一次剑桥大学之行。当时访问的过程和感想，已经在我的纪实小说《站在地球另一端的回望》里有详细记载，在此不再赘述。

2015 年 9 月 21 日到剑桥大学参观，本来是我们一行五人参加欧来欧去旅行社旅游的第二站，无奈在希腊圣托里尼岛旅游时，在"驴道"的行走大大透支了我的体力。于是，临时决定，在剑桥大学我的好朋友家休息几天，因此就有了故地重游。

坦率地说，第一次到剑桥大学时，因为公务在身，当时的任务是与法学院院长座谈，商量国际货运条款修改的内容。座谈之后，他用传统的英式西餐宴请我们，当时几乎没有什么时间参观和游览，我们就赶往火车站回伦敦

英国剑桥大学随处可见的旅游巴士

了。当经过康桥和康河时，如果不是法学院院长介绍，完全看不出此河与伦敦其他河流有什么区别。

事实上，康河与康桥的出名，受益于徐志摩的诗歌和他与林徽因的爱情故事，尤其电视剧《人间四月天》播出以后，给本来已经蜚声海外的国际一流高等学府——剑桥大学，又增加了不少光彩，也增加了不少旅游收入。

与十几年前相比，现在剑桥大学的康河与康桥，成为中国人到英国旅游的必到之处，为英国的旅游业也增加了不少"银子"。

见老友，忆往昔

著名的剑河（即康河），将皇后学院分为两部分，而著名的牛顿桥（康桥，据说由牛顿设计）连接学院的新旧两部分。在中国，这条河因为徐志摩的诗歌而出名。

康河上，有一种平底小船专门为旅游者设计，价格不菲，但是导游们总是能凭借其口才动员游客们乘这种小船，似乎乘了这种小船，就沾上了剑桥大学的书香气。有意思的是，几乎同一个团中每个乘船下来的成员都会告诉我，有一种"上当"的感觉，因为康河实在是一条非常普通的小河，并没有

康桥

因为徐志摩的诗歌就与地球上其他地方的河有天壤之别。

现在的康河，与我第一次到剑桥相比热闹多了，有了平底船和摆渡人，这些与意大利威尼斯的贡都拉小船有得一拼。虽然在装饰、专业性以及在游程的长度上还赶不上后者。不过，作为剑桥大学的收费旅游点，它对剑桥旅游收入增加的贡献度不容小觑。

在剑桥期间，我住在剑桥博士、我的闺蜜高海风家。经过几天的休息，不仅疲劳的身体得到了很好的恢复，而且精神上也非常愉快。

我和海风都毕业于华南师范大学附属中学，我是老初一（1965年入学），她是老初二（本来她与我同年，因为早一年上学，所以成了初二的学生）。我们在学校时并不认识，是1968

康河上的摆渡船

年的"上山下乡"让我们相识、相知，成为闺蜜。我们一起到海南生产建设兵团，在一个连队干活。想当年我们只有16岁，如今都是年过花甲的老太太了。转眼间，四十多年的风风雨雨伴随着流失的青春年华，成为历史。

忆往昔，我们竟然有如此相似的经历，这倒是谁也没有想到的。1973年前后，我们从不同的途径，从海南岛回到广州，上了不同的中等专业学校。我上的是广东省对外贸易学校，海风上的是广州市建筑设计中专。

1977年恢复高考，本来已经在广州设计院有稳定工作的海风，为了追求更多的知识，考上了中山大学地理系。毕业以后，又考上华南师范大学地理系硕士研究生，获得理科硕士学位。随后到英国剑桥留学，获得剑桥博士学位。就在她努力为事业奋斗和提升自己知识水平时，我完成了在暨南大学经济学系的专业进修，以同等学力于1982年考上华南师范大学经济学专业硕士研究生。毕业以后当了两年老师，又到法国留学，在1993年获得法国巴黎第

和海风在康桥前合影

八大学经济学博士学位。其间，我们很多年没有联系。但是当我们恢复联系以后竟发现，我俩的学习和奋斗历程非常相似，这也许就是冥冥之中老天的安排吧！时间似流水匆匆而过，在近半世纪的岁月里可以保持友谊的朋友，目前已经屈指可数了，我们都非常珍视这几十年的友谊。

在相聚的短短几天时间里，我们有说不完的话。这不仅仅因为我们有相似的经历，更因为这么多年过去了，我们还有很多相似的爱好、相同的价值观等。我们都非常珍视这份随着岁月而积淀的友谊，随着时间的推移，这种友谊会像发酵的酒，越来越香醇。

我们一起从 16 岁的少女时代走来，走过中年，步入花甲之年。岁月的沧桑不知不觉地印刻在我们身上。是呀，谁也无法阻挡时间的脚步。唯一值得欣慰的是，我们的青春闪耀过同样的奋斗光芒，留下过同样的拼搏足迹。

本来我拍了不少相片作为纪念，包括她舒适的家、美丽的庭院、她勤奋地工作和我们愉快聊天的相片，但是非常遗憾的是，后来到法国访问时，我在街上被一个青年抢劫，照相的手机丢失了。那些对旁人来说，也许是无足轻重的照片，但是对我来说则是极大的损失。当我提笔写这篇游记时，深深地为那些失去的照片感到遗憾。

在剑桥大学，有许多这样安静闲逸的小街道，海风的家就在其中

广州的月饼跋涉了千万山水，终于到达
海风的手里

　　九月的广州，赤日炎炎，我们还穿着短袖、裙子，而九月的伦敦，已需穿上羽绒服。海风手里提着的是广州酒家的月饼，在中秋节之前可以品尝此物，聊慰思乡之情。

　　这盒小小的双黄莲蓉月饼，从2015年8月30日和我一起离开广州，经过巴黎、马德里、巴塞罗那、雅典、圣托尼岛、里斯本，最后来到伦敦，当它们完好无缺地到达海风手上，我一颗悬着的心也算是放下了。

　　这是我第一次在伦敦与海风相见，在此之前，她和先生阿明曾在2012年回国。在她的母校、我的家——华南师范大学，我们相聚过。她在华师地理系教书时的系主任刘南威教授是我几十年的邻居，住在我家楼上，也是我父母的老同事。当我们回首往事时，不禁发出这样的感叹："这个世界真小！"

在伦敦相聚时，海风还请我去了非常有名的餐厅——THE DUKE OF WELLINGTON（伦敦惠灵顿公爵餐厅）。

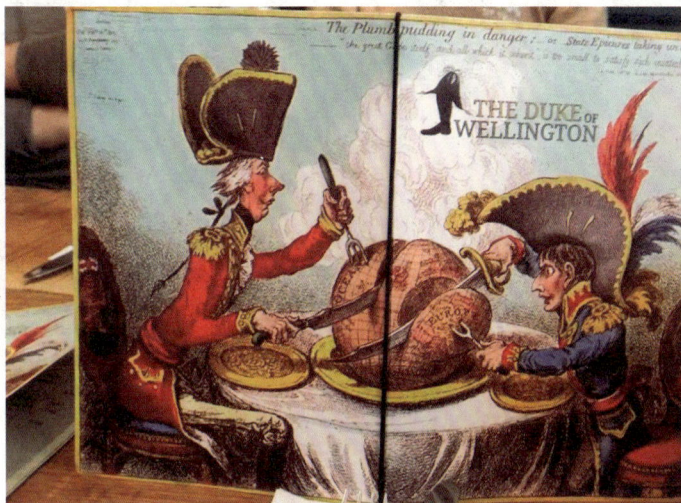

伦敦惠灵顿公爵餐厅的菜单

炸鱼和炸薯条，加上一点煮豌豆，这是典型的英式午餐，品尝之后，余香萦绕口中，回味无穷。

典型的伦敦大餐

享受美食的欢乐

　　可以说，我品尝过的无数次英式西餐中这次味道最正宗，与书中描写、平时想象中的味道完全一样。

　　这个位于伦敦市中心的餐馆，生意非常好，午餐时间，店外已有不少排队等位的客人，我、海风与一对从法国来旅游的夫妇"搭台"。虽然素不相识，但并不影响我们的好胃口。美餐一顿的同时，还请法国夫妇给我们拍下了相片留念。

重游剑桥大学

　　在一个阳光明媚的下午，在海风的陪同下，我再次游览了剑桥大学。

　　剑桥古老的建筑比比皆是，这些红砖建筑大多数经历了上百年风雨，是典型的英式建筑。

剑桥大学的古建筑

红砖建筑近景

街区中心的现代雕塑，与古老的建筑相得益彰

剑桥市政府纹章（arms）及办公楼特色建筑

剑桥市中心的露天市场一角

经历了百余年风雨的老酒馆

以鹰的图像为标志的著名酒馆，DNA的发现者们喜欢来这里喝上几杯，他们的实验室就在右手边的建筑物后面

等待朋友的年轻人

街头造型特别的钟（据说是霍金发明）

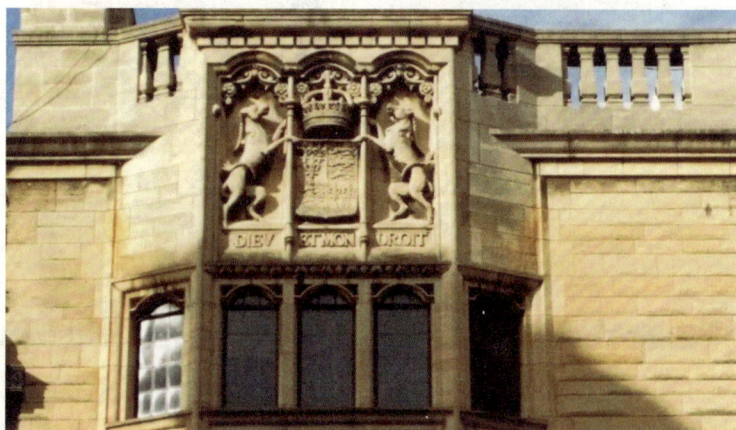

剑桥大学法学院建筑上的"我权天授"标志

　　"我权天授"（法语：Dieu et mon droit），又译"汝权天授"，是英国君主的格言，也出现在英国皇家徽章中盾牌下的卷轴。此句格言意为天授君权，即君主获得天命，上天授予君主统治人民的权力。

　　剑桥大学法学院的这个建筑给我们留下深刻的印象，墙上的雕塑用无声的语言向我们展示着法律的尊严。

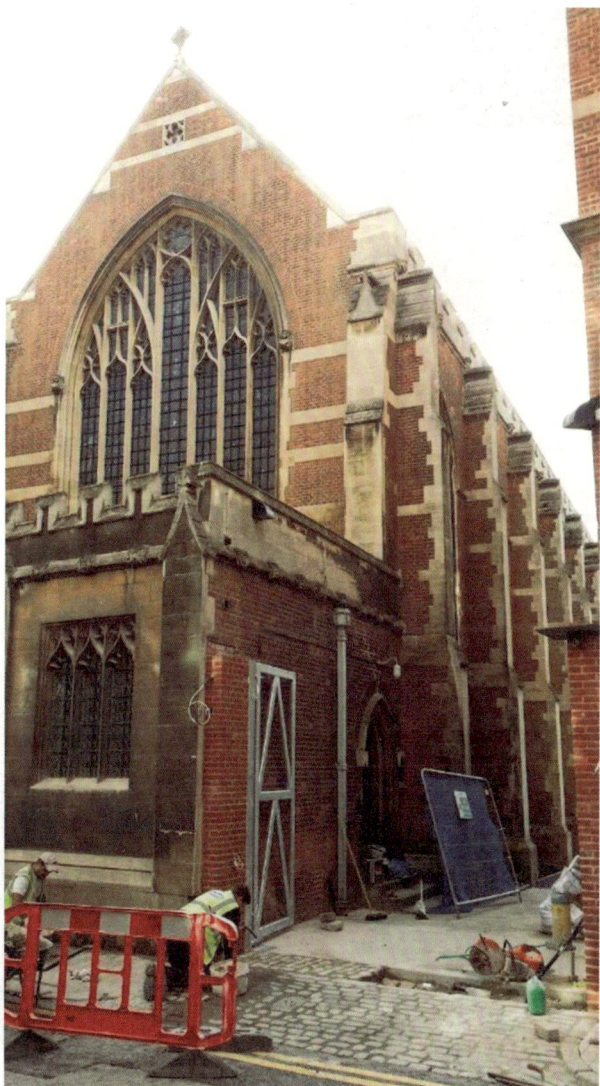

正在维修的教堂

指示牌

我们路过一个指示牌，牌子注明这是圣凯瑟琳学院，只有学院的员工可以在此处私人花园停车，这些大门随时有可能关闭，未经许可的停放车辆必须从此地移开。

我们看到有个花园，它是专门给这个学院教员和学生享用的私人领地，禁止参观。在私有权受到严格保护的国家，这样的标示牌并不让我们感到奇怪。

花园

站在剑桥大街上

在皇后学院入口处留影

　　著名的剑桥大学国王学院也是旅游团必经之地，可惜只允许我们在国王学院门口照相，没有安排我们到里面参观。

剑桥大学国王学院

皇后学院高高的塔尖上面"飘扬"着一面旗，看上去这面旗是金属做的，不会随风飘扬而是直挺挺地傲视着蓝天。

皇后学院建筑的塔尖

在皇后学院里留影

在剑桥大学，不同的学院有不同的纹章，我们看到了达尔文学院特别的纹章。

在剑桥大学总部的旅游纪念品商店门口，站立着一个忠诚的英国士兵，专门和旅游者合影，而且分文不取。走近一看，方知这是一个模型，于是我们一起合影留念。

我们漫步在剑桥大学校园，时间在我们悠然的脚步中不知不觉地流逝，我们不仅参观了皇后学院、达尔文学院、国王学院、数学院、剑桥出版社等，还参观了海风攻读博士学位的地理学院。与此同时，在游览过程中，海风详细地介绍了剑桥大学的教育体系与特点。

站在剑桥大学校园内，望着一座座上百年的建筑，作为一个智力资本研究者，不禁发出这样的感叹："人的一生是短暂的，很多东西都会随着时间的推移随风而去。什么东西可以与我们一生相伴，不离不弃呢？父母迟早会离我们而去，子女成家立业也会离开我们，就算是相濡以沫的夫妻，也说不好谁走在谁的前面。那么唯一可以与我们相伴一生、不离不弃的，可能就是我们的知识，是我们对自己的智力投资。"这种投资，随着年龄的增长、随着知

达尔文学院的纹章

与英国"士兵"合影

识的更新，价值会越来越高。

　　我常常想，当我们老到走不动了，坐在轮椅上，在夕阳下，还能阅读自己年轻时写的旧著，还能阅读年轻人写的新作，那将是一件多么愉快的事情呀！

　　知识是我们一生的朋友，不离不弃的朋友。有这个朋友陪伴，我们永远不会孤独、寂寞，我们会永远在精神世界的广阔天地里翱翔！

第六章

五光十色的英伦之美

在伦敦市区的游览，基本上是根据旅行团的安排，匆匆忙忙地搭乘旅游大巴，浮光掠影地透过玻璃窗感受伦敦街景。印象比较深的是参观白金汉宫（仅仅是外面）、大英博物馆（仅有两个小时）、唐人街（仅仅在此吃午饭和购物），以及匆匆路过唐宁街、大本钟等著名景点。

虽然这样的参观并不能满足我们对伦敦更全面了解的愿望，但是也为我们日后再次游览伦敦，奠定了不可多得的基础。至少，我们知道了路线图，知道了哪些地方我们必须花更多的时间去了解。

伦敦市的街区

高高的墙壁上悬挂着商店的名字——HARVEY NICHOLS，这是个有名的大百货商店，建筑整体很好看。这个百货商店在英国许多城市都有分店，其旗舰店在伦敦骑士桥附近。

百货商店

街景

橱窗

　　街边有一个造型独特的商店，其大型玻璃橱窗别具一格，像一面大大的镜子，使得街道上的行人与橱窗的模特互相辉映，很有特色且引人注目。

参观白金汉宫

　　白金汉宫是参观伦敦不可错过的景点，也是旅游团安排我们下车参观的第一个景点。参观白金汉宫内部需在网络上预约订票，耗时较长，因此旅行团就仅安排我们在白金汉宫外参观和照相。

　　幸亏早年我在留学法国时，曾到伦敦旅游且专门参观了白金汉宫，因此没有留下什么遗憾。当然，那时候的白金汉宫也只是部分开放，女皇居住的地方应该依然是旅游者的禁区。在这方面，全世界的皇宫似乎都一样，在日本东京，我们参观天皇的皇宫，也仅仅向游人开放了皇宫的部分庭院和很少一部分建筑物。

白金汉宫的金色雕塑

墙内是白金汉宫花园

时钟在上午十点钟敲响，英国皇家卫队骑马在小广场上行走，绕广场一周，这也算是一个参观项目，不少游人用相机拍下这个时刻。

英国皇家马队表演

在维多利亚女皇雕像前留影

白金汉宫外墙的宣传画，介绍了宫殿开放内部可以参观的地方，可惜参观要提前在网上订票，而且旅游团根本没有给我们安排参观时间。所以，我们只能拍下这组相片，与读者一起慢慢欣赏，这也是无奈之举吧！

温莎城堡宣传画

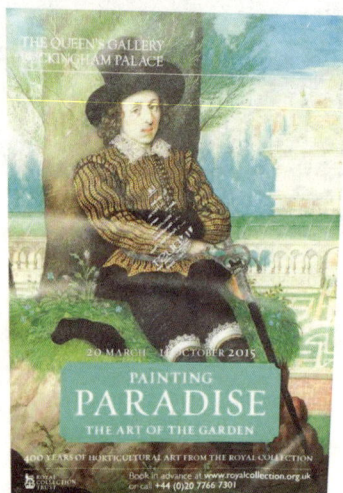

白金汉宫的画展——天堂

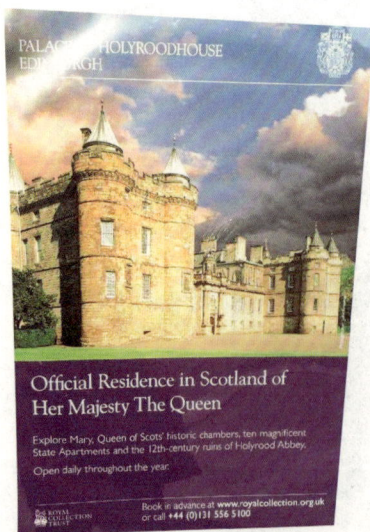

荷里路德宫（Holyrood Palace）

宣传画——欢迎参观皇宫国宴厅

对于那些第一次到伦敦，估计以后也不会有机会来的团友们，这次没有进入参观白金汉宫，就好比到北京没有参观故宫内部，仅仅在故宫外墙绕了一圈一样，这种遗憾是无法弥补的。

总之，旅游团安排我们在白金汉宫参观一小时，这个时间也仅仅够我们在宫外的围墙、花园照一照相，运气好的话，碰到整点的皇家马队在宫外表演，就可以顺便看看骑马的士兵们在整齐的乐队声中，绕宫外围墙一周的壮观情景。

伦敦街景与街边建筑物

离开白金汉宫，我们步行到著名的唐宁街。为此，我们有了在伦敦街头漫步的机会。

非常遗憾的是，导游为了赶时间，带领着我们当中一群可以健步如飞的团友，匆匆忙忙地走在前面。那些愿意拍照或者腿脚不是那么矫健的团友，只好自己慢慢前行，失去了听导游讲解的机会。

有个建筑远远看去，有点儿像巴黎圣母院，我猜它是威斯敏斯特教堂。这个猜测后来被证实。

威斯敏斯特教堂

在街头一位老人家给我们留下深刻印象，他的胸前挂满了各种各样的徽章，帽子上也别了一个大徽章，但我看不清楚是什么徽章。他站在高高的台阶上，对来来往往的路人们不停演讲，可惜没有人驻足（除了给他拍照的游客），也听不清楚他在说什么。如果此时此刻，他在海德公园的自由角，还是可以理解的，但是在这条熙熙攘攘的大街上肆无忌惮地演讲，人们会以为他精神上出了问题。

我们走到一栋气派的大厦前，据了解才知道这座大厦在 2000 年以前有多重功能，它既是卫理公会派的教堂、议会中心，也是艺术长廊、教堂办公室。这里有 22 个会议大堂、讲座课室和会议厅，是伦敦最大的建筑之一。留影则是必不可少的了。

后面高高的建筑物是著名的伦敦大本钟

在卫理公会派教堂城市中心大厦前留影

在徒步走向唐宁街的途中，我们经过伦敦最高法院，它的庄严，给我们留下深刻印象。

伦敦最高法院

英国枢密院审判委员会和私有

权法律协会法庭标志

伦敦最高法院的标志

律师雕塑

我猜想最高法院门口的这尊律师雕塑原型一定是个名气很大的律师，相片放大可以看到他的名字是亚伯拉罕·林肯（第十六任美国总统）。

途经最高法庭并不是旅游团的安排，而是因为这个建筑在旅游团集合地，我们到达时间比其他团友早，无意中发现了伦敦最高法院。这为我们的旅游增加了不少色彩和小惊喜。我们得知，法庭那天有《关于自由大宪章的影响》的免费展览，同时还有一个纪念品小商店和咖啡吧。

我们与伦敦著名的大本钟合了影。不要小看这个拐角街景，在这个地方照相需要排队，因为此处是遥望大本钟且留影的最佳位置。

与远处的大本钟合影

伦敦街头的红色电话亭

漫步唐宁街

　　漫步唐宁街是我们伦敦旅游的重头戏之一，唐宁街在英国的知名度是不言而喻的。在这条街上，不仅有政府官邸，还有许多政府机构的大楼，应该说是英国各方政治力量的集散地和大舞台。

　　我们在去唐宁街的路上经过一个纪念碑，有三面旗子，这是为了庆祝"一战"胜利而建造的。

纪念碑

"二战"妇女纪念碑

　　唐宁街内部是不让游客参观的，我们只能在铁栏杆外面的"白色大厅街道"漫步，游客熙熙攘攘，街道当中还有"一战"和"二战"的纪念碑。

　　在唐宁街，有一个特色的旅游景点：一个骑士穿着传统英国皇家士兵服装，专门供游客照相，旁边的牌子警告游客"小心被马踢到或者咬到"。

街旁的旅游纪念品小摊

战时办公室大楼

黑人骑士

白人骑士

　　在黑人骑士旁边，还有一个白人骑士，实际上，这个门口有黑人和白人两个皇家士兵，专门供游客们照相留念。游客们需要排队才能有机会和他们合影。

英国能源与气候变化部办公大楼

纳尔逊纪念碑

英国能源与气候变化部的办公大楼（The Department of Energy and Climate Change，DECC）是白色大厅街道上众多的政府办公大楼中的一座。

这座看上去像是拿破仑的雕塑，实际上是纳尔逊纪念碑，用以纪念海军中将第一代纳尔逊子爵霍雷肖·纳尔逊（Vice Admiral Horatio Nelson，1758—1805年）的卓越战功。

海军拱门（Admiralty Arch，又称水师提督门）是座半圆形的建筑，我们在从唐宁街到唐人街的途中会经过这里。

海军拱门

107

尖顶教堂

英国国家美术馆外景

英国海峡舰队司令查理·詹姆斯·纳皮尔的铜塑像

在英国国家美术馆广场前有一个很大的喷水池，最引人注目的是喷水池上有两个美人鱼青铜像，一男一女。这样的青铜像很罕见，更为罕见的是，一般的美人鱼都是女性，而在此居然有男性美人鱼，这在世界上恐怕也是独一无二的。

美人鱼青铜像

在美术馆前留影

109

在唐人街留影

　　我们终于来到了著名的唐人街，在大红灯笼高高挂的街道上，似乎可以感受到中国春节的味道。而事实上，这是 2015 年 9 月，离春节还十分遥远。

在唐人街与人像留影

街心公园的雕塑与歇脚的游客

110

挂在墙上的"狮子"

参观英国大不列颠博物馆

英国大不列颠博物馆是世界著名的博物馆之一，也是游客们必须参观游览的重要景点之一。

遵循旅行社的安排，我们有两个小时参观时间，但是与巨大面积的博物馆和非常丰富的馆藏相比，两个小时的时间远远不够。参加旅行团必须集体行动，尽管我们对这样的安排非常不满意，但是也不得不遵守。

这是我第一次参观大不列颠博物馆，面对有限的时间、

在大不列颠博物馆前留影

脚力和精力，我决定只重点参观一个或者两个展览室，然后买一本最新出版和翻译的博物馆书籍，回国慢慢欣赏。

与此同时，我也决定，如果以后有机会到伦敦自由行，一定拿出两三天时间，慢慢参观和欣赏博物馆的馆藏。

谁也不会想到，我身后那个不起眼的小门，就是大不列颠博物馆的一个入口处。

从在博物馆那个小门入口进入博物馆，首先进入眼帘的是一个铜雕塑。经过好朋友高海风的帮助，我才对这座阿尔伯特·爱德华七世王子铜雕塑有了一些了解：阿尔伯特王子·爱德华七世（1874年11月9日—1910年5月6日）是维多利亚女王和阿尔伯特王子的长子，从1901年1月22日到1910年他去世，爱

阿尔伯特·爱德华七世王子铜像

德华七世家族一直是英国和印度的统治者，与欧洲各皇室都有渊源。

在博物馆内部每一个门后面都是一个展览馆，圆形大厅被四周的展览馆紧紧包围。中间大厅是一个四通八达的纪念品商店和咖啡馆，供游客们歇脚与购物。

立于博物馆中间大厅

博物馆入口之一

　　我实际上只粗略地参观了爱斯基摩展览馆和埃及展览馆，在途经这两个展览馆的走廊上，居然发现了一些中国元素的展品。其中印象最深的有两个：一个是挂在墙上的九龙壁，用玻璃罩镶嵌在墙壁上，属于袖珍版；另一个是中药，原汁原味的中国纸质

中药，连纸质口袋都是原装的

口袋，中药处方，甚至处方上可以清晰辨认出病人的姓名、年龄等信息。

　　当然，博物馆里有中国展览馆，其展品更全面，不过实在没有时间去一一参观。

　　在此，只能与读者分享一些凤毛麟角的相片。

中国的九龙壁复制品

爱斯基摩展览馆掠影

　　坦率地说，原来的计划并不是想参观爱斯基摩展览馆，只是因这个展馆在去埃及馆的必经之路上，也是最靠近休息大厅和纪念品商店的展馆，我在这个展馆里驻足良久。

　　以前我对这个民族知之甚少。通过展览我才了解到，爱斯基摩人，又称

因纽特人，生活在北极地区，分布在从西伯利亚、阿拉斯加到格陵兰的北极圈附近，分别居住在格陵兰、美国、加拿大和俄罗斯。因纽特人属蒙古人种北极类型，先后创制了用拉丁字母和斯拉夫字母拼写的文字。多数人信万物有灵和萨满教，部分人信基督教新教和天主教。

因纽特人的祖先大约是在一万年前从亚洲经过白令海峡到达美洲的，或者是通过冰封的海峡陆桥过去的，现主要分布在北美沿北一带地区，语言属古亚细亚语系爱斯基摩—阿留申语族。近海的居民主要以捕捉海兽、鱼类为生，内陆的居民则从事狩猎。他们喜爱造型艺术，擅长雕刻，我们在展览馆里就看到许多栩栩如生的工艺品和雕塑。

因纽特人属于东部亚洲民族，与美洲印第安人不同之处在于具有更多的亚洲人的特征。他们与亚洲同时代的人有些相同的文化特色，如用火、驯犬等，分开居住，社会以地域集团为单位，一夫一妻制，男子狩猎和建屋，女子制皮和缝纫。住房有石屋、木屋和雪屋之分，房屋一半陷入地下，门道极低。

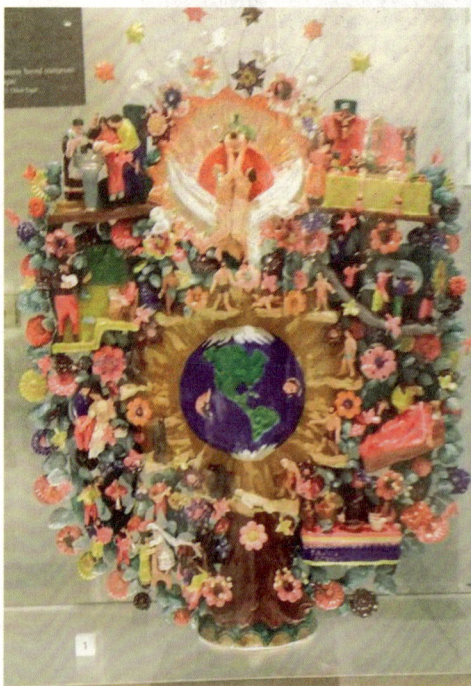

因纽特人制作的工艺品

因纽特人一般会养狗，用来拉雪橇。他们主要从事陆地或海上狩猎，辅以捕鱼和驯鹿，以猎物为主要生活来源：以肉为食，毛皮做衣物，油脂用于照明和烹饪，骨牙作工具和武器。他们也使用现代渔猎工具，并乘汽艇从事海上狩猎，从事毛皮贸易。后来日益受到白人文化影响，在格陵兰地区已有80%的人移居小城镇，出现贫富分化。

通过展览馆的各种资料，我们得知，有14 000多年的历史，他们必须面对长达数月乃至半年的黑夜，抵御零下几十摄氏度的严寒和暴风雪。夏天奔忙于汹涌澎湃的大海之中，冬天挣扎于漂移不定的浮冰之上。仅凭一叶轻舟和简单的工具与庞大的鲸鱼搏斗，用一根梭標甚至赤手空拳去和陆地上最凶猛的动物之一北极熊较量。

因纽特人的服装

形象逼真的泥雕塑

镂空的木雕

造型特殊的雕塑

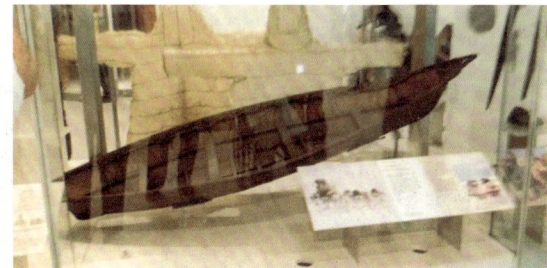
因纽特人的捕鱼船

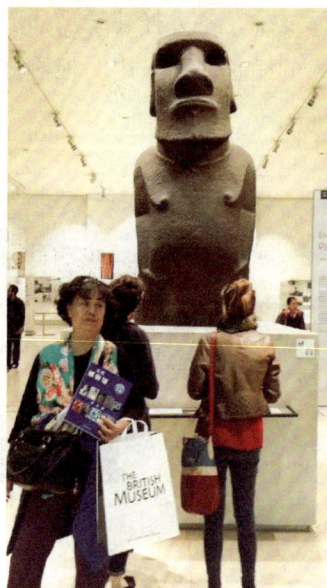

我手持一本介绍伦敦大不列颠博物馆的书，在因纽特人的展馆前留影，后面的雕塑是这个展馆的标志性展品，应该也是因纽特人崇拜的一位神的雕塑。

雕塑前留影

埃及馆掠影

穿过游人如梭的其他博物馆，我来到期盼已久的埃及馆，并且拍了一些相片留念。

在埃及馆留影

埃及馆中狮身人面像

作为文明古国之一的埃及，展馆中展出的各种文物，如雕塑、图画等，林林总总、数不胜数，这里分享的相片，可以说是"九牛一毛"。

埃及展馆里的头像雕塑

逼真的石制拳头雕塑

石雕女神

没有下肢的雕像

在埃及展馆里面的雕塑是埃及最有代表性的石头雕塑。

按理说，英国的大不列颠博物馆应该是我们在伦敦访问的重头戏，但是跟着旅游团，在这里的行程都变成走马观花、蜻蜓点水。据导游说，仔细参观整个大不列颠博物馆需一周的时间。因此，我只能在途经各个馆匆匆参观。

唯一值得庆幸的是，我买到了一本中文版《大不列颠博物馆》。此书详细介绍了很多精彩的藏品。这样，我可以在日后的闲暇时光，坐在暖阳下，品着香浓的普洱茶或者香醇的咖啡，翻阅和欣赏这本内容丰富的图书，也算不枉这次英国之旅吧。

参观大英自然博物馆

参观大英自然博物馆并不是旅游团的安排，其实在离开伦敦前往英吉利海峡乘渡轮之前，我们在伦敦市区大概有 2 小时的休闲时间，导游安排我们去参观著名的奢侈品商店，不少来伦敦的游客都欣然前往。有一个团友参观完以后，感叹道："真是开了眼界，在这个大百货商店里，看到了一件件价格上万英镑的西服、首饰、化妆品，也就是过过眼瘾吧。"

我和另外几个团友在旅游大巴经过的路上，发现了一间规模挺大的博物馆。于是，我们一行五人趁着休息的两个小时去参观了这个博物馆——大英自然博物馆。

因为是周末，博物馆免费开放，我们在上午十点钟成为第一批参观的游客。

自然博物馆非常大，我们仅有不到两小时的时间，而且需要减去从博物馆到旅游大巴集合地的步行时间 15 分钟，这也是参加旅游团的无可奈何。如果是自由行，我们绝对可以优哉游哉地参观博物馆，但是参加旅游团，我们不得不在规定的时间、地点上车。

我仅仅参观了两个展馆，一个是艺术馆，馆藏都是世界各地的著名雕塑和油画。有一些我们在法国巴黎的卢浮宫、凡尔赛宫看过，有一些在意大利米兰、罗马的博物馆看过，依旧让我们感到震撼。

技艺精湛的雕塑艺术品

栩栩如生的木雕

青铜雕像

雕像

　　事实上，艺术馆精美的青铜雕像、木雕塑美不胜收，此处展示的只是在众多相片中选出来的，它们有来自英国的，更多的来自世界各地，在此无法一一列出。

　　此外，在博物馆内的"未来展路"——未来的奢侈品也给我留下了深刻印象。

未来馆展板

展品

在这个展馆中，展示了未来的产品，尤其是奢侈品。

看上去像是实验室的玻璃仪器，但是作为未来馆展示的奢侈品，其中的含义我们现在还不能理解，读者们只有充分发挥想象自己猜测了。

比如，看到一个用金丝线做成的圆形物体，它代表什么东西？让我百思不得其解，这个谜也留给读者吧。

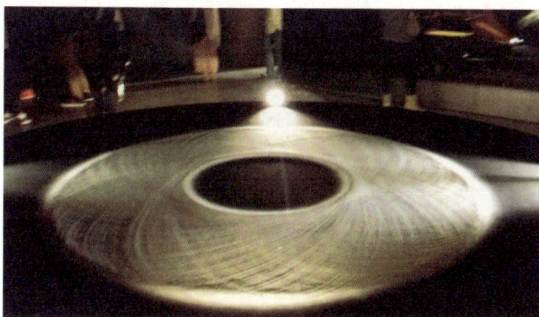
用金丝线做成的圆形物

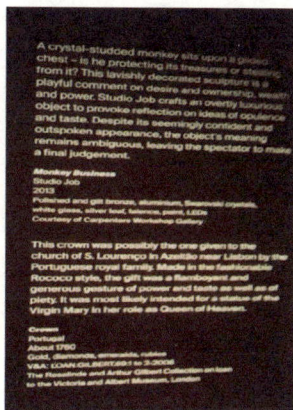
展品介绍

展板上是对未来水晶制品、金属制品等的介绍，可惜我的手机在黑暗的展馆里照的相片都不清楚，因此不能在此一一与读者分享。

横渡英吉利海峡

我们来到英吉利海峡，海峡对面便是法国，我们将和旅游大巴一起乘轮渡到法国。

遥望英吉利海峡

　　隔着玻璃窗，看到烟雨朦胧的海峡。天气一会儿就晴朗了，在离开英国港口时，可以清晰地望见远处的灯塔。

在轮渡船头远眺

迎面来的渡轮

远远望去，一艘从法国港口开往英国港口的渡轮，与我们的渡轮在英吉利海峡迎面相遇。

港口停泊的大巴

在英国港口一侧，许多旅游大巴在排着长长的队，等候过海关。

对面的轮渡

在过轮渡的前一刻，根据导游意见，我们前往休息大厅用午餐。这里东西的价格比伦敦市区贵很多。

123

登船那刻的风景

在登上轮渡的最后一刻拍下这些相片，结束我们的英伦之旅。

英国之旅在 2015 年 9 月初结束了，印象最深、最美好的，莫过于在剑桥大学与好朋友高海风以及她先生的相处。

人的一生是短暂的，能有一个保持四十多年友谊的好朋友相伴于异国他乡，实属不易。人生又是漫长的，四十多年前在海南岛"下乡"到现在已经过去一万多个日日夜夜，我们谁也没有想到，有朝一日，我们会在英国伦敦相遇。

而下一次相遇，我们会在什么地方呢？

葡萄牙，全称为葡萄牙共和国（葡萄牙语：República Portuguesa），是一个位于欧洲西南部的共和制国家。

这个国家对我来说，既陌生又熟悉。说它陌生，因为在 2015 年之前，我从未到过这个国家，即使在法国留学和随后十几年到欧洲讲学，都没有涉足这个国家，因此，葡萄牙对我来说，是个遥远又陌生的国度。说它熟悉，主要是因为澳门。在 1999 年之前，澳门的葡萄牙特色浓郁，即使在澳门回归以后，葡萄牙特色依然成为澳门吸引游客的一大特色。我经常到澳门讲学，对葡萄牙的了解大部分来自澳门。所以，在我的记忆中，葡萄牙又不那么陌生了。

葡萄牙的地理位置很特殊，东邻西班牙，西部和南部是大西洋的海岸。除了欧洲大陆的领土以外，大西洋的亚速尔群岛和马德拉群岛也是葡萄牙领土。

跟着旅游团的行程，我们在葡萄牙仅仅待了一天，匆匆忙忙参观了首都里斯本和世界最著名的罗卡角——它在欧洲大陆的最西端。

熟悉欧洲历史就会知道，从 16 世纪起，葡萄牙在大航海时代中扮演活跃的角色，成为重要的海上强国。全盛时期的葡萄牙甚至和西班牙共同签署了《托尔德西里亚斯条约》，意图瓜分世界。

在近代西方历史上，葡萄牙是历史文化发源地之一，16—18 世纪葡萄牙和西班牙成为强大的影响世界的全球性帝国。在欧洲国家中，葡萄牙是殖民历史最悠久的一国，自从 1415 年攻占北非休达到 1999 年澳门回归中国（亦有一种算法以到 2002 年的东帝汶独立为止），殖民活动几近六百年，曾包括世界 53 个国家的部分领土，其官方语言葡萄牙语成为 2.4 亿人的共同母语和世界第八大语言。

航海纪念碑广场

进入里斯本市区第一个参观景点，便是葡萄牙航海纪念碑，看起来气势雄伟壮观。它建于 1960 年，位于里斯本贝伦塔附近，广场的对面，近处是海湾，更远处则是一望无际的大海。

　　广场对面是辽阔的海湾，然而最值得关注的是地面，显露了一些红色和灰色的三角，此处只能看到地面上的边边角角，这是比较遗憾的，不过，也许有遗憾就意味着还有机会再次去葡萄牙旅游吧！

　　广场更远处是浩瀚的大海，给人一种心旷神怡的感觉。俗话说："比海宽阔的是天空，比天空宽阔的是人的胸怀。"但是当人站在浩瀚的大海面前，还是可以感到人类是那么渺小，自然界是那么庞大。

　　当我们站在这个雄伟而宽敞的广场上，自然而然地回忆起葡萄牙

航海纪念碑

航海纪念广场

127

浩瀚辽阔的大海

的航海史……

　　葡萄牙的崛起，始于 15 世纪的亨利王子时代。流行于 14 世纪的鼠疫夺去了欧洲 2 400 万人的生命，而葡萄牙人以其强壮的体魄和强大的免疫力躲过了这次浩劫。

　　"祸兮福所倚，福兮祸所伏。"免受鼠疫灾害的葡萄牙人口急剧增加，国内种种矛盾高度激化。同时，由于从东北部西班牙城市入葡萄牙的商路被限制，输入的葡萄牙人生活必需品如香料、糖的数量急速减少，价格暴涨。更为严峻的是，由于欧洲金矿的稀缺，葡萄牙铸造货币的黄金几乎完全依靠进口。而黄金供应的不足，使得市场上流通的货币受影响，信用降低，将葡萄牙的经济逼入绝境。当时，葡萄牙进入了伊比利亚经济危机时期，面临着社会动荡的严重问题。

　　葡萄牙国土是一块狭长的沿海土地，内陆地区少，加之人口密集，内部资源稀缺，依靠内部机制解决社会矛盾毫无可能，只有寻求向外扩张来转嫁经济困境。陆地上，强大的宿敌西班牙堵住了葡萄牙所有向外扩张的路径，因此，谋图海上的发展成为葡萄牙求取生存的唯一手段。

　　当时马可波罗的"游记"盛行于欧洲，东方成为欧洲人概念中财富与黄金的同义词，欧洲各国纷纷谋求与东方的商业贸易。解决葡萄牙经济危机最需要的是黄金，因此，葡萄牙迫切地需要开通通往东方的航道，寻求与东方的贸易。由于地理因素和历史的关系，在探索新航路方面，意大利人拥有当时欧洲最发达的航海技术，然而，为求取民族的生存，葡萄牙人在欧洲捷足先登，最早开始了向东方的航海探索。

葡萄牙此时正处于"航海家亨利"的统治时代。亨利是葡萄牙历史上怀雄才大略、有战略眼光的领袖，生于 1394 年，其父是葡萄牙国王若奥一世，其母是莎士比亚在《理查二世》中写到的冈特的约翰的女儿菲利芭。

1415 年，葡萄牙国王若奥一世携王子亨利一起，出动战船 200 艘、海军 1 700 人、陆军 19 000 人，突击占领了直布罗陀海峡南岸的休达城，控制了地中海与大西洋的交通咽喉，开始由海路向未知的世界进军。休达城战役标志着葡萄牙对外扩张的开始，也正是这场战争令亨利王子一战成名。

当时的欧洲贵族，仍然以陆上骑士为最高尚的职业，陆地上的猛将是所有贵族少女梦中的白马王子，休达城战役后的亨利完全可以成为陆战的名将。然而，少年的亨利却放弃了陆战生涯，转而对海洋产生了浓厚的兴趣。1415 年从休达城回国后，亨利就着手准备对非洲西北部的探险，他参与了海船的改进工作，从意大利网罗了大批航海人才，并在里斯本创建了航海学校，教授航海、天文、地理等知识。亨利用骑士团一年的收入装备了几支远航探险队，对西北非各地进行了大范围的航海探险。

在亨利的关注下，葡萄牙的航海事业不断发展，葡萄牙人于 1420 年拓居物产丰富的马德拉群岛，

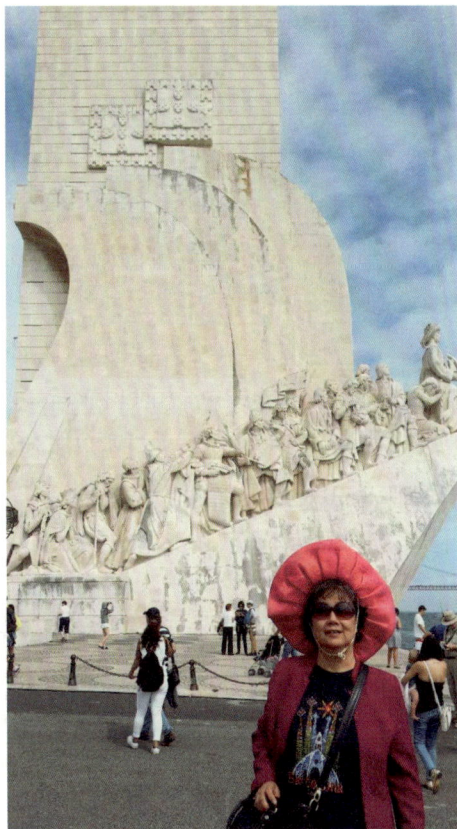

在航海纪念碑前留影

1432 年到达大西洋上的亚速尔群岛。1441 年，葡萄牙人到达了非洲，并在返航时从非洲运回 10 个黑奴，这是欧洲历史上的第一次奴隶贸易，从此开始了非洲黑人苦难的奴隶贸易时代。

1445 年，亨利王子的船长们通过了沙漠海岸，进入物产富饶的西非海岸，随后拓居西非佛得角（绿角）等地，1456 年又到达佛得角群岛。直到 1460 年亨利逝世时，葡萄牙人已经勘探到西非的塞拉利昂，并在西非沿岸建立了大批贸易商站。

葡萄牙海上贸易的发展，迫切需要强大的海军维护其海上霸权。葡萄牙人的海上武装力量也伴随着海上贸易的繁荣不断强大：在岛屿方面，葡萄牙人分别于 1419 年、1432 年、1455 年占领大西洋上的马德拉群岛、亚速尔群岛和佛得角群岛，完成了东大西洋扩张的海上据点构筑；在沿岸方面，葡萄牙人分别于 1471 年、1438 年、1488 年到达了几内亚、刚果、南非等国，完成了非洲西部沿海地区的航行，并沿河抵达非洲的内陆地区。

强大的海上霸权带来的是滚滚的财富，东方的象牙、香料和黄金如潮水般涌入葡萄牙。葡萄牙人在非洲用小工业品如玻璃镜等来换取奴隶、黄金，在西非沿海地区建立了"黄金海岸""象牙海岸""花椒海岸""奴隶海岸"等，掠夺了大量的财富，几十年间，传统的农业国葡萄牙一跃成为西欧最富有的国家。

海权带来的不仅是大量的财富，还有民族的霸权。1494 年 6 月 7 日，葡萄牙与西班牙签订《托德西利亚斯条约》，确定佛得角群岛以西 2 200 古海里处的"教皇子午线"为界，界东属葡萄牙，界西则属西班牙。这个昔日的欧洲弱国，在人类历史上第一次与老东家西班牙人一道，如切西瓜一样瓜分了地球。当时距离葡萄牙王国成立不过 355 年。

航海纪念碑广场的另一角矗立着一个庞大的三角形标志，也许是象征着一个大大的船锚，或者是其他航海的标志，在蓝天白云下，威武地挺立着，似乎向人们展示着葡萄牙曾经的辉煌历史。

航海纪念碑广场上的三角形地标

圣哲罗姆派修道院

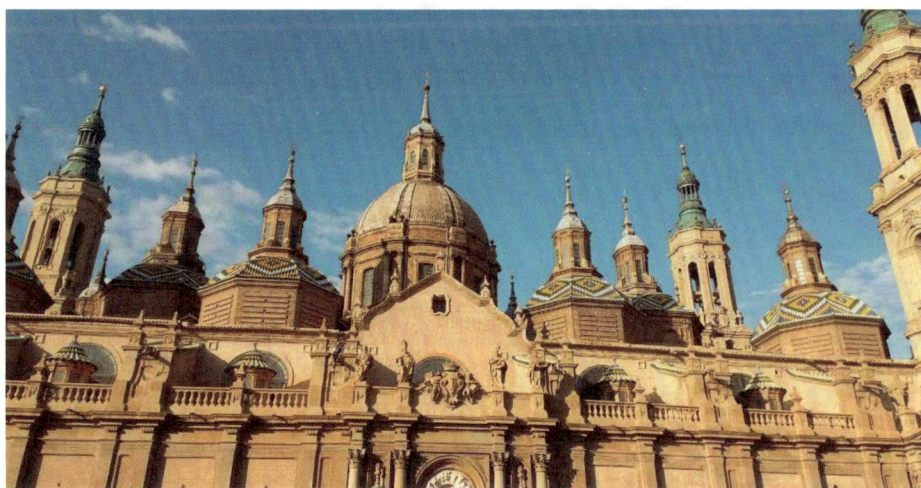

圣哲罗姆派修道院

131

　　著名的圣哲罗姆派修道院，位于里斯本的贝伦区，是一座非常华丽而且雄伟的建筑，是葡萄牙全盛时期的建筑艺术珍品，为纪念葡萄牙人发现通往印度的海上航线而建造。这座建筑也因著名航海家达·伽马长眠于此而变得更加有名。

　　该修道院在 1502 年开始修建，经过 50 年的建设才完工。因为 1497 年达·伽马和他的船员在去印度前曾经在此祈祷，后来这里就成为海员们远航之前必到的祈祷之地。1983 年，它被评为世界文化遗产。

里斯本贸易广场

　　里斯本贸易广场，又被称为"宫殿广场"，因为曾经在 1755 年大地震被毁坏的维拉宫也在此地。广场三面环绕黄色市政大楼，非常有特色。

里斯本贸易广场

奥古斯塔街凯旋门

奥古斯塔街凯旋门

凯旋门近景

葡萄牙国王唐约瑟一世骑马
铜像

熙攘的奥古斯塔街凯旋门广场

特色街道

自由大道

里斯本的自由大道是一条贯穿城市中轴线的著名大道，全长 1.2 公里，和法国巴黎的协和广场有得一拼，被当地人称为葡萄牙的香榭丽舍大街。在这条街道上，最吸引我的是黑白相间波浪式的地面，因为这种形式的地面，在澳门经常可以看见，据说澳门那些黑白相间波浪式地砖的铺设，是葡萄牙殖民当局在离开澳门前给澳门人民"最后的纪念"。

自由大道上有不少商店，最著名的是 1837 年开始营业的一家最正宗的葡挞店，每个葡挞 1.05 欧元，店铺门口常年有客人排队，其中不少是慕名而来的游客。导游自告奋勇地去为我们排队买葡挞。

大约等了 45 分钟，导游手捧着四十多个热气腾腾的葡挞回来了。这新鲜出炉的葡挞又香又甜，皮脆，蛋挞中心软软的，香气扑鼻，足量的黄油使得葡挞的层次感很丰富。我在澳门吃过不少葡挞，包括澳门最著名的马爹利葡挞，但也没有这里的葡挞好吃。于是很多团友大呼："不虚此行。"

罗卡角

作为航海先驱之国的葡萄牙，最值得参观的地方是罗卡角。如果说葡萄牙像一艘美丽的游轮，那么罗卡角就好比游轮美丽船舷上的一扇明亮窗户。

众所周知，世界上有三大知名海角：一是非洲南部的好望角（西班牙航海家哥伦布发现），二是智利南部的合恩角，三是葡萄牙的罗卡角。

在地理位置上，罗卡角事则是一块从陆地伸向海洋（大西洋）的巨石。千百年来，大西洋的海浪拍打着这块巨石，强劲的海风呼啸急速地从巨石上穿过，然而，面对海浪和飓风，罗卡角依然挺立在葡萄牙的海岸边。

在罗卡角的山岩上，有一座灯塔，灯塔顶部是红色的，非常醒目。还有一个地标式建筑——面向大洋的十字架，上面用葡萄牙语写着："陆止于此，海始于斯。"石碑上还刻有精确的经纬度：北纬38°47′，西经9°30′。

这是我在罗卡角留下的唯一一张相片，幸亏有这张相片，我们可以看到经过几百年的风吹雨打依然挺立的灯塔，它以那独特的视角，观望着人世间的风云变幻，见证着葡萄牙这个曾经昌盛的航海强国如何一步步走向衰落。

在罗卡角，终年刮着强劲的大风，因此没有大树可以在此顺利生长，我们只能看到很多低矮的灌木和小草，它们被风刮得朝一个方向，齐刷刷地、顽强地生长着。

作为旅游胜地罗卡角，葡萄牙人也很善于经营，在灯塔旁边，不仅有价格不菲的纪念品商店，而且有一个以旅游公司名义建立的罗卡角旅游纪念证书制作点。其实就是一张用电脑制作的相片，把旅游者的姓名、年龄、国籍、到罗卡角的时间，填写在这个证书上，然后收取不菲的费用。

事实上，这种制作证书并不新鲜，早在很多年前，在中国北京，如果登上天安门，游

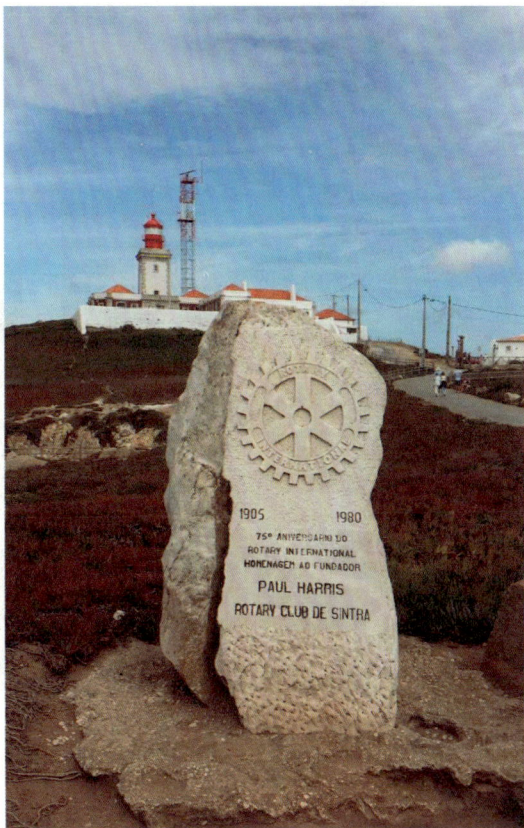

罗卡角标志

客们付费也可以得到一张"登上天安门"的证书,罗卡角证书的逻辑与其如出一辙。

在准备离开里斯本的路上,我们看到一尊耶稣石头雕像。猛然一瞥,很像巴西的耶稣雕像,但仔细看来,还是有所不同。这座雕像建立于 1959 年,其创作应该是受到巴西雕塑的启发。

葡萄牙之旅在匆匆忙忙中结束了,它给我们留下不少深刻的印象,同时也留下不少遗憾,应该说,如果不是一千多张照片随着手机的丢失而不见踪影,这篇游记应该会有更多的内容。

然而,人生就是充满了遗憾,不是吗?也许有遗憾才会有下一次更精彩的葡萄牙之行吧!

石雕耶稣像

街景

第八章

在弗拉明戈的故乡

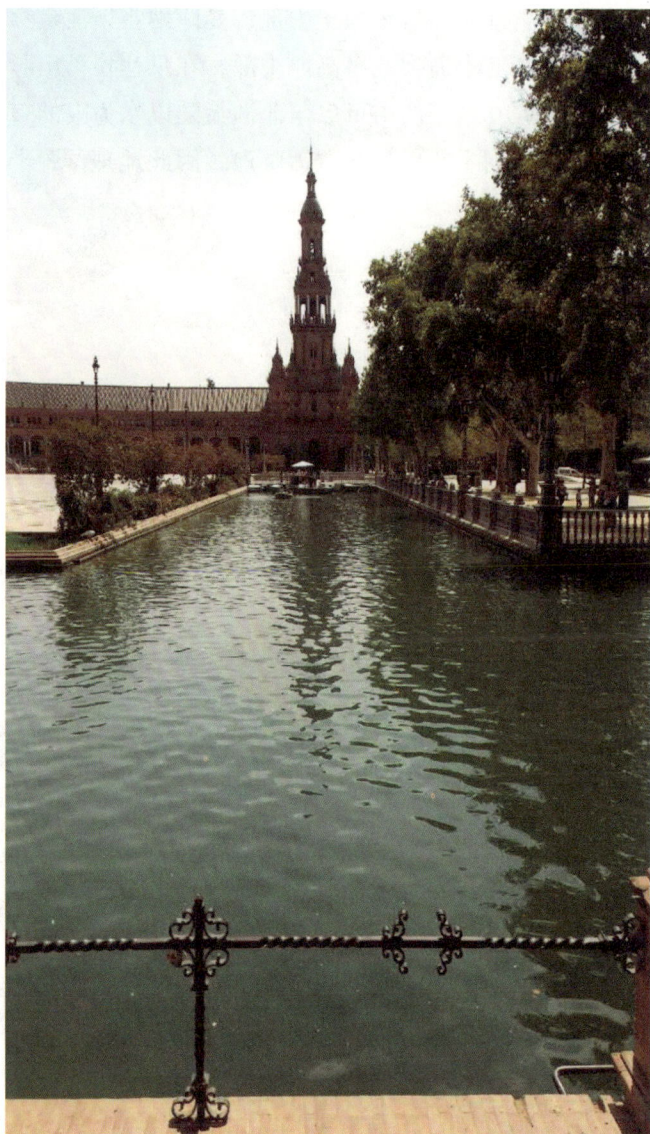

　　我对西班牙并不陌生，早在 20 世纪 90 年代后期（应该是 1997 年），我曾到西班牙的巴塞罗那，参观过最著名的圣家族教堂，以及巴塞罗那其他著名景点。

　　2015 年，我们随着旅行团来到西班牙的马德里，这里是我们西欧之旅的第一站。

　　马德里是西班牙的首都，也是西班牙最大的城市和经济、文化中心。作为欧洲的历史名城，它处于西班牙国土中部，曼萨纳雷斯河贯穿其中。从地形上看，它位于伊比利亚半岛梅塞塔高原中部，在瓜达拉马山脉东南麓的山间高原盆地中，海拔 670 米。向南可以与非洲大陆以水为限的直布罗陀海峡相通，向北可以越过比利牛斯山直抵欧洲腹地，因此地理位置十分重要，素有"欧洲之门"之称。

到达马德里

鸟瞰马德里

　　我们乘坐的从巴黎至马德里航班的飞机是欧洲内陆飞机，在巴黎入境时已办理签注，故到达马德里机场后我们和其他欧洲客人一样，直接走出飞机场，找到了接我们的一位西班牙导游兼司机。虽然他只会说西班牙语和简单的英文，但是他手里拿着一张写着 PROFESSOR ZHU（朱教授）的大大的纸牌，我们一行几人就径直向他走去。肢体语言是一种全世界都通用的语言，我们只是简单地比画了一下，双方立刻明白对方的意思。于是，我们跟着他顺利来到旅行团早已定好的酒店。

　　从 20 世纪 80 年代的繁荣时期开始，作为西班牙的首都，马德里巩固了其在经济、文化、工业、教育及科技的领导地位。目前，无论是从政治上还是区位上，马德里都是西班牙的中心。

　　马德里的历史虽然仅始自卡斯蒂利亚王国建都之时，远不如西班牙其他众多城市历史久远，但其亦拥有辉煌的历史和灿烂的文化，在马德里的博物馆里，我们能看到西班牙各个时代的精华凝聚；在马德里的街巷中，我们能感受到西班牙各个民族文化的交融。更不用说马德里周边的古镇乡村，吸引着世界各地的游人去寻幽览胜。

　　从马德里的街景我们可以看到，古老的建筑与新建的酒店相安无事地"共处"在一条大街上。

马德里街景

马德里的街道

绿荫街道

华灯初上的街道

马德里的街心灯光音乐喷泉

　　马德里市拥有丰富的文化遗产，它是融合了传统艺术与开放新观念的城市，是欧洲音乐、舞蹈、电影、绘画、建筑及设计的先锋集聚地。此外，这里每年都有多样化的文化年会、丰富多彩的会演、层出不穷的展览和节日庆典，都使马德里更加开放、充满活力。

　　导游告诉我们，环绕马德里散步，就如同进行了一次对不同历史时期艺术风格的探索，漫步于奥地利大街和伯尔伯尼斯大街，游人们可以观赏最具本土历史特色的遗迹，如马约广场、维亚广场、皇宫和植物花园。

　　马德里共有 1 962 座古建筑，其中包括阿尔卡拉门、西比勒斯大桥这样的标志性建筑。这些古迹也使马德里成为一座真正的博物馆型城市。这是世界上唯一一座半径为 100 公里的城市，它被联合国教科文组织指定的四座人类

140

文化遗产城市所环绕：托莱多、阿维拉、塞哥维亚和阿尔卡拉·德·艾纳勒斯。

　　由于全年气候条件适宜，将休闲娱乐活动移至大街上，是马德里人的传统。例如，西班牙首都会举行著名的弗拉门戈艺术节和斗牛时最重要的活动——拉斯·奔达斯斗牛场举行的圣伊斯德罗游艺会。

　　由于时间关系，我们仅参观了马德里皇宫。据说，马德里皇宫是世界上保存最完整、最精美的宫殿之一，皇宫呈正方形，类似法国的卢浮宫；内部装潢为意大利风格，富丽堂皇。宫内藏有大量的金银器皿、绘画、瓷器、壁毯及其他皇室用品。现在，皇宫已被辟为博物院，除了部分场所为皇室所用外，其余场所可供游人参观。

　　宏伟的马德里皇宫中间有一个大院子，东侧的王子门通向这个中央大院。萨巴蒂尼建造的御花园和摩尔花园也非常吸引人。

　　马德里皇宫内部的宫殿花园和中庭广场，被椭圆形的建筑群包围。建筑群被划分为各个展室，呈现着皇宫的各种展览——著名画家的油画、著名艺术家的雕塑、各个皇朝的宫廷布置，可谓富丽堂皇，美不胜收。

　　马德里皇宫的内部装饰会随着不同的时期而变化。查尔斯三世国王时期拥有国王室、国王会所和一个雷笛洛皇家工厂的杰作——瓷器室。内部使用了大量华丽的装饰物，如西班牙大理石、镀金灰泥、桃花心木（门窗）。内部壁画和艺术装饰都是由当时著名艺术家，如蒂耶波洛父子、贾昆托、安东·拉斐尔·门斯、巴耶乌、马埃利亚等创作和设计。

　　走出皇宫，可以看到它对面的西班牙广场，广场的正中央矗立着文艺复兴时期著名的西班牙文学大师塞万提斯的纪念碑。纪念碑的下方是堂吉诃德骑着马和仆人

马德里皇宫远景

远眺马德里皇宫

马德里皇宫的特色屋顶

桑丘的塑像。塑像后面的喷泉如注、白鸽飞翔。可惜在这里拍摄的许多相片已经随着手机的丢失而不知所踪，只有在脑海中，还记得那些美丽的历史建筑。

阿兰布拉宫

在西班牙格拉纳达城东的山丘上，矗立着一座占地17公顷的城堡——阿兰布拉宫。它享有"宫殿之城"和"世界奇迹"之称，其名用阿拉伯语意为"红宫"。

远望红宫，暗红色的砖墙最是引人注目。

红宫由桃金娘殿、礼宾大厅和狮子宫组成。桃金娘殿是个长形宫殿，长42.7米，宽22.57米，中央有大理石砌成的水池，四周栽有桃金娘花，水花相映，别具情趣。南北两厢，均由大理石柱画廊环绕。礼宾大厅呈正方形，边长 11.3 米，中央的圆屋顶高 22.9 米，厅内设素丹御座。狮子宫亦为长方形殿堂，长 36.4 米，宽 20.13 米，周围环绕着由 124 根大理石圆柱组成的长廊，中间有模仿苏非教团净手间形式的建筑，圆屋顶饰有金银丝镶嵌的图案，地面用彩砖铺设，柱廊用大理石建造，墙用蓝黄两色相间的彩砖镶嵌，靛蓝和金黄色瓷釉的饰边交相辉映，格外醒目。宫内四壁布满色彩艳丽的几何纹饰和阿拉伯文图案，令人眼花缭乱。

红宫远景

遥望红宫

　　红宫的自然环境优美，花园里的玫瑰、橘树和桃金娘芬芳馥郁，十分诱人，是人们探幽寻胜的好去处。庭院中心是狮子泉，12座象征力量与勇武的白大理石狮子簇拥着用雪花石膏建成的盘形水池，倒影如画，令人心醉。

　　游客们在红宫墙外，一边参观，一边听导游讲解。导游告诉我们，红宫里面有许多伊斯兰文化经典，伊斯兰艺术的特点之一是以象征代写实，因而几何图形为工匠们提供了自由创作的媒介。中世纪，擅长数学的穆斯林喜爱用连续相似的线条、瓷砖拼成明快的几何图案。如红宫的一幅壁饰中，工匠们用12角星拼砌图案，图案里仿佛兼有星形、圆形和曲线等各种艺术形象，颇具魅力，令人叹为观止。穆斯林认为阿拉伯语是安拉的文字，因而书法备受推崇，随着各种书法体的兴起，建筑内部的装饰也变得更为丰富，广泛采用各种书法体继而成为伊斯兰建筑特有的风格。红宫的墙壁上刻着大量的阿拉伯文，字体主要为两种：一种为库法体，字多棱角而富有装饰性；另一种是行书体，字体圆润且精致，容易看懂，其中有一幅大圆雕饰，制作极其精美，所刻诗句主要是对周围建筑的歌颂。伊斯兰建筑装饰的基本图案是几何图形、书法和植物形象，多数为它们排列组合形成错综复杂的精美图形。红宫里有一幅图案，画有八角形、星星、文字和橡子，八角形中刻有文字，内容为"阿布·哈贾兹素丹的尊贵和光荣归于安拉"。这幅图案就设计在御座所在的礼宾大厅里。红宫里几乎所有墙壁、列柱、拱门和天花板，都饰有伊斯兰图案。

　　在整个参观过程中，给我们印象最深的不是红宫的建筑，而是红宫墙外硕大的花园，这个花园占地之大，花草、喷水池之多，建筑之精美，都是世界难得的。

参观红宫内部辉煌的图画

铺设着各种图案的石子路　　　　在美丽如画的大花园里，我们留下美好的回忆

花园内部的喷水设施无处不在，设计精巧，房廊与花草巧妙地融合在一起

145

阳光洒在带有饰齿的阿尔汗布拉宫的塔楼上

皇家马德里足球俱乐部

　　皇家马德里足球俱乐部（Real Madrid Club de Fútbol，中文简称为皇马）是一家位于马德里的足球俱乐部，球队成立于 1902 年 3 月 6 日，前称马德里足球队。1920 年 6 月 29 日，时任西班牙国王阿方索十三世把"Real"（西语，皇家之意）一词加于俱乐部名前，徽章上加上了"皇冠"，以此来推动足球这项运动在首都马德里的发展。从此，俱乐部正式更名为皇家马德里足球俱乐部。

　　对于足球，我是个外行，之所以关注这支球队，是因为儿子非常喜欢，他交给我的任务，就是务必买一件真正的皇家马德里球队的球衣。虽然他的球衣已经林林总总有几十件之多，但是作为这次旅游他的唯一要求，我还是不得不满足。

　　根据导游介绍，皇家马德里足球俱乐部拥有多项荣誉：2000 年 12 月 11

日被国际足球联合会（FIFA）评为 20 世纪最伟大的球队；2009 年 9 月 10 日被国际足球历史和统计联合会评为 20 世纪欧洲最佳俱乐部；2014 年 9 月 10 日被评为 2014 年度欧洲最佳俱乐部。

此外，截至 2022 年，皇家马德里已夺得过 14 次欧洲冠军杯冠军（夺冠次名列欧洲足坛第一）、35 次西班牙足球甲级联赛冠军（西甲第一）、19 次西班牙国王杯冠军、12 次西班牙超级杯冠军、5 次欧洲超级杯冠军。

美食，不可辜负

西班牙的美食享誉世界，其中火腿配哈密瓜、海鲜饭等都是广为人知的美食，而我们在马德里品尝的一种甜品却是鲜为人知的。

相片里黄颜色的食品，是不是像中国的油条？这是西班牙的油条，也是面粉炸出来的，不过很细，大约有一个指头粗。细细的油条要蘸着浓浓的巧克力一起吃，可谓"又甜又香"。这种味道，不仅在中国无处可以品尝，即使在法国、意大利这些以甜品著称的国家，也未必可以品尝到呀！

品尝西班牙特色甜品

147

　　我们在一家百年老店，品尝这个西班牙特色甜品，心情立刻大好。人们都说，甜品可以带来幸福感，此话不假。只不过，在不同的阶段，人们对幸福的理解不一样。在年轻的时候，觉得找到心爱的人、组建家庭是最幸福的。到了中年，觉得孩子读书好、老人身体好，是最幸福的。到了花甲之年，"少年夫妻老来伴"，我们觉得有伴相随才是最幸福的。

第九章

难忘的法兰克福之旅

　　2014 年 6 月中旬，我和陈和平来到法兰克福欧洲中央银行。欧洲中央银行中国部经理米歇尔先生接待了我们。

　　欧洲中央银行大楼前的欧盟标志上虽然只有 11 颗星星，但是 2014 年时欧盟已经有 27 个成员国了。

　　学术交流会议非常成功，我们与欧洲央行中国部建立了合作关系，共同研究中国经济和欧盟经济中大家关心的问题。米歇尔先生和他的同事们精心准备了交流会，我也在会议上做了发言。

在欧洲中央银行大楼前留影

在欧洲中央银行与同行合影

150

茶歇时，与专家们交谈

我们各自发表学术观点

与专家面对面地交流

热烈而有秩序的讨论

高谈阔论

与讲演者讨论 PPT 内容

153

会后，欧洲央行副总裁、米歇尔先生及其同事，在法兰克福德国餐馆宴请我和陈和平。大家意犹未尽，继续讨论欧盟经济发展和中国经济改革模式等问题。

我们在法兰克福仅待了两天，除了参加学术交流之外，来不及参观其他旅游景点，此行

与米歇尔及其同事合影

的确留下了不少遗憾。但是，人生本就不完美，不是吗？这次的遗憾，也为以后的故地重游留下了充分的理由！

陈和平在欧洲央行大楼欧盟标志前留影

154

第十章

柏林墙下的反思

柏林自由行

在整个欧洲之旅中，给我印象最深、感触最深的就是柏林之旅。

在柏林发生巨变的年代，虽然我已经身处法国留学，从许多法国人的举止言谈中，感到德国的统一和东欧的巨变是人类历史中的重大事件，但是，没有切身感受，这一巨变也就仅停留在理论上、报纸上。

这次柏林之行，我对柏林巨变的感觉，从理性变为感性，深刻理解了这次巨变的历史意义。

我们的自由行，就从这辆私人电动三轮车开始。

2014年6月中旬，我与和平乘火车来到柏林。我们顺利入住酒店。那是一家靠着马路边的小型家庭酒店，东西柏林统一之前，这个酒店处于东柏林地段。马路的基础设施显得有些陈旧，不过，柏林人很热情，酒店的小伙子把我们俩大大小小七八件行李搬上了没有电梯的三楼，累得满身大汗，我们给了他5欧元小费，他感谢之情溢于言表。

在三轮车前的合影

乘坐三轮车

第二天，我们便开始自由行。那辆私人电动三轮车成了我们主要的代步工具。在旅游景点，这样的三轮车很多。我们很幸运地找到了一位能说一口流利英语的司机兼导游，一路上给我们介绍风景，讲解历史典故，同时帮我们安排最佳旅游路线。

和导游聊天，成为我们了解当地人生活的一个主要途径。这位导游曾经是一位中学历史老师，所以，介绍起柏林如数家珍，这是他的专业活儿。

当我们问他对东西德国统一有

什么看法时，他毫不犹豫地说："日子好了，自由度大了。"统一前他在东德工作，工资低，工作效率低，物质贫乏，生活很艰难。德国统一以后，他辞去了中学教师的工作，专门做导游，由于语言好，服务好，现在的日子过得富裕多了。他有一儿一女，还有一个老母亲，妻子不用工作，靠他一个人的收入养家，过得很滋润。

我们仨一边聊天，一边参观着柏林的名胜古迹。

柏林墙的诉说

柏林墙，正式名称为反法西斯防卫墙，是原东德建立环绕西柏林边境的边防系统，其作用是在"冷战"时期防止东德人民逃往西德。

柏林墙始建于 1961 年 8 月 13 日，全长 155 公里。最初是以铁丝网和砖石为材料的边防围墙，后期加固为由瞭望塔、混凝土墙、开放地带以及反车辆壕沟组成的边防设施。柏林墙是德国分裂的象征，也是"冷战"的标志性建筑。

柏林墙

在我们入住的小酒店里，一进房间，就看到墙上挂着上面两张历史相片，可见，原来居住在东德的人们，对那段历史有着多么痛彻的感受。

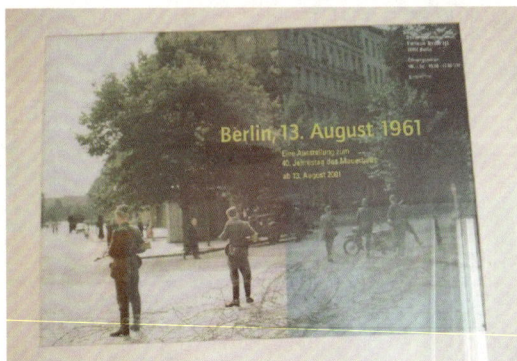

1961 年 8 月 13 日的柏林一角

柏林墙墙面局部

　　酒店里还挂着两张相片，一张是 1961 年 8 月 13 日柏林实况，另一张是当年柏林墙的一段墙面。所以来到柏林的第一印象，也是最深的印象，就是柏林墙的历史变迁。

　　在柏林墙之间，有不少检查站，对非法越墙的人进行枪杀。一些拆毁检查站时而留下的水泥柱已经成为旅游景点。事实上，柏林墙在柏林市区有好几段，我们看到了当年被捣毁的其中一段。

"死亡"检查站留影

被捣毁的柏林墙

　　柏林墙的倒塌，象征着"冷战"时代结束，东西方交流的大门进一步打开，全球化的步伐推动着人类社会向前发展。

　　柏林墙遗址纪念公园，位于柏林轻轨北火车站和柏林地铁伯恩瑙大街站之间；东边画廊位于柏林东火车站至奥伯鲍姆桥之间，是 1990 年 9 月 28 日，来自 21 个国家的 180 位艺术家在长达 1 316 米的柏林墙上创作的不同主题绘画组成的画廊。

　　柏林墙遗址上两面墙中间的地方是隔离带，当年只有卫兵可以在隔离带巡逻，其他人未经特别准许，不准通过。

游客靠坐在世界上最大的露天画廊——东边画廊

柏林墙遗址纪念公园留影

柏林墙遗址留影

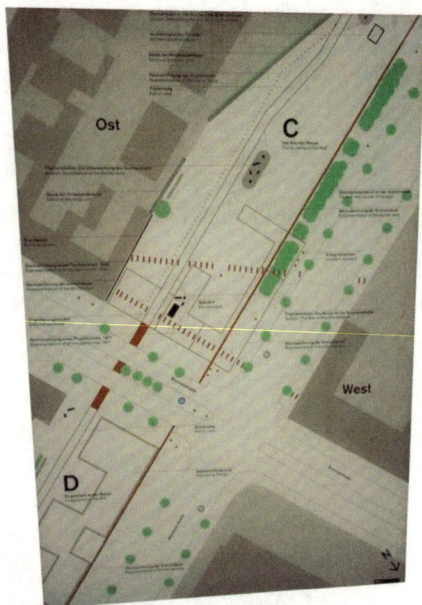

旅店附近的柏林墙介绍牌

我们住的酒店附近
也有一个柏林墙遗址纪
念地，那是当年柏林墙
的另外一段，现在有专
门的标牌立在那里，向
我们介绍了当年东西柏
林封锁时人们来往的情
况。这样的小景点在柏
林市区有好几个。

柏林墙遗址纪念地巨型照片

　　柏林墙遗址纪念地
有一幅巨型照片，展现了柏林墙的历史变迁。

　　因为在柏林是自由行，我们有机会和当地人聊起柏林墙被拆前后的变化，不论是酒店伙计还是当地导游，无不为之欢呼。特别是东柏林地区的居民，他们明显感到柏林墙被拆后经济得到发展，生活逐步得到改善。这个无声的事实胜于任何雄辩，历史向前发展的步伐不会停止。

160

查理检查站的故事

查理检查站是在 1961—1990 年东西柏林间三个边境检查站之一（Charlie 是英语之中字母 "C" 的代名词，查理检查站即 "C" 号检查站之意），是当时东西柏林间盟军军人唯一的出入检查站，也是所有外国人东西柏林往来间唯一的一条市内通路。那里竖立着一个苏联士兵和一个美国士兵的肖像，这两尊塑像建于 1998 年 10 月，由弗兰克·蒂尔设计，用以纪念 1961 年的美苏坦克对峙事件。

在检查站旁边是柏林墙博物馆，博物馆展出了柏林墙的历史，但重点在于逃跑工具。展品包括热气球、带秘密隔间的轿车以及其他带有那个年代烙印的工具。博物馆不落俗套，有些趣味，但显得有些空洞，因为人们都会想到，对于柏林人来说柏林墙是悲剧性的。博物馆外的一个区域用铁栅栏将柏林墙的设备，如岗哨、带钩铁丝网等包围。另外，在这儿还能买到柏林墙砖。

当年的查理检查站照片，左边是正在修建时，右边是修好以后从高空拍摄的景象

现在的查理检查站，左边是苏联士兵的相片，右边是美国士兵的相片

游客们排队等待合影留念

　　具有戏剧性意义的是，现在的查理检查站，不仅仅是旅游景点，还是一个赚取欧元的好地方，游客们会为了与苏联士兵和美国士兵合影留念而排起长长的队。于是，这两个士兵（相当于演员）每天的工作就是和游客合影，每个人两欧元，可以照三个姿势的相片。

　　我和陈和平也没能免俗，好在队伍不长，没多久就轮到我们了。于是，就有了这 6 张难得的相片。

敬礼

竖起大拇指

手挽手

163

欧洲被害犹太人纪念碑群

近 3 000 座水泥碑柱形成的宏大纪念碑群

立于水泥柱间

欧洲被害犹太人纪念碑群位于柏林市中心，距德国联邦议院和勃兰登堡门较近。这座纪念碑将铭记每一位被德国纳粹屠杀的犹太人。大屠杀纪念馆是柏林的地标式建筑，由 2 711 根长短不一的灰色碑柱组成。它是由美国著名建筑设计师 Peter Eisenman 设计，整个场地被灰色石柱覆盖了很大部分，就像一片抽象的墓地。这里没有正式的入口，也没有围墙，人们可以从任何一点自由进入，自主决定穿越路线。

置身其间沉思着"二战"时期那段惨遭无人道的迫害犹太人的历史，心情特别沉重。与此同时，也对德国人勇敢面对历史、不回避历史的精神感到敬佩。只有牢记历史教训，才不会让悲剧重演。

纪念馆下面是令人们心情更加沉重的信息中心。更准确地说，这里应该是被害犹太人纪念馆，它按照时间顺序用图片展示了犹太人在第三帝国时期受迫害的景象，有一些展厅详细地记录了那个年代里很多个人和家庭的黑色命运。

被害犹太人的悲惨命运，在这里得到书写，也给我们留下非常深刻的印象。

　　印象最深的是一张鞋的图片，当我问纪念馆的讲解员为什么这张相片照的都是鞋时，他告诉我，犹太人被送上船，告知将被送到安全地方，要求全部人不穿鞋，因为船很小，承重有限。然而，当犹太人真的按照要求做了，他们被送到的地方却是奥斯威辛集中营。

纪念馆入口处

　　"二战"后，为了悼念那些被杀害的犹太人，人们在河边放上了鲜花。

　　除了河边的鞋与河边的花以外，还有几点让我记忆深刻：

　　第一，犹太家族在德国经济中的地位。纪念馆有几个展厅，专门展示了犹太家族的家庭相片，有实力雄厚的银行家、企业家、商人，也有知名的教授、律师、医生，这些显赫的家族对当时德国经济有举足轻重的影响。因为相片很多，当时无法一一拍摄。但是，通过它们我明白了希特勒残害他们的缘由。经济上的占有，政治上的剥夺，使许多犹太家族在"二战"中破碎，家人流离失所。如今观之，唏嘘不已……

　　在这些家族照片中，有个别成员的脸被涂黑了，有的甚至整个人被遮盖了。照片下面的文字对这些被涂黑的人做了这样的解释："他们成为叛徒，被家族开除。"犹太家族爱憎分明的态度，可见一斑。

岸边的鞋

　　在纪念馆的橱窗里，我看到了马克思、爱因斯坦以及康德的塑像。由此，我不

河边的花

被害犹太人纪念园中的雕塑

由得想起人们常常这样描述犹太人：一个聪明智慧的民族，一个很会做生意的民族，一个无法消灭的民族。犹太这个民族虽然经受了这样的灾难，但战后的几十年里，他们励精图志，为着人类的科学、经济而努力贡献着他们的力量。这个民族没有因为战争中的遭遇而沉沦，这是值得我们尊敬的。

柏林犹太人博物馆

柏林犹太人博物馆局部

柏林犹太人博物馆侧影

　　在离犹太人墓地和纪念馆不远的地方，有一个柏林犹太人博物馆。它面积不大，但是安全检查特别严格，门口的警察和安检门卫都很多，感觉这里的安检比在机场还要严格。

166

苏军纪念碑

苏军纪念碑位于六月十七日大街北侧，与勃兰登堡门相接，是为纪念柏林战役中牺牲的苏联红军而建。整个建筑的平面像个四分之一的圆，平台、基座、后墙以及雕像都是用褐色的花岗石筑成。纪念碑最上方是一位苏联红军雕像，庄重而肃穆。

纪念碑的石柱上，刻有苏联红军阵亡战士的兵种及名字。最高最大的石柱上是一个苏联红军的青铜塑像，高八米。苏联红军塑像肩膀挎着武器，代表着战争的结束。他的左手向下伸直，他的战友们在其脚下安息。纪念碑花园中有两千余名阵亡烈士的陵墓。纪念碑两边还有 T-34 苏联坦克。

苏联红军战士纪念碑

新岗哨

新岗哨

新岗哨位于菩提树下大街，紧临德国历史博物馆。这是申克尔的作品，建于1816年，最早是普鲁士皇家军队的岗哨，所以被称为"新岗哨"。1931年改为纪念馆，用于纪念在"一战"中阵亡的普鲁士战士，名称也改为"阵亡战士纪念馆"，但在"二战"结束的几个月前被轰炸损毁。

1960年，东德政府修复了新岗哨，将其辟为"法西斯主义和军国主义受害者纪念馆"。德国统一后，新岗哨重修后更名为"德意志联邦共和国战争与暴政牺牲者纪念馆"，在馆中央放置着凯绥·柯勒惠支的雕塑作品——《母亲与亡子》。这是柯勒惠支的著名雕塑，充分展现了慈母形象。其寓意是希望世界上母亲与亡子的遭遇不再重演。

《母亲与亡子》

观望《母亲与亡子》

柏林大教堂

柏林大教堂建于 1894—1905 年，位于德国柏林市博物馆岛东端菩提树下大街上，是威廉二世皇帝时期建造的具有文艺复兴时期风格的新教教堂，也是霍亨索伦王朝的纪念碑。很多王室成员都长眠于此。

据说早在 1465 年，柏林大教堂附近已有一座教堂，当时是霍亨索伦王宫的一部分。1747

柏林大教堂

年，在此基础上，约翰·鲍曼又设计建造了一座巴洛克式风格的大教堂作为普鲁士王室的宫廷教堂。

1822 年，教堂被卡尔·申克尔改造成古典主义风格。1894 年，威廉二世下令拆毁这座教堂，并由尤利乌斯·拉什多夫重新设计，建造了带有文艺复兴风格的柏林大教堂，作为基督教新教（路德教宗）的大教堂与罗马的圣彼得大教堂相抗衡。威廉二世非常重视这座教堂的建造，参加了教堂的奠基仪式。

第二次世界大战期间，柏林大教堂遭到严重破坏。战后人们搭起临时的棚子来保护大教堂。修复工作从 1975 年开始直到 1993 年完成，1993 年教堂重新开放。重建后的教堂很多设计和装饰被简化。2005 年 2 月 10 日，为纪念柏林大教堂建成 100 周年，德国发行了一枚面值 0.95 欧元的纪念邮票。

柏林洪堡大学

柏林洪堡大学（Humboldt–Universitat zu Berlin，以下简称为洪堡大学），世界著名的高等学府，是世界百强大学之一，也是欧洲最具影响力的大学之一。

洪堡大学位于菩提树下大街，比邻世界文化遗产博物馆岛、勃兰登堡门和联邦总理府，前身为柏林大学，由当时的普鲁士教育大臣、德国著名学者、教育改革家威廉·冯·洪堡创办，是柏林最古老的大学。

洪堡大学是世界上第一所将科学研究和教学相融合的新式大学，拥有辉煌历史，被誉为"现代大学之母"。爱因斯坦、黑格尔、马克思等曾在此任教或学习，其"教研合一""学术自由、教学自由、学习自由"的洪堡精神也影响了几乎所有的现代大学。

洪堡大学校舍

我与和平在洪堡大学校舍前留影

洪堡大学在人文学科领域有着顶尖的声誉和强大的科研实力，对于这所大学，我们早有耳闻，在改革开放初期，教育部派出不少中国留学生和访问学者前往学习或者进修。

普鲁士国王雕像

腓特烈二世（1712—1786），亦称腓特烈大帝和弗里德里希二世，普鲁士国王（1740 年 5 月 31 日—1786 年 8 月 17 日在位），军事家、政治家、作家、作曲家。

腓特烈大帝是欧洲"开明专制"君主的代表人物，在政治、经济、哲学、

腓特烈二世的青铜骑士雕像

法律，甚至音乐诸多方面都颇有建树，是启蒙运动的重要人物。在其铁腕统治下，普鲁士的国力迅速提升，短时间内便跃居当时欧洲强国之列。

百年巧克力店

巧克力造型

巧克力塔

巧克力店内景

用巧克力制作的地球仪

柏林熊

在导游的带领下，我们来到位于柏林市中心老街的一家百年巧克力店。据介绍，这是游客们必来之地，因为这里生产的巧克力味道香浓、地道，价格也很便宜，口碑极好，一百多年来畅销不衰。

巧克力可以用来制作各种形象，比如足球运动员，形象栩栩如生。我们来时正好是世界足球赛的日子，爱好足球的德国人用巧克力做出他们心中的足球英雄。

在巧克力店门口，有这么一个可爱的柏林熊，这是这个城市的吉祥物吧，在许多地方都可以看到。

与巧克力制品合影

勃兰登堡门

勃兰登堡门位于柏林的市中心，建于 1788—1791 年，以纪念普鲁士在七年战争取得的胜利。

勃兰登堡门是一座新古典主义风格的砂岩建筑，由朗汉斯设计，仿照希腊雅典卫城的柱廊建筑。勃兰登堡门高 26 米，宽 65.5 米，深 11 米，由 12 根多立克柱式立柱（高 15 米、底部直径 1.75 米）支撑着平顶，东西两侧各有 6 根爱奥尼柱式雕刻，前后立柱之间为墙，将门楼分隔成 5 个大门，正中间的通道略宽。在威廉二世 1918 年退位前，只有王室成员和国王邀请的客人才允许从勃兰登堡门正中的通道出入。大门内侧墙面用浮雕表现了罗马神话中的英雄海格力斯，战神玛尔斯，智慧女神、艺术家和手工艺人的保护神米诺娃。

勃兰登堡门门顶中央最高处是一尊高约 5 米的胜利女神的铜制雕塑，女神的翅膀张开，驾着一辆四马两轮战车面向东侧的柏林城，右手持带有橡树花环的权杖，花环内有一枚铁十字勋章，花环上站着一只展翅的鹰鹫，鹰鹫戴着普鲁士皇冠。这个雕塑象征战争胜利，是普鲁士雕塑家沙多夫的作品。

与勃兰登堡门门楼相连的南北两边翼房曾作为关卡用于守卫，柏林墙拆毁后被改建成敞开的立柱大厅，以便和勃兰登堡门的风格统一。勃兰登堡门的庄严肃穆充分显示了鼎盛时期的普鲁士王国国都的威严。

在勃兰登堡城门前合影

宪兵广场

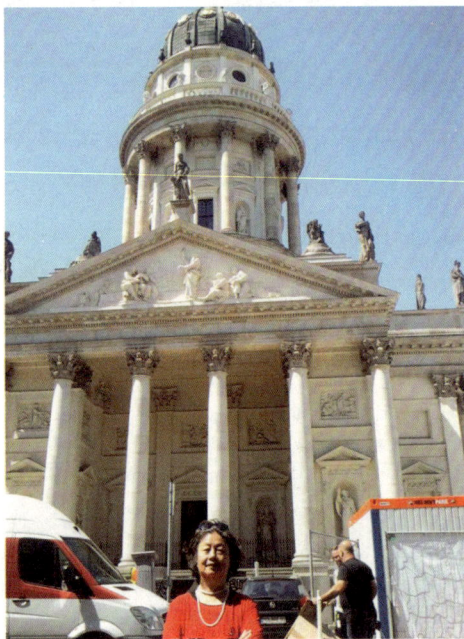
法兰西大教堂前留影

宪兵广场是柏林最美的广场，据说在欧洲也很有名气。广场由三栋典型的欧式建筑组成：德意志大教堂、音乐厅、法兰西教堂，两栋教堂极为相似，互相辉映，衬得音乐厅也别有气势。

广场始建于 17 世纪，历经战乱，能有今天的风貌实在难得。因此，这里也就成了柏林人气极高的地方。艳阳高照，人头攒动，露天咖啡馆的生意不错。是啊，在宪兵广场的浪漫氛围里，天公又作美，静坐下来，一边品尝咖啡，一边欣赏美景，自然是一件很惬意的事儿。我们在这里品尝了地道的德国大餐，价值不菲，但味道鲜美。

老国家艺术画廊

老国家艺术画廊是德国博物馆岛建筑群的重要组成部分，1999 年入选世界遗产名录。该画廊隶属柏林国家博物馆，属于新古典主义风格建筑，被认为是 19 世纪最为重要的博物馆建筑之一。"二战"期间遭受严重破坏，经过维修之后，外观基本维持原状。从正面看，老国家艺术画廊如同一座雄踞高台之上的神庙。在正面入口处设置独立于墙面之外的柱廊；两侧设置一半嵌入墙面另一半外露的壁柱。从前庭可直通二层的室外大台阶，附设可供马车出入的巨大拱券，手法源于巴洛克时期的宫殿和剧院。

背面则打破古希腊法式，回归德国传统，将应有的山墙或柱廊改为半圆形后殿，并且延续两侧墙面做法设置半圆形壁柱。这种豪华的后殿装饰手法通常用在形制很高的主教座堂之上，即所谓"皇帝教堂"，也呼应了老国家艺术画廊最初作为普鲁士王国艺术画廊的定位。

老国家艺术画廊的外观设计融合了古典神庙、本土大教堂以及纪念性建筑的不同理念和元素，既满足功能需求，又隐含精神追求，反映出德国在国家统一期间融合文化和历史的诉求。

老国家艺术画廊

画廊侧面及背面

柏林旧博物馆

柏林旧博物馆位于柏林博物馆岛南侧。由普鲁士建筑师卡尔·弗里德里希·申克尔于 1823—1830 年建造，是一座新古典主义风格的建筑，也是博物馆岛上最老的一家博物馆，主要展出古希腊、古罗马的艺术品，1999 年作为博物馆岛的一部分被列入世界遗产名录。

柏林旧博物馆是一座建在高地基上的两层规则长方体建筑，正面有由 18 根爱奥尼亚式立柱组成的柱廊，以及 8 根柱子宽的阶梯。阶梯两旁立有两尊雕像，分别为"亚马逊女战士"和"屠狮者"，在此上方有 18 只鹰对应 18 根柱子。

博物馆内部核心是一个圆厅，按申克尔的设想，圆厅是展示博物馆最珍贵藏品的地方。圆厅共两层，环绕着 20 根科林斯柱式产柱，柱子间摆满了古希腊、古罗马的神像。圆厅有个巨大的穹顶，顶点处开有天窗，天花板上布满藻井，圆厅主要模仿的是罗马的万神殿。

柏林旧博物馆

胜利纪念柱

胜利纪念柱是柏林的一座著名纪念性建筑，是 1864 年为庆祝普鲁士在普丹战争中获胜而建。到 1873 年 9 月 2 日举行揭幕仪式时，普鲁士又在普奥战争和普法战争中获胜，进而赋予雕像新的含义。与原先规划不同，后来在所谓统一战争中的胜利，增加了维多利亚青铜雕像，高 8.3 米，重 35 吨。

胜利纪念柱原本坐落在德意志帝国议会（今德国国会大厦）对面的国王广场（今共和广场），1938—1939 年由于希特勒建设世界之都日耳曼尼亚需要拓宽夏洛滕堡路（今六月十七日大街），于是就将胜利纪念柱移至今天的位置。

胜利纪念柱前留影

维多利亚青铜雕像

威廉皇帝纪念教堂

与教堂留影

威廉皇帝纪念教堂建于 1891—1895 年，是威廉二世下令在柏林建造的，以纪念他的祖父威廉一世，并命名为"威廉皇帝纪念教堂"。这是一座带有哥特式元素的新罗马式建筑，在装饰上使用了马赛克、浮雕和雕塑。

这座教堂，更为人熟知的名字是"断头教堂"。"二战"时屋顶被炸毁，德国人为了警示后人便没有修复，而是以当时的状态保留。教堂有 5 座相当有特色的钟楼，其中的主钟楼高 113 米，是当时柏林的最高建筑。教堂内部的装修非常精致，前厅由马赛克艺术作品装饰，下方是供霍亨索伦王朝的皇室成员礼拜之用的十字架，这座建筑和它所表达的意义对威廉二世来说至关重要。纪念大厅内的画作由德国雕塑家阿道夫·布吕特（1855—1939）在 1906 年完成，画作展现的是 1870—1871 年的普法战争。

教堂的建造，受到了极端保守主义和反犹太主义的牧师阿道夫·施托克（1835—1909）的影响，在他的推动下兴起了福音派教堂的建造风潮。

有趣的街头

巧遇世界杯比赛

我们到达柏林时，正好赶上世界杯，而且正好是德国队与意大利队的比赛。于是，本来是周五的工作日，也被政府宣布改为放假。由于比赛是在晚上进行的，白天电视台就在大街上架好了转播设备。转播附近几十米的范围已经安排了保安，游客们不能靠近。在大街上人们可通过转播设备看世界杯，他们准备了德国的国旗和与国旗颜色搭配的花环，用于比赛时助威，由此可见德国人对足球的热爱。

电视台转播世界杯的设备

街头

一个有趣的井盖

井盖是稀松平常的，日常生活中很少引起人们的注意。我们看到一个有趣的井盖，在导游的提示下，我们发现，柏林重要的旅游景点，全部在这个井盖上有显示，而且有两个箭头指示去这些景点的方向，柏林旅游局管理者真可谓用心良苦啊！

有趣的井盖

热气球参观点

热气球

乘坐热气球的售票站

要想乘坐热气球参观柏林市区，就可以在指定地点买票，乘上热气球从高空上观看这座美丽的城市。

在雕塑前留影

逛超市，品美食，体验德国风情

在威廉皇帝纪念教堂旁边，有一个很大的广场和超市，超市前的雕塑上，居然雕刻着两个汉字——春季，这让我们看了感觉特别亲切。

在一家中餐馆里，我们的"中国胃"得到了最大的满足。

中餐馆里的自助餐

新裙子

丰盛的自助餐，给我们提供了足够的能量。

　　因为熊是柏林的城市象征，柏林熊也成为特定的形象标志。在柏林的市徽和各种纪念建筑物上都能见到熊的形象。街头巷尾也可以见到好多城市雕塑以熊为对象进行艺术创作。而在旅游纪念品中也有"柏林熊"出售，各种材质都有。

　　在柏林的许多商场、街道，我们都可以看到形形色色的、各种各样的可爱的熊的造型。有些"柏林熊"很有特色，我们看到过一只，它不仅仅是柏林熊造型本身，熊的前胸还有胜利柱上的女神像，把柏林市区两个重要的文化元素都体现出来了。

可爱的柏林熊

印有女神像的柏林熊

七彩柏林熊

索尼中心

索尼中心位于柏林波茨坦广场北部的一块三角地上，"二战"前这里曾是繁荣的都市文化中心及交通中心，后荒废多年，德国统一后得以重新开发。现在这一带已经成为柏林新面孔的代表地区，在这里摩登建筑群与古典城区交互辉映，令人耳目一新。

2000 年 6 月开张的索尼中心已经成为标志性建筑，引人注目。该建筑占

伞状屋顶

地 26 400 平方米，由 8 座建筑组成，其中包括索尼公司欧洲总部、电影媒体中心、写字楼、商业服务、住宅公寓、休闲娱乐设施等。

索尼中心的中部建有一个面积 4 000 平方米、顶部为遮阳篷的广场。那里光线充足，四周环绕着饭店、咖啡店、商店

在索尼中心的休闲区

及各类娱乐场所，广场中央还设有喷泉、种有植被，为人们举办文化活动和朋友聚会提供了一个好去处。在 2006 年世界杯期间，该中心还设置了大型电视屏幕，为中央开放空间的观众播放比赛。

在索尼中心大楼顶部的咖啡馆，白色伞状屋顶非常有特色，十分醒目地展现在我们面前。

在索尼中心的广场上，有不少大型的恐龙、机器人，像从电影里走到了现实。

在索尼中心的电影院，我们获得一次独特的观影体验。我们看的是部美国爱情电影，故事十分动人，情节我至今还记忆犹新。电影的男女主角都是有残疾的年轻人，女主从小得了一种奇怪的病，一定要戴上氧气管，才能维

机器人模型

恐龙模型

持正常的肺部呼吸，因此，整天背着一个特制的小氧气罐。男主是一个因癌症锯掉小腿的帅小伙。他们两个人在一个俱乐部的学习班上相识、相恋，为了帮助女主圆梦，他们一起前往荷兰，去见女孩崇拜的作家。虽然这个作家让女主很失望，但是，他们一起乘飞机、一起去荷兰旅行、一起穿上漂亮的衣服，像其他情侣一样去吃饭。这些生活的馈赠，让他们感受生活的温暖，体会爱情的力量。虽然两个人的身体都有残疾，但是，在精神上，他们和健康人无异，体会了生活的美好、爱情的甜蜜。最后，看似身体状态更好的男主，死在看似已经很虚弱的女主前面，女主参加了他的葬礼。那个场面，让我们唏嘘不已……

看完这部电影，我们认识到要更珍惜当下的生活。比起电影的男女主角，我与和平两个年过花甲之人，经历了人生那么多的风风雨雨，不仅身体基本健康，还能在欧洲大陆上自由旅行，满满的幸福感油然而生。

留念

柏林街景

柏林街头的艺术品比比皆是，街景特别。

街景

柏林梅赛德斯奔驰体育馆

梅赛德斯奔驰体育馆是一个多用途的体育馆，它位于柏林的弗里德里希

附近，于 2008 年 9 月
建成，可容纳 17 000
人。除了用于各种体
育竞技比赛，如篮球、
冰球、冰上曲棍球、
手球比赛外，还经常
用于举办各种演唱会。
体育馆周边还设有各
种娱乐场所，包括电
影院、赌场、酒店、
酒吧和餐馆。

在体育馆前

185

柏林街道见闻——充满欢乐与音乐

在一个商业大厦的广场上，我们遇见了一群人，基本上是老年人，但是他们的衣着很年轻、很时尚，他们或演奏"音乐盒"，或演奏风琴，动人的音乐像流水一样淙淙流淌在欢乐的人群中。

街景

永久性展览

展览

当导游的小电动三轮车把我们带到一栋灰色建筑大楼前，我们发现这里门口寂静，用门可罗雀来形容也不为过，这在旅游旺季是很少见的，因为每个旅游景点都挤满了人，熙熙攘攘的。

走进大院子，有不少士兵在院子当中，三五成群地站立，像在闲聊，又像是课间休息。我心想，这不是一座兵营吗？为何说是苏军占领时期的博物馆？

按着路标，我们在这座大楼的一层看到一个博物馆。但是，里面的文字全是德文，如果有英文或者法文，我也许可以了解一些情况。但我们对德文一窍不通，所以匆匆浏览了一遍，对这个博物馆仍不明所以。整个博物馆展出很多相片，可以分为两大类——希特勒的相片和苏联红军的相片，所

在施陶芬贝格纪念碑和花圈前合影

以，我们只能猜测这是一个"二战"时期的战争博物馆。

最后，墙上由青铜制作的纪念牌揭开了这个博物馆的谜底。青铜纪念牌上篆刻着一个人的名字：Hier Starben（施陶芬贝格），而且有一个时间——1944 年 7 月 20 日上午。虽然青铜牌上还有 5 行德文对此纪念牌作出解释，但是，此时此刻，不懂德文的我们已经明白了。因为在 1944 年 7 月 20 日上午 12 点，发生了德国军官 Hier Starben 谋杀希特勒事件，这个重要的历史事件已经载入史册。

奥伯鲍姆桥

奥伯鲍姆桥是柏林的施普雷河上的一座双层桥梁，是城市地标之一。它连接过去被柏林墙分割的弗里德里希斯海因和克罗伊茨贝格两区，现已成为柏林统一的重要标志。

这座桥最初是一座木制吊桥，长 154 米，是当时柏林最长的桥梁，作为城门和城墙的一部分，修建在昔日勃兰登堡收税的城市边界上。奥伯鲍姆这个名称源自阻塞河道的覆盖金属钉的大树干，用作夜间阻止走私的栅栏（鲍姆在德语中意为树，因此这个名称意为上树桥），在当时城市的西部边界另有

地铁穿行奥伯鲍姆桥

一座树干的栅栏。

到 1879 年，木桥已发生很大变化，不能满足运输的需要。于是，政府计划修建一座新的石桥，正在计划修建柏林地铁的西门子和哈尔斯克公司坚持修建一座综合车辆、行人和新的铁路线的桥梁。

新桥修建了两年，开放于 1896 年柏林贸易展览会期间。建筑师奥托·施塔恩将其设计成哥特砖砌建筑式样，运用许多装饰元素，如尖拱、十字拱、徽章。双塔受到勃兰登堡北部城市普伦茨劳中门塔的启发，尽管纯粹是装饰性的，但还是能提醒人们此处曾是柏林的水上门户。

莱比锡大街

莱比锡广场得名于 1815 年，以庆祝盟国在莱比锡战役中战胜法国，但是莱比锡大街起初就是这个名字，因为它是通往莱比锡的皇家道路。

莱比锡大街

这条街靠近东端处有座耶路撒冷教堂，是柏林最古老的教堂之一，起源于15世纪后期，但在"二战"中严重受损，后废墟被拆除。

1933—1936年，赫尔曼·戈林在莱比锡大街7号主持兴建了帝国空军部大楼。1949年以后，莱比锡大街位于德意志民主共和国境内，成为东德部长会议总部所在地。如今，德国财政部设在其内。

保加利亚和新西兰大使馆也位于莱比锡大街。

现代艺术博物馆

博物馆外景

现代艺术博物馆是柏林文化广场的重要一部分，归柏林国家博物馆的管理。它位于柏林波茨坦广场西侧，原属西柏林，收藏的重点有来自立体派、表现主义、包豪斯、超现实主义、美国色域绘画派代表人物的创作和像毕加索、恩斯特·路德维希·凯尔希纳、保罗·克利、马克思·贝克曼、奥托·迪克斯等艺术家的艺术作品。也就是我们去参观的——以"当代"为主题展出1900—1945年丰富的经典现代艺术藏品。这个博物馆将现代设计风格和历史建筑元素相结合，为现当代艺术品的全方位陈列创造了条件。

博物馆内部有很多地方在为下一个展览做准备，不对游客开放，所以我们仅仅参观了其中一部分。

在博物馆的咖啡厅一侧樱花盛开，让人错以为到了日本，走近才会发现其实是墙上的樱花相片。

博物馆外，现代风格青铜雕塑林立，给了人们无限的想象空间。

博物馆的咖啡厅

咖啡厅留影

与青铜雕塑合影

抬眼望去，蓝天白云下，绿色尖顶小教堂与黄色砖瓦建筑相得益彰。

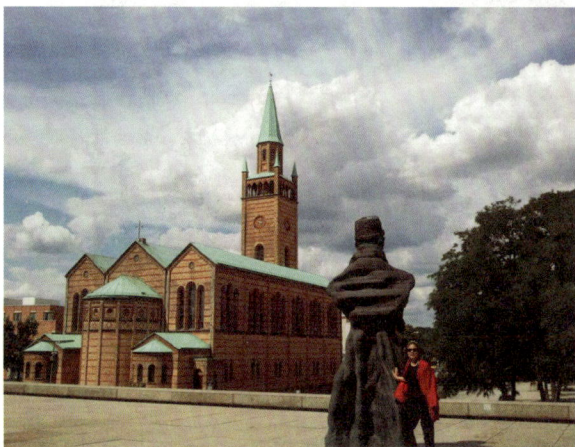

在小教堂外留影

青铜像

在回酒店的路上，发现了 Gustav Hartmann（1859—1938）的青铜雕像，他是德国数学家和现象学的主要创始人，曾在莱比锡和柏林讲学和工作。

夕阳西下，一艘游船满载着游客，从我们眼前的小河中经过，素不相识的人们友好地打着招呼。

难忘的柏林之旅就这样愉快地结束了。

第十一章
"世界桥城"汉堡

德国汉堡也被称为"世界桥城",纵横交错的河流被一座座跨河桥连接,成为这个城市的独特风景,也形成这个城市的特色。汉堡,是 2014 年我和陈和平一起游历的又一个印象深刻的城市。这个城市,我以前也去过几次,不过全部是公务出差,匆匆而来,匆匆而去,没有好好观赏。而这次以旅游为目的的自由行,让我们在汉堡之旅中另有一番收获。

汉堡是世界大港,被誉为德国通往世界的大门。世界各地的远洋轮来德国时,都会在汉堡港停泊。其实,这座面积 755 平方公里、人口超过 170 万的大城市,不仅是一个水陆要冲,还是一个经济、文化高度发达的现代化城市。

汉堡是个国际大都会,不仅万国商船云集,而且是除纽约外拥有外国领事馆以及总领事馆最多的城市,许多重要的国际会议都在这里举行。这里翻译资源丰富,160 多个国家的语言都能在这里找到会翻译的人,德国很多州的首府在需要翻译时都向汉堡求援。此外,汉堡的教育也很发达,仅汉堡大学就有四五万名学生。汉堡建有以地铁为中心的快速轨道网络,总长 200 多公里。

汉堡,整个城市绿草如茵,环境优美。宏伟高大的市政厅,风光绮丽的阿尔斯特湖,众多的文化设施,繁华且富有特色的商业街,吸引着五洲四海的观光客。

汉堡国际航海博物馆

此次汉堡之旅最大的收获,就是参观了国际航海博物馆,对德国的航海业发展史以及汉堡港在航海业的重要历史地位与作用,有了进一步的了解。

汉堡,是德国最大的港口城市,世界大港之一,也一直是德国最重要的对外贸易城市,还是全球十大集装箱港口之一。

汉堡国际航海博物馆坐落于汉堡的港口新城,成立于 2008 年,是一个大型私人航海博物馆,旨在激发新一代对航海的热情,深受航海爱好者的喜爱。

汉堡国际航海博物馆为世界上最大的现代化私人航海博物馆,馆藏主要来自汉堡出版业大亨彼得·塔姆的私人收藏。博物馆通过展示船舶模型、人

国际航海博物馆大楼模型

物塑像的微缩立体场景、珍贵的
物品、航海日志、影音资料等向
人们形象地呈现了航海业的历
史，再现了航海历史中发现者、
征服者、船长和普通船员的故
事，讲述了人类历经 3 000 年的
探险旅行的历史。

航海博物馆入口处

　　目前，馆内展出大小船模
型 26 000 件、油画 5 000 余幅、
航海图和有关书籍 120 000 件、
造船设计图 50 000 多套，以及大量有关海事方面的文献、制服、武器、瓷器、
金银制品、望远镜等。

　　沿着楼梯而上，便可看到航海博物馆的入口，进入航海展览大厅。

模拟的老式海轮舱与轮船悬窗

老式手摇电话

在国旗下留影

在老式帆船模型和现代的集装箱大船模型前留影

德国游船模型

在现代化大型集装箱船的模型前留影

帆船及航船上各种用品的模型

汉堡到美国航海线路开通纪念——古
巴到墨西哥航线

在巨大的航海轮船发动机的螺
旋桨前面,我们显得十分渺小。这
个发动机螺旋桨模型位于国际航海
博物馆广场,供游人观赏。

在巨大的发动机螺旋桨前留影

197

汉堡仓库城

以前到汉堡市，听说过一座颇具规模的仓库城，它是汉堡港为了发展仓储业务而形成的。这次我们参观了国际航海博物馆后，立刻来到这个仓库城，其别具一格的景色吸引了我们。

这座仓库城仿佛是汉堡历史的浓缩，讲述着数百年来这个城市繁荣的贸易和交通史。这座昔日汉萨同盟的名城在 1888 年被铁血首相俾斯麦要求加入德意志帝国的关税区，汉堡人有条件地同意了，这个条件就是允许汉堡建造一座用于中转货物的仓库城，以让汉堡永葆商机。

如今这片仓库城依旧经营着，来自中东的毛毯、南美的可可在这里被储存和交易。这些漂亮的红砖建筑本身就是实用的艺术品，仔细观察可以看见几乎每幢红砖仓库的房顶上都有一个巨大的挂钩，这是人们用来搬运货物的工具。由于来自世界各地的货物往往通过庞大的集装箱运输，从建筑内部搬运极其不便，而用滑轮和挂钩从外部转移搬运则更为便捷省力。

城中的河流，让我们想起威尼斯

仓库城不仅是商人们的交易之地，也是游客们了解汉堡的一处极佳场所。

坚固朴素的红砖楼里藏着不少让人惊喜的博物馆，比如仓库城博物馆和海关博物馆，不过最让人期待的是香料博物馆。这家小巧的博物馆里展示了九百多种来自世界各地的香料实物，每种香料都可以被触摸和观察。在这里，参观者可以了解近 500 年来香料在世界各地的种植、加工和传播。

在仓库城前留影

汉堡市区的教堂

圣米迦勒教堂坐落于德国汉堡的新城区，是汉堡最著名的一座教堂，是城市的主要地标建筑，同时还是该市的五座主要新教教堂之一。这座教堂的名字源于天使长米迦勒，在教堂正门上方是表现米迦勒战胜魔鬼的大型青铜雕塑。目前的圣米迦勒教堂是这个地点的第三座教堂，高 132 米的尖顶是汉堡天际线的显著标志，也是船只驶进易北河首先看到的景观。

教堂与现代化的大楼和谐、别致地融合在一起，形成汉堡市区一道独特风景。

圣凯瑟琳教堂是汉堡的 5 座主要新教教堂之一，是该市现存最古老的建筑，其建筑尖顶的历史可追溯到 13 世纪。

从传统意义上讲，圣凯瑟琳教堂是一座海员的教堂。其历史可追溯至1256 年，主体部分重建于 15 世纪中期，1657 年，哥特式风格的屋顶和尖顶建立起来，1950 年和 1957 年对教堂先后进行了重建。圣凯瑟琳教堂为哥特式

教堂局部 1

圣凯瑟琳大教堂

教堂局部 2

汉堡街头留影

建筑，尖顶高 115 米，直达云霄。15 世纪时，教堂内部曾有一个大型管风琴。

我们在汉堡参观期间得知，这座教堂已经维修多时，为了"修旧如旧"，保持原来的风貌，工程进展十分缓慢。不过，即使在维修期间，也有不少游客乘坐着专门为游客参观提供的交通工具——红白相间小电动车慕名而来，我们在柏林参观时，就是乘坐的这种便利的交通工具。

汉堡市政厅

老市政厅于 1842 年被大火摧毁，44 年后即 1886 年现在的市政厅开工建造，费时 11 年才建成，是 19 世纪后半期建成的新巴洛克式风格的建筑物，建筑饰有不少富有纪念意义和象征作用的艺术品。整个大厦用砂岩砌成，除屋顶为铜绿色外，外观呈烟灰色，古朴而典雅。让人惊奇的是由于汉堡的地层较为软松，这座巨大的建筑建在 4 000 根由巨木打成的木桩之上。

市政厅大楼

市政大楼中央的尖塔高 112 米，是汉堡市地标之一。钟塔上镶嵌着镀金的帝国之鹰，它是德意志统一的象征。

市政厅规模宏大，共四层，647 个房间，比英国的白金汉宫的房间还多。

步入市政厅，便可看到底层大厅的两排粗壮石柱，共有 16 根。每个柱子上都有四个人像浮雕，其中有人们熟知的戏剧家莱辛、音乐家勃拉姆斯和物理学家赫兹的雕像。

市政宴会和接待大厅长 46 米，宽 18 米，高 15 米，其内悬挂的画像描述了汉堡的发展史。在市政厅内保存着汉萨同盟的"金册"，铜牌上镌刻着 1264—1912 年汉堡历届市长的名字。二楼各窗之间竖立着 20 位德意志著名皇帝的塑像。

市政大楼内还设有富丽堂皇的大宴会厅、市民厅、皇帝厅、塔厅、孤儿厅

市政厅大楼墙体上的雕塑作品与金色拉丁文

在市政厅大楼前留影

和凤凰厅等，装饰精美，各具特色，都很值得一看。

另外，在市政厅外面的广场上，有海涅的塑像。海涅曾在汉堡生活数年，汉堡人民为了纪念这位诗人，特地在市政厅广场竖立了纪念像。市政厅两边有大型的购物区，交通非常方便，我们每次出行到汉堡火车站，都会经过这个市政厅广场。

汉堡市政厅位于风光秀丽的内阿尔斯特湖边，它背靠证券交易所，东连内阿尔斯特湖畔连拱走廊。描绘有汉堡守护神汉莫尼雅的镶嵌画就安放在市政厅大楼端面（正面）上方的半圆形壁龛内，金色的拉丁文意思是："先辈赢得的自由，后人应加倍惜之。"

如今它已是汉堡的地标之一，也是汉堡为数不多保存下来的历史建筑。它的文艺复兴式样的建筑自然非常漂亮，而更为惊人的是，汉堡市政厅虽然是政府的办公地点，但其底层大厅内经常举办各种艺术展览，并向汉堡市民开放，不过入场需要收取一定费用。这里每隔半小时就有一个参观团，经由导游带领参观并讲解市政厅的历史和建筑特色。

不可不看的内阿尔斯特湖畔连拱走廊

内阿尔斯特湖畔连拱走廊位于市政厅市场和内阿尔斯特湖之间，是一个一面紧靠内阿尔斯特湖的敞开的商店通道。它形成于1842年发生在汉堡的那场百年不遇的大火之后，其建筑是意大利文艺复兴风格。

洁白的连拱走廊的确美丽，各色彩旗迎风飘扬。这里游人如织，一群群野鸭在连拱走廊下的内阿尔斯特湖里悠闲游戏，还有那野鸽子旁若无人地在

内阿尔斯特湖畔连拱走廊

人群中觅食。都市的喧哗与大自然的恬静巧妙融合，这就是汉堡永恒的魅力所在。

艺术之城与航海之都

漫步在汉堡街头，不经意间，发现了一栋看似普通的建筑，但仔细观察后，会发现大楼墙面每一根墙柱上雕塑的人物头像都不一样，这些雕塑应该都与汉堡航海史有关。虽然我们不清楚这些传奇人物在航海史里的具体故事，但是能够出现在建筑物上被人们纪念，一定都是有历史意义的人物。

汉堡街景

203

屋顶雕塑

屋顶雕塑

街头的现代雕塑

传奇人物雕塑 1

传奇人物雕塑 2

  街头也有航海史上的传奇人物的雕塑,可惜上面都是德文,看不懂具体内容。

205

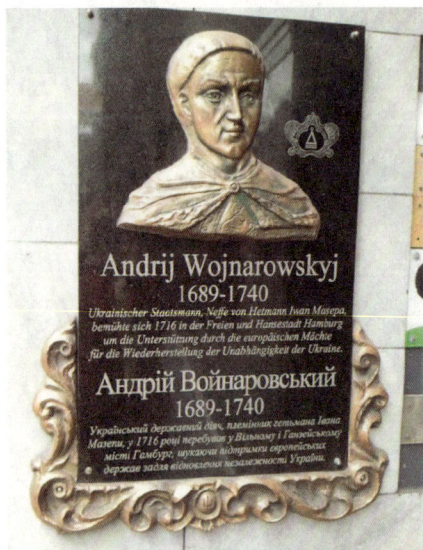
历史名人纪念牌

历史名人故居

    历史名人的故居和纪念牌，作为文物保护对象，展现在游人面前。

    短短两天的汉堡之旅，给我们留下美好的回忆，虽然还有许多著名的景点没来得及参观，如动植物园、国家博物馆、艺术博物馆等，但是这也给再次游览这个美丽的城市留下了念想，以弥补那些遗憾。

街景

第十二章
金色大厅乐章在回响

2014 年 6 月中旬，我和好友陈和平一起来到奥地利首都维也纳，开始了我们第一次的中欧之旅。

维也纳，位于多瑙河畔，是神圣罗马帝国、奥地利帝国、奥地利共和国的首都，也是奥地利共和国 9 个联邦州之一，还是奥地利最大的城市和政治中心。

维也纳是联合国的四个官方驻地之一，还是石油输出国组织、欧洲安全与合作组织和国际原子能机构的总部以及其他国际机构的所在地。2011 年 11 月 30 日，维也纳以其华丽的建筑、公园与广阔的自行车网络成为全球最宜人居城市冠军。因市内古典音乐气氛浓厚，引来各国音乐家雅集，有"世界音乐之都"和"乐都"等美誉。

维也纳是奥地利最大的城市，是欧洲最古老和最重要的文化、艺术和旅游城市之一，多瑙河从维也纳市区静静地流过。著名的维也纳森林从西、北、南三面环绕着城市，辽阔的东欧平原从东面与其相对，到处郁郁葱葱、生机勃勃。

维也纳从内城向外城依次展开，分为三层。内城即老城，素有"维也纳心脏"之称，这里街道狭窄，卵石铺路，纵横交错，两旁多为巴洛克式、哥特式和罗马式建筑，中世纪的圣斯特凡大教堂和双塔教堂的尖塔高耸入云。围绕内城的内环城线，宽达 50 米，路边生长着各种树木，两旁有博物馆、市政厅、国会大厦、大学和国家歌剧院等。内环城线与外环城线之间是城市的中间层，这里是密集的商业区和住宅区，也有教堂、宫殿等。外环城路的南面和东面是工业区，西面是别墅区、公园区、宫殿等，一直延伸到森林的边缘。坐落在城市北面的多瑙公园，也是游客云集的地方。

不平凡的旅途

从巴黎飞往维也纳的旅途特别不顺利，启程那天，我俩早早来到巴黎机场，好朋友徐小玲、汪亚秋夫妇送我们到办理托运行李和办理登机牌的最后一站。

我和陈和平的东西都很多，我带了资料，因为当时受维也纳大学法学院的邀请，我将去参加学术交流。我新出的专著《智力劳动价值理论与中国企业知识产权保护》（中英版），将作为学术交流的成果带到维也纳大学，十几本书的重量自然不轻。

勤劳勇敢的陈和平，带着她在德国旅游时购买的有着相当重量的宝贝，也随着我们的行李一起离开巴黎，来到中欧之旅的第一站——维也纳。

法国是一个罢工非常频繁的国家，以前在巴黎，碰到最多的是地铁罢工，虽然这些罢工给人们生活带来种种不便，但是时间大多不长，一两天就结束了。我们这次去维也纳，却碰上了法国航空公司的罢工。原定下午 2 点飞往维也纳的航班，在我们到达机场等候了几小时后却突然接到通知：航班取消。

这种突发事件对我们来说，也是第一次碰到。好在出国之前，我在报纸上看到一则报道，告诉国人在国外碰到飞机延误，如何处理才能得到公平的补偿。我把那篇报道剪了下来，并且随身带着，到了这种时刻，再仔细阅读其中的细节，的确有很大帮助。

要得到飞机延误补偿，并不是一件容易的事情。首先，我们要从飞机起飞国的机场，得到一份证明，证明必须是法文和英文一式两份，说明我们的航班是因为法国罢工（人力不可抗拒）而延误。机场有一个专门部门负责开具这样的证明，但是，如果我们自己不知道可以开这样的证明，或者我们自己没有主动询问机场工作人员开证明的相关事宜，那么，没有人会主动告诉我们可以开具这份证明。然而，没有这份证明，就失去了保险公司和旅行社给我们的赔偿。我们出国前通过旅行社买了保险，其中包括飞机延误险，但是，如果没有当地所在国家的机场出示证明，回国以后，我们无法从保险公司得到赔偿。

幸好我们在出国之前有了这样的知识储备，所以，当我们得知飞机将延误到第二天清晨 6 点起飞时，我们在更改飞机票之前，首先开好了飞机延误证明。我们回国以后，向旅行社和保险公司出示了这个证明，我和陈和平都分别从保险公司和旅行社得到了补偿。因为我俩购买的保险金额不一样，所以我们得到的补偿金也不同。但是，可以肯定的是，如果当初我们没有当机立断要求机场开具飞机延误证明，回国以后，不论我们购买的是什么类型的保险，都得不到补偿。我们的这个经历，对即将出国旅游的朋友们，也许会有帮助。

此外，我们是通过某旅行社购买的飞机票和保险，这个旅行社还有一个贴心服务，如果旅客飞机延误，旅行社也会给出 800 元的补偿。这是这家旅行社的特别补偿，不是所有旅行社都会这样做的。

我们的飞机从当天下午 2 点延误到第二天清晨 6 点，几乎延误了 16 个小时，在更改飞机票以后，我们被安排在机场附近的一家宾馆，该宾馆提供免费住宿和一顿免费晚餐。宾馆还有交通车到机场，巴黎机场非常大，幸亏我们牢牢记住了我们去维也纳的登机口，才没有在偌大的机场里迷失方向。

第二天凌晨 4 点，我们被宾馆的早起服务铃声叫醒，匆匆地吃了点儿东西，就赶上了清晨 5 点的交通车，来到机场，幸亏行李已经事先被送上飞机，我们很快过关，顺利登机。

飞机飞行了大约 3 小时，我们在上午 10 点左右抵达维也纳。

离开法国，我的法语就没有了用武之地，奥地利通行德语，我们只会法语和英语。所以，我们一落地，就有了到异国他乡的感觉，英文也成为我们唯一可以使用的语言。

我们预订了出租车，经过一个多小时的车程，终于来到预订的酒店，可以松口气休息一下了。

难忘的学术交流和在大使馆做客

我与维也纳大学的渊源，来自维也纳大学法学院的 Zangkl（桑克）教授，2011 年时我们一起参加在香港大学法学院召开的一次国际研讨会。那次研讨会，前来的法律界的专家很多，只有我一个人来自经济学界，并且被安排做大会发言。

说老实话，我自认为，向组委会提交的论文之所以能被选上做大会发言，并不是因为我的论文水平写作有多高，而是论文的切入点比较新颖，引起法律界专家的关注。

我提交的论文是《中国高科技企业应用智力资本商业模式，保护企业知识产权的案例分析》，这是我和我的研究生们花费 3 年时间，在深圳一家高科技企业做的研究。过去人们谈知识产权，大多数从法律的角度，而我们研究

我在维也纳大学主教学楼前留影

知识产权，从经济学、管理学角度切入，研究智力劳动者在价值创造、价值提取和价值实现中的作用。这个视角给法律界人士提供了研究知识产权的新空间，也许这就是那次国际研讨会选中我做大会发言的原因吧。

维也纳大学法律系 Zangkl 教授是国际研讨会的大会主席，是法律界的资深教授，也是欧盟网络安全法的主要起草人。听完我的发言，他大加赞赏，同时立刻发出邀请，希望我有机会到维也纳大学法学院做专题讲座。这也就是在 2014 年 6 月，我们有了这次维也纳之行的原因。

应该说，Zangkl 教授是一位非常有经济和政治头脑的教授，在我们到了维也纳大学以后才知道，他不仅邀请了我，还请了来自台湾的李教授和来自香港的周教授。李教授是法律专业，周教授是计算机专业，我是经济学专业，我们三位来自中国大陆、香港、台湾，成为 Zangkl 教授举办的"维也纳大学法学院中国日"讲座主要嘉宾。更重要的是，他把这个学术活动向中国驻奥地利大使馆做了汇报，得到大使馆的大力支持。大使馆把这次学术活动看成大陆、香港与台湾的友好交流，在讲座活动结束之后，专门为我们举行了招待会和晚宴，这种规格和待遇，是我出国交流这么多年来第一次碰到。

我在招待会上，应中国驻奥地利大使馆政务参赞邀请，代表出席讲座的

在中国驻奥地利大使馆招待会上发言

学者发言。这项活动我事先不知道，在到了大使馆以后，政务参赞把我叫到一边，悄悄地交代我准备一个 10 分钟的中英文讲话。他说，他们在网络上查看过我的资料，知道我有留学法国的经历，爱国、政治立场坚定，有学术专长，代表教授们发言最合适。

于是，在人们还在津津有味地品尝中国美食时，我悄悄地来到一个会议室，拿出笔和纸，草拟一份 10 分钟的讲话稿，先用中文写好，再翻译成英文。我是一个非常自信的人，特别在这种被人重视的情况下，潜在的激情被激发出来。于是，在招待会上，我激情洋溢的发言得到了一致好评。也因此，我和中国驻奥地利大使馆的官员们，特别是主管教育的董卫国先生成为好朋友。后来董先生还为我们暨南大学与维也纳经济管理大学的学术交流做了不少努力。

旅馆趣事

在我们旅游欧洲期间，住过不少旅馆，但是印象最深的，莫过于维也纳的 Pension Liechtenstein（列支敦士登公寓）。

这个公寓酒店是我的好伙伴陈和平在网络上找到的。它不仅仅在市区中心，地理位置好，离维也纳大学只有十分钟的步行路程。最重要的是，酒店的老板是中国人，可以在网上用中文回答我们提出的各项问题。与此同时，在酒店的网站上我们看到不少中国游客的留言，对这个酒店的表扬几乎占据了整个留言区。于是，我们预订了这个酒店。

在高楼林立的市区，这个酒店的招牌，不仔细观察，还真不容易被发现。好在载我们从机场到酒店的出租车司机很专业，在近一个小时的车程后，我们来到了预订酒店。

沿着楼梯的指示牌，我们来到酒店的二楼，这里既是接待处，也是一个小餐厅，我们后来的早餐都是在这里吃的。接待我们的张小姐是酒店的老板娘，也应该是总经理，在异国他乡听到中文，让我们倍感亲切，我俩很快被安排住下。

由于从巴黎到维也纳的飞机晚点近16个小时，我们在凌晨4点就起床，一路折腾下来，在第二天上午近11点，才得以在酒店的房间里休息。我的睡眠非常轻，第二天还要到维也纳大学讲课，为了保证第二天的工作，我向张小姐询问，是否有空房客容我们再订一间，这样我俩一人一间，互不干扰，以保证我第二天可以用精神饱满的状态去讲课。

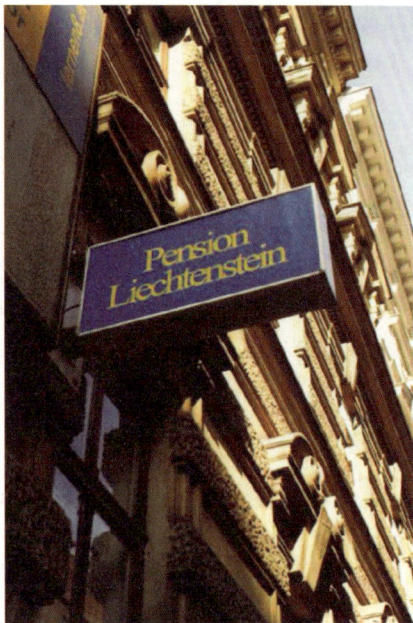
酒店铭牌

中国人之间就是好沟通，张小姐在我们预订的房间旁边找到一个房间。于是，就把这间房安排给陈和平住，价格也很适合。

幸亏有了这样的安排，在长途疲劳旅行之后，我睡了一个非常好的觉，所有的疲劳得以消除，也使得我们接下来在维也纳大学的讲课和旅游都非常愉快。

在这个酒店住了大约五天，我们不仅完成了在维也纳大学的讲课和旅游，还有机会与酒店老板的父亲蔡老先生——一位广东籍的越南华侨聊天，从他那里了解了不少20世纪60年代到奥地利创业的老一代华侨的故事。

像许多早年在海外谋生的华侨一样，蔡老先生的家族早年在越南谋生。由于20世纪60年代

陈和平与蔡老先生在酒店小餐厅合影

213

的战争，已经丧偶的蔡老先生带着一双儿女，作为难民从越南辗转来到欧洲，最终在维也纳落脚。

因为会说广东话，蔡老先生对我与和平特别热情。空闲时，他和我们聊起了岁月流逝的青春年代，他的故事充分体现了老一代华侨在海外创业的艰辛历程，让我们久久不能忘怀。

"刚到维也纳的日子是很艰难的，我们靠种菜为生。"蔡老先生对我们说。

蔡老先生伸开他那劳作了一生的双手，粗糙的手掌立刻展现在我们面前。"种菜的时候，我们经常凌晨3点起床，把菜准备好，5点钟就有超市的车来我们菜地里拉菜，我们提供的都是最新鲜的蔬菜，质量好，信誉好，慢慢地，生意就好起来了。"

一句"凌晨3点钟起床"，勾起了我和陈和平的回忆，想当年我们在海南岛上山下乡，不也是每天凌晨3点钟起床收割橡胶吗？这种艰辛，也许只有我们这些经历过的人才能体会。

好在那些艰苦的岁月已经成为历史。我与陈和平后来都从海南岛回到广州，她成为一名医生，我成为大学教授。我们面前的蔡老先生也有了自己的产业，成为这个酒店老板的父亲。

蔡老先生的故事，不仅使我们体会到当年他做菜农的艰辛生活，也使我想到在法国留学时，认识不少柬埔寨华侨，他们也是在20世纪六七十年代，作为难民到法国谋生，他们也有和蔡老先生相似的经历和故事。这些曾作为难民的华侨，在异国他乡，用自己的青春、血汗，为家人创造了一个新天地，也因此在异国他乡扎下了根。

"我的太太很早就去世了，我一个人，带着一儿一女来到奥地利。虽然根据奥地利国家的难民政策，我们得以在维也纳郊区农村以种菜为生，孩子们可以免费读书，但是日子过得很艰难。我们不懂奥地利语，也不懂德语（在奥地利，德语是仅次于奥地利语的第二大语言）。在越南可以听懂一点点法语，因为越南曾经是法国殖民地。但是，那一点点法语基础在这里基本上没有用。我们要适应这里的生活，几乎所有的事情都要从头做起。"

"20世纪60年代，来维也纳的中国人很少，不过在他们中间，大部分人会说广东话，这给我们很大的安慰，那时候维也纳的中国城很小，有一个小小的教会，我们从教会得到过不少帮助。后来我们经济条件好了以后，也通过教会帮助后来的新移民。"蔡老先生和我们聊天时说。

这是一位很勤劳的老人，几乎每天吃早餐时，我们都能看到蔡老先生忙碌的身影。

规模不大的酒店，提供的早餐可谓中西合璧，因为大部分住客是西方人（其中不少俄罗斯的游客），也有来自中国香港和内地的游客，所以早餐以面包、牛奶、鸡蛋、果酱、奶酪等为主，还有蔬菜沙拉，简单明了，但分量足。

蔡老先生不断招呼客人用餐，还不断把客人用过的餐具收拾到厨房，虽然还有两位服务员，但是，蔡老先生是个闲不住的人。他热情地招呼每一位客人，给我们一种宾至如归的感觉。此时此刻，我才理解，为什么在酒店网站的留言区上，旅客们会留下那么多赞美之词。

如果说，像蔡老先生这老一辈的华侨在异国他乡生存、创业不容易，那么蔡老先生的儿子、儿媳，作为新一代华侨，在海外创业就更加不容易。

酒店老板小蔡先生很腼腆，6岁就跟随父亲从越南来到奥地利，会说的中文不多，他们的创业故事，主要是他的太太张小姐告诉我们的。

张小姐是改革开放初期到奥地利留学的学生，来自西安。读书期间，和那个年代的大部分留学生一样，一边打工，一边读书，其中的辛苦，对于曾经在法国留学打工的我来说，深有体会。

当年大部分留学生半工半读是很常见的，但要开办公司或者酒店则相当不容易，听了张小姐他们的创业故事，我们感触很深。

小蔡先生最初打工时，曾经在酒店工作，对酒店的管理略知一二。后来机会来了，当时 Pension Liechtenstein 酒店转让，于是，小蔡先生和一位犹太籍朋友合伙贷款接手了这里。

刚开始经营这个酒店时相当困难，没有充足的客源，就意味着收

小蔡先生一家三口

215

入有限。酒店的房子是租来的，就意味着每个月不论有无客人，都要交相当的租金和酒店维修费。为了避免入不敷出，这两个刚刚接手酒店的年轻人，不敢轻易辞去当时各自的工作。于是，一个人值白班，另一个人值夜班，每个人都是干两份工作，以维持自己的生活和这个小酒店的运营。

有播种就会有收获。他们一家人辛勤经营了近十年，终于迎来了稳定的客流与收入，日子一天天好了起来。

张小姐还告诉我们一些当年他们创业中最困难的事。她说："按照惯例，酒店得每年装修，但是我们刚刚接手酒店时，没有经验，也没什么钱，有一次请了一家土耳其人开的装修公司来改造酒店房间，没有想到这家公司做工很粗糙，工程遇到问题不积极想办法解决，而是一味地推卸责任。例如，要把浴室引进房间，那么下水管道就有一个坡度的问题，坡度合适才能让脏水流走。而那个公司的人却说，只要在马桶那里装一个搅拌机，把脏污绞碎后，即便没有什么坡度，水也能把脏污冲走，因为这样施工最简单。

但事实上，这样施工肯定是不行的。这家公司接到我们的装修订单，很快就报出价格，价格也比较有竞争力，但是在施工过程中，他们不是替客户着想，而是尽量减少他们自己的麻烦，所以在解决浴室马桶问题时，我们不能接受他们怕麻烦的做法，工程就因此僵持下来。如果工程时间被拖得越长，客人居住的天数就越少，这就意味着我们的经营成本就越高，酒店的经营也会越困难。

最后，面临这样的困难，还是小蔡先生想出办法提高浴室的坡度，才解决了这个问题，没有造成工期的拖延。

即便如此，装修时间还是超出了预期。当时很多客人都是在网上预订的。在预估的施工时间结束后，客人们是可以在网上订房的。但是那次施工的那家公司并没有按时完工，结果预订房间的客人都来了，施工还没结束，为了维持我们的良好信誉，我们不得不给这些客人找了其他住宿酒店。"

类似这样的事情，在他们的创业故事里面多得数不胜数。

不过，张小姐也分享了一些喜悦之事。维也纳政府每年都要对酒店进行各项检查，因为酒店的安全与经营质量关系到旅客的人身安全。最初接手酒店时，他们在被政府检查时，还是总有一些地方被发现不合格。但是现在，小蔡先生和张小姐自豪地告诉我们，他们经营的酒店已经通过了市政府的各项检查。这就意味着，这对年轻人通过自己的辛勤劳动，在酒店经营的市场上稳稳地站住了脚跟。

他们的故事，应该是新一代海外华侨创业的一个缩影吧。

维也纳金色音乐大厅

维也纳有"世界音乐之都"的美誉，这里名家辈出，贝多芬、莫扎特、施特劳斯等音乐大师更是名垂千古。

在维也纳的旅游项目中，到金色音乐大厅去欣赏一次音乐会，是我与和平的共同心愿。虽然音乐会的票价不菲，要98欧元，当时欧元与人民币的比例几乎是1∶10，也就是几乎相当1 000元人民币，但是我们还是决定不放过这个难得的机会。

在张小姐的帮助下，我们顺利完成了音乐会门票的预订，因为不论是打电话还是在网络上预订，都只有德文，没有英文。幸亏张小姐的德文不错，我们买到了第二天上午10点的票。

当我们第二天早上9点来到音乐大厅，在售票处取票时，还是发生了一些意想不到的事情。

第一次来到柜台，我们用英文向售票处的服务员说明我们要领取我们预订的票，因为预订票要用信用卡，张小姐用她的信用卡帮我们支付，我们以现金形式给她。这本来是很简单的事情，但是在取票时，不知道是因为服务员只会德语和奥地利语而不懂英语，还是其他原因，在听到我们的取票要求后，便从一个白色信封里抽出两张票给我们。我当时也没有仔细看，因为猜想张小姐已经通过电话预订好了票，大概服务员早就准备好，放到信封里了吧。

当我们拿着票，匆匆乘电梯来到三楼，正准备找座位时，却被音乐厅的招待员指引到大厅最后的一小块空地上，说让我们在这块空地上随便找个位子。这个地方根本没有座位，全部年轻人都站着，如果要坐，大概只能坐在地上。

我觉得情况有些不对，按照我过去参加音乐会的经历，98欧元买的票，一定是有座位的，不可能被安排坐在地上。

维也纳金色音乐大厅内部

于是，我问旁边一位年轻人询问其票价，得知是5欧元时，我立刻意识到，柜台服务员给我们的票有误。

我们匆匆赶到楼下，重新找到那位服务员，指出她的失误。

金色音乐大厅的女神柱

与此同时，为了避免再一次失误，因为音乐会马上要开始了，柜台服务也快要结束了，我们马上打电话给张小姐，通过张小姐直接向服务员解释，她才承认自己的失误。

后来我们才知道，造成她失误的直接原因，是我与和平的着装，我们一身牛仔衣裤的打扮，与那些穿着晚礼服或者华丽服装的观众相比，显得太随意了。虽然是大白天的音乐会，但是西方人都是盛装打扮，大部分观众是老先生和老太太，但是男士几乎都是西装革履，女士几乎都穿着晚礼服，就像出席盛大宴会一般。

维也纳街景

音乐会的节目单只配有德文和奥地利文，我们全然不懂。不过，毕竟音乐是无国界的，整个音乐会赏心悦目，时间在近两个小时的欣赏中悄悄流逝，我们在美妙的音乐中，获得了精神上的享受。

街头雕塑

219

在维也纳街头

在街边的书店小憩

莫扎特塑像

第十三章

布拉格之夏

说起布拉格之夏，首先映入我脑海的是"布拉格之春"。学过社会主义思想史的人都知道，1968年1月5日，在布拉格发生的著名的国际事件。当时捷克斯洛伐克社会主义共和国的领导人亚历山大·杜布切克只是为了打破计划经济的桎梏，探索符合自己国情的发展道路，进行了一些含有"市场经济"因素的改革，却引起了轩然大波，导致1968年8月，苏联对其实行武装占领，这个改革运动也因此失败。然而"布拉格之春"在社会主义政治和经济体制改革中的历史作用将会被人们铭记。

具有布拉格特色的城堡式建筑

2014年6月，我和陈和平开启了布拉格之旅。我们跟着旅游团，匆匆忙忙之中游览了欧洲著名的城堡之城布拉格。虽然属于走马观花，但是那美妙的风光，精致的手工艺品，特别是玻璃器皿、小玩偶、查理大桥、卡夫卡纪念馆、古城堡的自鸣钟……都给我们留下了深刻印象。

布拉格是捷克共和国的首都和最大的城市，数千年来，布拉格所在的伏尔塔瓦河段为南北欧之间商路上的要津。布拉格是座历史悠久的旅游城市，徜徉于此，我们收获别样的感受。

老城广场

我们首先来到老城中心的老城广场，这是旅游必经之地，它已经存在900多年了，是群众集会的场所。广场上的老市政厅，建于1338年，是一座哥特式建筑。广场南面有名的卡罗利努姆宫，是查理大学最古老的建筑物。卡罗利努姆宫附近有著名的伯利恒教堂和火药门楼，而火药门楼是老城13座城门中的唯一幸存者。

广场中央的雕像

远望

老城的城门

巧夺天工的自鸣钟

自鸣钟

特别值得一提的，是广场上有一座建于1410年的钟楼，尽管钟楼的外墙墙皮已部分剥落，但它以精美别致的自鸣钟而闻名于世。凡是到布拉格的游人，总要前往老城广场观赏这座古老的钟楼，路经钟楼的布拉格市民也常常停下来校对自己的手表。每到整点，钟上的窗门便自动打开，钟声齐鸣，12个圣像如走马灯似的一一在窗口出现，向人们鞠躬。这个复杂而又奇妙的自鸣钟，是15世纪中期由一位钳工用锤子、钳子、锉刀等工具建造的，至今走时准确，成为人们观赏的一件珍品。

不过，当我们听导游介绍这个可爱精美的天文钟背后的故事时，不免会在心里蒙上一层忧伤：在1410年，当天文钟完工后，当时自私贪心的执政者，为了不让钟的设计者以后造出更好的钟，居然派人弄瞎了设计师的双眼，悲愤的设计师最后跳进了自己设计的天文钟，结束了生命。

查理大桥

查理大桥是一座古桥，连接着古堡和旧城，桥下就是湍急的伏尔塔瓦河，闻名于世。

查理大桥上最为著名的要属那一尊尊古老的雕塑。我们来时是六月，虽然还不是旅游旺季，但是已经游人如织。桥上游客众多，加上小贩，好不热闹。桥两端是高高的桥塔，在古时起着极其重要的守卫和防御作用。站在桥塔的最高处，整个布拉格城尽收眼底。

最可爱的是那些在桥上卖木偶的小摊铺，热情的老板会教游客如何操作它们。女巫造型的木偶，穿着黑麻布袍，戴着尖尖帽，骑着扫帚，本应让人感到恐怖，但这些木偶女巫一副倒霉相，着实滑稽。

查理大桥的每一座雕像之间，都有不少艺术家为游人画像。这个情形与法国巴黎圣心教堂旁的蒙马特高地画家集散地非常相似。

查理大桥上可爱动人的木偶

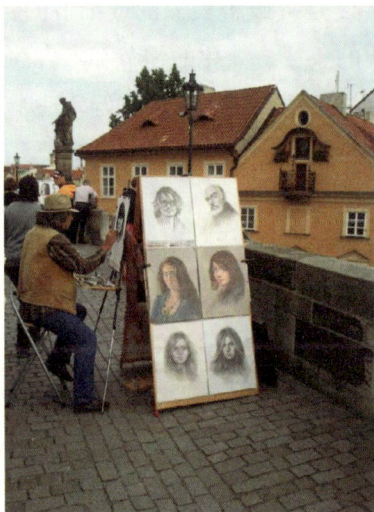
艺术家正在为游人画像

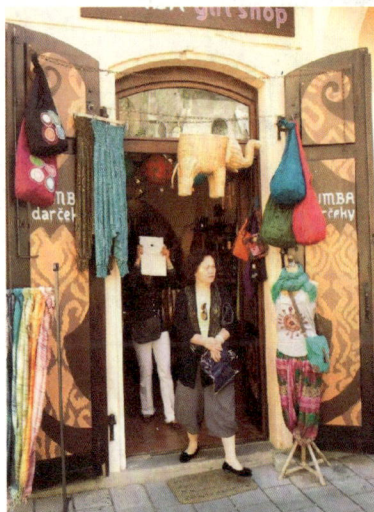
街角小店

卡夫卡纪念馆

卡夫卡，捷克人，是表现主义作家中卓有成就的创作者之一。他生活和创作的主要时期是在"一战"前后，当时，经济萧条，社会腐败，人民穷困，

225

卡夫卡像

卡夫卡的签名

街头的卡夫卡铜像

这使得卡夫卡终生生活在痛苦与孤独之中。对社会的陌生感、孤独感与恐惧感，也成了他创作的永恒主题。

卡夫卡笔下描写的都是生活在下层的小人物，他们在这充满矛盾、扭曲变形的世界里惶恐、不安、孤独、迷惘、遭受压迫而不敢反抗，也无力反抗，向往明天又找不到出路。作品的基本主题是现代社会中人的异化和孤独感，如长篇《城堡》《审判》《美国》和中短篇《变形记》《地洞》《判决》《在流放地》《骑桶者》《万里长城建造时》等。但它并非通过传统的写实或典型化的手法展现，而是突破了表象的或细节的真实，采用鲜明的象征、淡化的情节和寓言性质的人物，通过象征、暗示、夸张等手法予以表现。因而，常常被认为主题曲折晦涩，情节支离破碎，思路不连贯，跳跃性很大，语言的象征意义很强，这给阅读和理解他的作品带来了一定的困难。卡夫卡的作品难读，连母语是德语的读者也觉得要读懂它们不是件容易的事。

卡夫卡也是个自传色彩很强的作家，几乎每一部作品都是在写自己，表现他自己的内心世界。作品中的人物不仅名字与作家本人的名字有着这样或那样的联系，更为重要的是，他们都有着与作家本人相似的人格属性和心理特征。在很大程度上，卡夫卡是按照自己的心理模式来塑造主人公的，赋予了人物与自己相同或相似的人格属性。凡是重要的人生体验和感受在其作品中都能得到充

226

分的体现，他的小说是他生存体验的总结和内心世界的外化。

卡夫卡一生都在苦苦地探求人生的价值与意义，但至死都无法对他的思考和探索给出令其满意的答案和结论。因此卡夫卡也无法通过他的创作描写生活的结局，无法给自己的小说一个满意的结尾。

但是无论人们现在对卡夫卡如何评价，他都是作为捷克民族的知名人士而存在，而他的故居因其知名度吸引来了全世界的游客。

黄金巷

离卡夫卡纪念馆不远的黄金巷，也是布拉格古堡的著名景点之一。

进入黄金巷，我们首先经过卡夫卡曾居住过的 22 号房舍——一家小巧可爱的书店，观光客在这里的拥挤程度与查理大桥不相上下。这家书店也出售卡夫卡的作品集。

黄金巷一角

　　黄金巷在圣乔治教堂与玩具博物馆之间，拐进一条小巷后就到了这条小屋林立的黄金巷，巷内有着宛如童话故事内的小巧房舍，是布拉格最具诗情画意的街道。

　　黄金巷原本是仆人工匠居住之处，后来因为聚集不少为国王炼金的术士，由此得名。然而，在 19 世纪之后，逐渐变成贫民窟。20 世纪中期被政府重新规划，将原本的房舍改为小店，目前每家店铺内可看到不同种类的纪念品和手工艺品，如 16 号的木制玩具、20 号的锡制布拉格小士兵、21 号的手绘衣服，19 号的外观最有看头，是花木扶疏的可爱花园小屋。我们看到不少有特殊意义的纪念品，我买了一个磨砂玻璃制作的马头像，作为给属马的先生 50 岁的生日礼物。

　　告别了美丽的布拉格，期待着下一次自由行，再次踏上布拉格城堡那幽静小路。

第十四章

多瑙河明珠——布达佩斯

　　我们在匈牙利首都布达佩斯仅仅停留了一天一夜，印象最深的是多瑙河与布达皇宫。

　　在旅游大巴上，导游对我们说："大家都知道中国著名的喜剧、小品演员陈佩斯吧？可你们知道他的名字是怎么来的吗？"见大家都摇摇头，导游便开始风趣地介绍：陈佩斯的父亲陈强也是个演员，年轻时被派到匈牙利工作，迷上了布达佩斯！爱上了布达佩斯！回国后结婚生子，大儿子取名——布达，小儿子取名——佩斯。两个儿子的名字连起来——布达佩斯。当时全车人听了便哈哈大笑起来，也不知这是事实还是杜撰的。

布达佩斯街景

　　此刻，站在由红色、白色、绿色三色构成的匈牙利国旗下，表明我们的脚已经踏在了布达佩斯的土地上，开始了东欧之行的第二站。

英雄广场

　　旅游大巴首先停靠在英雄广场附近，我们走到位于布达佩斯的中心广场，也就是著名的英雄广场。

　　英雄广场是 1896 年为纪念匈牙利民族在欧洲定居 1 000 年而兴建的，于 1929 年完工。整个建筑群壮丽宏伟，象征着经历战争浩劫的匈牙利人民的不屈不挠的精神，也象征着几代匈牙利工匠的高超雕塑与建筑水平，更象征着匈牙利人民对历史英雄的怀念和对美好生活的向往。

　　这个广场不仅是旅游胜地，也是布达佩斯人民重要的集会场所和重大节日的庆祝场所。每当重要的外国元首来访时，都要在英雄广场举行隆重盛大的仪式。

英雄广场中心留影

布达皇宫

　　布达皇宫是 13 世纪时阿鲁巴多王朝在多瑙河西岸所建，土耳其占领布达期间长期失修；18 世纪开始部分重建，19 世纪中期起，得到修复及扩建，成为新巴洛克式建筑。后来又于第二次世界大战时毁坏，后来匈牙利成立特别复兴委员会，重建布达皇宫。

　　皇宫中心部分现为历史博物馆、画廊及工人运动博物馆。历史博物馆内展示有关布达佩斯和匈牙利的历史资料，且依年代顺

布达皇宫

序展示。画廊则主要展示匈牙利代表性画家和雕刻家的作品。

　　乘坐的旅游大巴仅在布达皇宫景点停留了不到两小时，我们也只能走马观花地参观了历史博物馆和画廊，观看了皇宫的卫兵换岗仪式后便匆匆离去。

漫步在多瑙河河畔

　　虽然多瑙河流经欧洲 10 个国家的许多重要城市，但只有布达佩斯被誉为"多瑙河明珠"，曾经有诗人说过："布达佩斯是镶嵌在多瑙河上的最灿烂的明珠。"

　　在号称"中欧巴黎"的布达佩斯，给我留下印象最深的还是多瑙河。当同行的团友乘船游览多瑙河时，我和其他伙伴们漫步在多瑙河畔。自中世纪以来，多瑙河穿城而过，波光粼粼的多瑙河把布达佩斯一分为二。一河两岸，布达和佩斯曾经是两座独立的城市，直到 1873 年才合为一体，但仍保留着各自风貌。热闹繁华的佩斯位于多瑙河东岸，遍布巴洛克与古典主义风格建筑，是行政、商业和文化中心，国会大厦及政府机构大都集中在这里。

　　布达则位于多瑙河西岸，是匈牙利历代王朝建都之地，古老而传统，古迹众多，大部分街道保持着中世纪的风貌，喀尔巴阡山余脉在这里骤然结束。

多瑙河沿岸

我们一边漫步，一边感叹：布达佩斯真是一座无与伦比的城市，匈牙利许多著名建筑大多数始建于 19 世纪末，特别是多瑙河沿岸的 5 处景观，被联合国教科文组织列入"世界遗产名录"。虽然历经两次世界大战，部分建筑受到战火蹂躏，但是在战后经过重建，布达佩斯的大部分古建筑基本完好。

我们漫步在多瑙河旁繁华喧闹的商业街，在散落街边巷尾的咖啡座上小憩，看着如风一样快乐穿行的滑板少年从身旁飞逝而过，遇到在多瑙河两岸林荫道上骑行的男男女女……我们情不自禁地陶醉了。

国会大厦

我们旅行的最后一站是参观国会大厦，又称为议会大楼。此大厦号称布达佩斯地标，建筑物的外观是新哥特式风格建筑，主体坐落在多瑙河边上，面向多瑙河，无论从哪个角度上都非常庄严宏伟。

导游介绍说，它是全世界规模排名第三的国会大厦。匈牙利国会大厦长 268

在国会大厦前留影

米，最宽的地方达 118 米，高约 96 米，占地 17 745 平方米，有 691 个座位。楼梯总长近 20 公里。整座大厦建造时使用了大量的大理石和黄金，费时 17 年，于 1902 年建成。整个建筑由三部分组成的，中心建筑物是圆顶屋，在它的两边能找到国会及议会大厅，当时的下议院大厅、上议院大厅，壮观华丽。

国会大厦建筑物的外部由 88 座雕塑装饰，刻画的人物有 7 位首领，包括统治家、有特兰西瓦尼亚的领导者、军队首领以及英雄们。内部有将近 700 个房间，藏有许多艺术作品，据说里面珍藏有匈牙利第一任国王圣·史蒂芬的传国之宝——圣·史蒂芬皇冠。户外有 18 个大小不同的庭园。

233

国会大厦远景

国会大厦的主要建筑结合了新哥特式和巴洛克风格，外观建筑尖塔的精细雕工与精美的玫瑰窗都透露着庄严的气魄。如果站在城堡山眺望多瑙河，第一个映入眼帘的地标就是国会大厦。我们下车的地点在国会大厦后面，我围绕着国会大厦转大圈，走了几百米后转到了国会大厦的正门。拉约什·科苏特什广场在正门入口处对面，它两边的两座狮雕是由马克阿普·贝拉雕刻的。据说从空中俯瞰，国会大厦如一只展开巨大白色羽翼的神鸟。可惜，我们没有从空中俯视的机会。

许多年以后，当我追忆上述旅程撰写游记时，开始在网络上查看更详细的资料。发现我们的东欧之旅，无论是布拉格，还是布达佩斯，其参观都是名副其实的走马观花、惊鸿一瞥。很多著名的景点如布达佩斯的大教堂，多瑙河上的链子大桥等都没有前往，这些遗憾只能留到今后有机会再补偿了。

生活，也许因为有遗憾，才有盼头吧！

第十五章

"十月革命一声炮响"……

"十月革命一声炮响，给我们送来了马克思列宁主义。"伴随着这句经典话语在脑海中响起，我们的脚步踏上了俄罗斯的国土。

从 2014 年 5 月 20 日到 7 月 18 日，我和老友陈和平游历了西欧、东欧、北欧 10 个国家的 14 座著名城市。作为 50 后，我们从自己的视角，观察这些国家与城市的历史与现在，变化与未来，并且将我们的所见所闻、所思所想，以及作为人生经历中最难忘、最有意思的点滴收获记录下来，与读者们分享。

俄罗斯——一个既亲切又遥远的国度

俄罗斯其实是我们这次游历的最后一站，却是激发我写这篇游记最主要的动因。作为 50 后，俄罗斯（或者苏联）对我们来说，是一个既亲切又遥远的国度。说它亲切，是因为对它的熟悉和了解，可以追溯到 20 世纪 50 年代；说它遥远，不仅仅指地理位置，更是指它与我们已经远去的青春年华有着千丝万缕的关系，就心理距离来说，是一个遥远的国度。

在去莫斯科的路上，我们情不自禁地联想到从孩童时代起与这个国家的种种联系。

陈和平对这个国家的认识源于其父亲。她的父亲是学农业的，解放前就参加了革命，成为中共地下党员。中华人民共和国成立以后，由于急需俄语翻译人才，他被组织派到北京学习俄语，学习结束以后，就在中苏友好协会当俄语翻译。幼年时代的和平对跟着父亲参加中苏友好招待会品尝各种美味，印象深刻。

我对莫斯科的认识，可以追溯到读小学的时候。记得 20 世纪 50 年代初，我父亲朱勃作为陕西师范大学教育系的教授，在中苏友好时期，获得前往莫斯科师范大学做两年访问学者的机会。父亲原来只懂英文，在得知要做访问学者后，开始努力刻苦学习俄文。

我印象最深的是父亲去莫斯科之前，每天早晨漱口时，父亲总是含着一口水，不停地练习一个很难发的"哦"音。我觉得很好玩，不仅模仿父亲的样子发那个音，还和父亲比赛，看谁发得准，比赛的结果往往是我不用含水，那个音就发得比父亲准，我还因此得到父亲给予的各种小小的奖励呢！很多年过去了，说到父亲刻苦学习俄语的情形，母亲还会深情地说："五十年代初，西安还没有很多公共汽车，我们进城总是坐马车，你父亲在马车上还不断地背俄语单词，不肯浪费一点时间！"母亲说的这个情景，也许我当年太小，没有什么印象，但是父亲每天早上含着水练习俄语发音的样子深深印在我的脑海中，他的勤奋努力和一丝不苟，一直是我的榜样。

后来中苏关系开始恶化，和许多当年在苏联学习的学者一样，父亲学习也因此提前一年结束。记得1959年暑假，母亲带着我们特地从西安到北京去接父亲。那是我第一次到北京。火车一停，我很快就看到从车厢里下来的父亲，当时我顾不上好好和他打招呼，就迫不及待地上了火车，想看看从莫斯科开来的火车与中国的火车有什么不同，不过看完后我很失望地对父亲说："怎么从莫斯科开来的火车和我们从西安坐到北京的火车一样？"

父亲笑哈哈地回答："我们在中苏边境换了火车，苏联的火车轨道与中国的不一样，所以入境时我们统统下车，换乘国内来的火车了。"

当时在我幼小的心灵里，"苏联老大哥"的东西都是很先进的。

作为50后，苏联文化对我们这代人的影响也是根深蒂固的，从小学启蒙时期，俄国的大文豪，如高尔基、托尔斯泰、普希金、陀思妥耶夫斯基、契诃夫、叶赛宁等的著作就进入我们的视野，并被我们如饥似渴地阅读过。即使在"文化大革命"期间，无论中苏关系如何，俄国文学和电影对我们这代人的成长都起了不小的作用。《钢铁是怎样炼成的》《战争与和平》《我的大学》《在人间》《州委书记》《斯大林格勒保卫战》之类的小说，《列宁在十月》《列宁在1918》《攻克柏林》之类的电影，成为我们百看不厌的选择。以至于我们当中许多人在物资匮乏时，安慰朋友都会借用电影中精彩的对白："面包会有的！"在教训朋友时，也会借用电影中的警示之句："忘记过去就意味着背叛！"

苏联解体时，我在法国留学，从那时起，伴随着中国改革开放的进程，如何从计划经济向市场经济转轨，成为我们长期关注和研究的课题。虽然从理论上我们对苏联的"休克"疗法并不陌生，但是在内心深处我对这个国家的变化并不完全理解。"一个共产党执政60多年的国家，怎么会在一夜之间就瓦解呢？"这个疑问一直存于心中，因此到俄罗斯实地考察成了我的夙愿。

圣彼得堡印象

走下从柏林到圣彼得堡的飞机，我们踏上了俄罗斯的国土。飞机场不大，通过海关安检的速度也很快，我曾经听一位从莫斯科到圣彼得堡的中国游客抱怨，他们过海关时足足等了 4 个小时。为此，我们感到很幸运。

一出机场，就有不少私人司机用英文向我们拉生意："Taxi，taxi。"由于我们事先做过"功课"，知道这种黑车不可坐，所以我们昂首挺胸、"目中无人"地从他们面前走过，径直来到出租车站，拿出我们事先准备好的写有英文和俄文的酒店地址，车站负责开发票的工作人员立刻就明白我们的意思。几分钟后，我们来到一辆白色出租车面前，身材魁梧的司机，把我们两人大大小小五六个箱包迅速放进车子后备箱，就载着我们出发了。

我们按下快门拍下到达圣彼得堡拍的第一张照片（2014 年 6 月 17 日），宽阔的高速公路给我们留下深刻印象。后来发现俄罗斯的高速公路一般是四到六车道，给人的感觉特别宽阔，我想这里一定很少堵车吧。

飞机场离市区酒店有 40 多分钟的车程，司机的英文水平有限，但是不妨碍我们进行简单的会话。我们从司机的介绍中得知，这座历史名城建于 1703 年，1712—1918 年一直是俄国首都。1914 年"一战"爆发后，圣彼得堡改名为彼得格勒。1924 年 1 月列宁逝世后，该城又改称列宁格勒。1991 年 12 月苏联解体，恢复原名——圣彼得堡。

到达圣彼得堡拍下的第一张照片

听了司机的解释，我们不禁想："其实这座城市名字的变迁，浓缩了这个国家近代的历史，它就像一面镜子，反映了不同历史时期的政权交替。"

早就听说圣彼得堡的名胜古迹闻名遐迩，有大量 18—19 世纪的著名建筑，如彼得保罗要塞、彼得大帝夏宫、斯莫尔尼宫、冬宫、喀山大教堂、伊萨基辅大教堂等。

汽车从高速公路下来进入市区，首先闯入我们眼帘的是一座有铜马雕塑的雄伟桥梁。四个威武雄壮的铜马与牵马的骑士竖立在桥梁的两端。行驶中，我问司机："这就是著名的'驷马桥'吧？"司机用点头和不熟练的英文回答了我们的疑问。

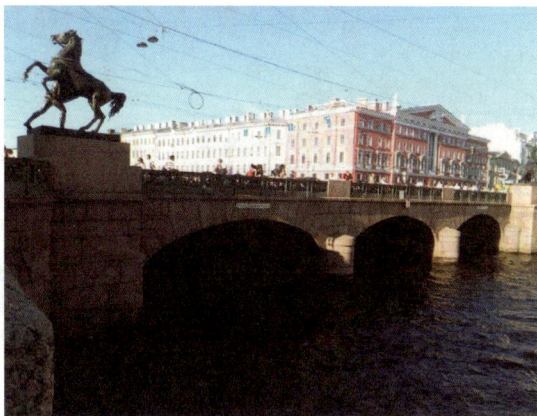

铜马雕像

进入市区，来到我们预订的四星级宾馆，宾馆的位置非常好，离冬宫只有十几分钟的路程。唯一遗憾的是这个已经有一百多年历史的老宾馆，只有一个仅仅可以乘坐两个人的小电梯，而且不在宾馆接待层，而在三层以上。当我们对着大大小小的箱子和提包发愁时，身材魁梧的司机立刻伸出援助之手，帮我们搬运。看到满头大汗的他，我们除了用刚刚学会的俄文"四八西坝（谢谢）"来致谢外，还给了他 1 000 卢布小费。

冬宫之旅

到达圣彼得堡的第二天，我们参观了坐落在圣彼得堡皇宫广场闻名遐迩的冬宫。

从电影《列宁在十月》里，我们就得知 1917 年沙皇和资产阶级临时政府被相继推翻以后，这座昔日沙皇的宫殿便成了革命的象征，1922 年它又成为与之相邻的国立艾尔米塔什博物馆的一部分。

冬宫前面有一个半圆形的总参谋部广场和亚历山大纪念碑，坐落在皇宫广场上。

冬宫建于 1754—1762 年，是历代沙皇的皇宫。巴洛克式建筑风格，共 3 层，有大小殿堂和房间 1 000 多间，内外装饰极为奢华。

当我们站在冬宫这座辉煌的建筑面前，脑海里立即出现了电影《列宁在十月》里，布尔什维克攻打冬宫，推翻资产阶级临时政府的激烈战斗的场面。

总参谋部广场一角

冬宫一角

耳边响起了来自《东方红》里的著名诗句："十月革命一声炮响，给我们送来了马克思主义。"年轻时代对苏维埃和十月革命的崇拜之情，此时此刻从心底油然而生……

十月革命以后，冬宫变成博物馆，收藏古董和来自世界各地的艺术珍品近 300 万件。按照史前文化、希腊罗马文化、东方文化和俄罗斯文化几大专题陈列，是目前世界上规模最大、藏品最多的博物馆之一，可以与法国巴黎的卢浮宫，美国纽约的大都会博物馆媲美。

要塞之行

在圣彼得堡，有一个地方是一定要参观的，那就是彼得保罗要塞。它位于圣彼得堡市中心涅瓦河右岸，是圣彼得堡著名的古建筑。它墙高 12 米，厚 2.4~4 米，沿涅瓦河一面长 700 米。

这个要塞是在 1703 年 5 月 16 日由彼得大帝在兔子岛上奠基，与圣彼得堡同龄，它是作为俄国同瑞典进行北方战争的前哨阵地创造的。圣彼得堡在要塞的保护下诞生和发展，彼得大帝亲自为它选择了一处易于防御的地点，监督建造工作。后几经扩建，建成这座六棱体的古堡。

要塞中除了有著名的彼得保罗大教堂、钟楼、圣彼得门外，还有彼得大帝的船屋、造币厂、兵工厂、克龙维尔克炮楼、十二月革命党人纪念碑等建筑物。其中，最著名的是彼得保罗大教堂。

这座大教堂建于 1703 年，原先是木质结构，1712—1733 年在原处改建为

石砌，是一座早期俄罗斯巴洛克式
大教堂。

　　教堂庄严肃穆，内部装饰富丽
堂皇，有镀铜的吊灯和有色的水晶
枝形灯架，教堂内壁饰有 43 幅精雕
细镂的木刻雕像。教堂内有从彼得
大帝到亚历山大三世历代沙皇的陵
墓，许多大公也附葬于此，均立有
大理石墓碑。1998 年 7 月 17 日，
末代沙皇尼古拉二世及其全家的遗
骸也安葬于此。

　　在教堂的走廊上，我们看到橱
窗里展示了沙皇家族的各种资料，
沙皇家族的族谱，像一棵大树一样，
根深叶茂地展现在我们面前，似乎
在述说昔日的辉煌……

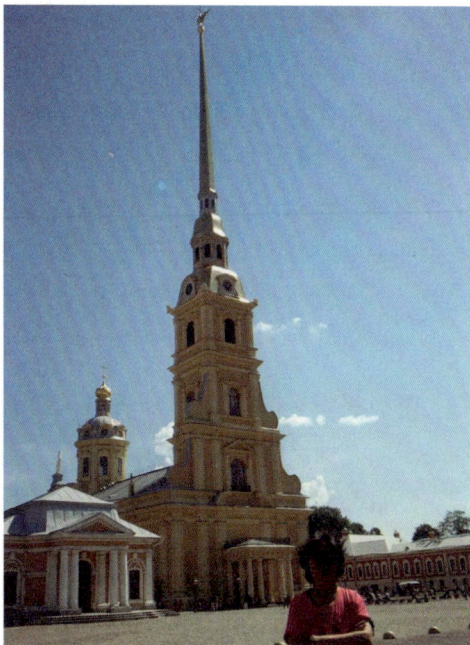

在彼得保罗大教堂前的广场留影

　　大教堂最引人注目的是它的钟楼，有 122 米高，是全城最高的建筑物。
钟楼尖顶上的天使塑像高 3.2 米，塑像双翼伸展 3.8 米，塑像头上十字架高

橱窗里沙皇家族资料

展现沙皇家族族谱的"相片
树"局部

241

6.4 米。塔上金光闪闪的尖顶高耸入天，景色十分迷人。

在教堂旁有一座小亭子，实际上是一间船屋，饰有圆柱和航海女神的塑像，屋内保存着彼得大帝的一只小船。

要塞中还有 6 座棱堡及其他军事设施。3 座面向涅瓦河，3 座面向克龙维尔克海峡。棱堡中有 300 门大炮。从 18 世纪起，每日中午 12 时，纳富什金棱堡的大炮就射出一发空炮弹以向全城居民报时，这一传统流传至今。

夏宫之游

圣彼得堡还有一个非常著名的夏宫，可以与法国巴黎的凡尔赛宫媲美。在一个阳光灿烂的夏日，我们来到了夏宫。

夏宫又叫彼得宫，坐落于市郊西面的芬兰湾南岸，占地 800 公顷。在富丽豪华的花园中，最有意思的是有各种布局巧妙的喷泉和金人雕像。喷泉中心的金人雕塑最大，当喷泉喷水时，透过水柱观察金人雕塑，别有一番风味。

夏宫喷泉一角

喷泉旁边各种各样的金人雕塑

夏宫的雕塑

夏宫远景

来自世界各地的旅客熙熙攘攘，汇聚于夏宫，参观形态各异的喷泉。我们当天到达时是中午11点整，赶巧看到了喷泉喷水的壮观场景。

夏宫那白色宫殿和金色屋顶在阳光下显得格外典雅，雄伟大气，难怪这里被誉为"俄罗斯的凡尔赛宫"。

喷泉喷水盛景

远远地在夏宫前留影

喷泉前留影

在辽阔的芬兰湾前留影

从夏宫花园里面参观这个宫殿，发现有许许多多的喷泉和与之相呼应的雕塑，我们不得不被俄罗斯的艺术所折服。

一望无际的大海就是著名的芬兰湾，炎炎夏日面对蔚蓝色的大海，让我们心旷神怡。难怪当年沙皇选择此地作为行宫，这里的风景实在是让我们流连忘返。

夏宫附近的纪念品小店里的商品琳琅满目，几乎包揽了所有圣彼得堡的名胜古迹模型，不过价格比其他地方贵了将近50%。卖纪念品的小姑娘不仅会英文，还会简单的中文，因为中国游客的确不少，在我们参观的那天，至少碰到五个中国旅游团。

纪念品小店

合影

　　与"公主""王子"合影，也是夏宫的一个特色项目。这些装扮成俄罗斯公主和王子的年轻人，摆好各种姿势与游客合影，收费不菲，据说 200～500 卢布不等。如果游客用自己的相机拍摄，还要另外收费。

　　这里也是时装模特拍摄的好地方，我们在夏宫的花园里，发现一位摄影师正在为一位俄罗斯时装模特拍摄，这位高傲冷漠的美女，非常投入……

　　我和同伴陈和平在夏宫留影的身后是一个大喷泉，可惜不是喷水时间，我们无法看到水柱冲天的壮丽场面。

与和平在夏宫留影

"水城"与"桥城"之旅

圣彼得堡位于波罗的海芬兰湾东岸，涅瓦河河口，是俄罗斯第二大城、重要的工业中心和交通枢纽。

水城

桥城

涅瓦河三角洲上数十条纵横交错的水道和运河，把大地分割成近百个小岛，靠400多座桥梁相连，使圣彼得堡具有独特的"水城"和"桥城"景观。从拍摄的照片来看，如果没有特别的说明，也许人们会以为是在意大利的威尼斯，或者是荷兰的阿姆斯特丹。事实上，这是在圣彼得堡市中心，来自世界各地的游客们正乘旅游观光船，游览圣彼得堡这座美丽动人的水上城市。

圣彼得堡市中心在大涅瓦河南岸，全市最繁华的涅瓦大街横贯城区，在这条繁华的大街上，商店林立，最引人注目的不是各种世界名牌的商品专卖店，而是具有俄罗斯特色的纪念品商店。驻足于卖俄罗

与橱窗内的木偶合影

斯木偶的橱窗，看到童趣盎然的木偶栩栩如生，唤起了我们童年的回忆，以至于年过花甲的我，忍不住要在橱窗前与这些可爱的木偶合影。

在市中心闹市大街上，很多建筑都引人注目，我们曾经路过一栋建筑，内部是一个百货商店，墙面上却有精致的雕塑，不少游客驻足拍摄。

此外，沿着大街，我们看到不少教堂，有一些就在两个街区之间，非常普通，也有一些是非常著名的教堂，如滴血大教堂，是个典型的俄罗斯建筑，坐落在圣彼得堡市中心……

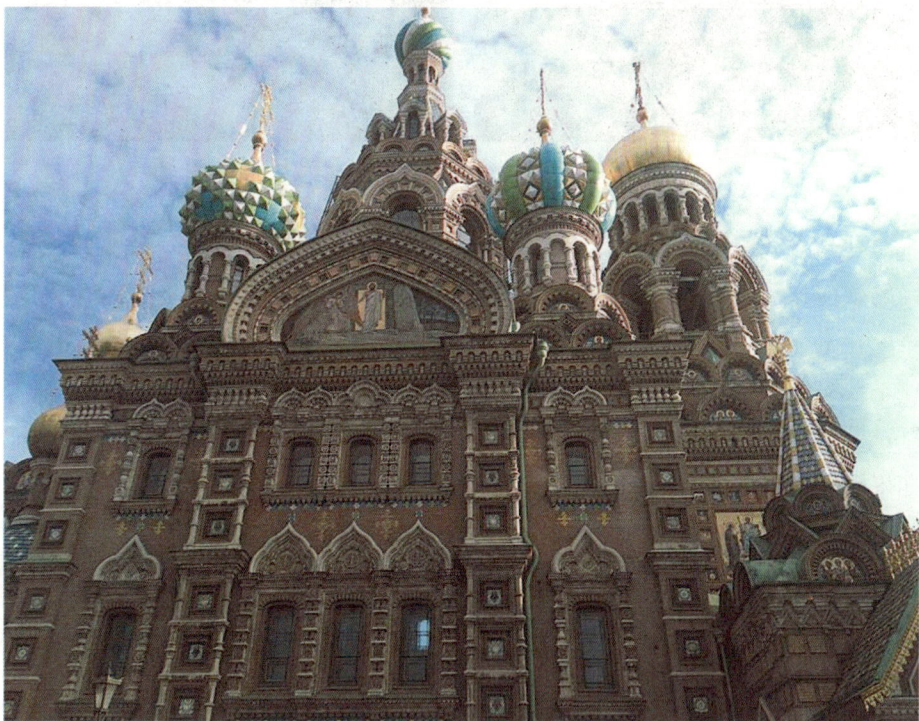

滴血大教堂

总之，涅瓦河哺育了灿烂辉煌的俄罗斯文化与俄罗斯建筑，让每位旅游者都会觉得，这是一个值得驻足和好好观赏的城市。

圣彼得堡出了很多著名的科学家，如罗蒙诺索夫、门捷列夫等，也有许多著名诗人和作家，如普希金、莱蒙托夫、高尔基等，曾在此生活和写作。

百货商店

两个街区之间的普通教堂

这座城市还孕育、培养了格林卡、柴可夫斯基、肖斯塔科维奇等艺术名流。走在这个城市的大街小巷，我们经常会在不经意间发现这是某个名人作家或科学家的故居。

但是，令我们感到非常遗憾的是，在这个曾经以"列宁格勒"冠名的城市里，已经非常难看到列宁以及斯大林的雕像。当我们询问酒店的服务员这个问题时，年轻的服务员面带笑容地回答说："过去在大街小巷里树立的列宁和斯大林的雕塑已经没有了，但是我们有一个专门的博物馆，展示苏维埃的历史。"如果我们再追问这些年轻人对共产党的看法，他们会耸耸肩说："那是我们爷爷奶奶那一代人关心的事情。"如果我们想进一步询问他们关于苏联解体和当前国家现状的问题，他们总是面带微笑，拒绝深入交谈。

"那些都是历史，让我们向前看吧！"也许一位司机的话可以作为这个问题的一个回答，也反映了许多俄罗斯人的心声吧。

247

莫斯科印象

也许，到莫斯科参观红场与克里姆林宫是每个来俄罗斯旅游的人的"必修课"。虽然在一些影视作品中多次看到红场的雄伟和克里姆林宫的壮丽，但是来到现场的感觉还是很不一样的。

红场与克里姆林宫

列宁博物馆入口处

博物馆内部

我们走出莫斯科地铁站，漫步在红场上，首先进入眼帘的是列宁纪念馆。

这座红色砖墙建筑就是著名的列宁博物馆，里面的陈品展示着在列宁领导下的苏维埃政权诞生的历史，那是一段我们非常熟悉的历史，也曾经是我们青春时非常仰慕的历史。站在这座博物馆前，回顾从苏维埃到俄罗斯这几十年的历史，我们感慨万千！

走出博物馆，会发现下午五点以后的博物馆门口的台阶上，总会有一些人在摆地摊，地摊上全部是苏联时期的旧邮票、旧货币以及各种各样的旧纪念章，包括卫国战争时期的英雄奖章等。可惜我们不是这些物件的收藏者，否则我们一定会倾囊而出地购买。

博物馆旁就是著名的红场，事实上，列宁博物馆应该是红场的一个组成部分。

众所周知，红场是莫斯科市中心的著名广场，原是苏联重要节日时举行群众集会和阅兵的地方。作为莫斯科的中心，它是来莫斯科的游客的必去之处。

红场正中是克里姆林宫东墙，宫墙左右两边对称耸立着斯巴斯基塔楼和尼古拉塔楼，双塔凌空，异常壮观。步入红场等于步入了俄罗斯精神家园的大门，红场的一切同样代表了俄罗斯民族悠久的历史。红场呈长方形，长 695 米，宽 130 米，总面积 9.035 万平方米。红场是莫斯科最古老的广场，虽历经修建改建，但仍然保持原样，路面还是过去的石块，已被磨得表面光滑而凹凸不平。

15 世纪 90 年代的一场大火使这里变成了"火烧场"，空旷寂寥。直到 17 世纪中叶这个地方才有了"红场"之说，即"美丽的广场"的意思。

红场南面有一座由大小 9 座塔楼组成的教堂——瓦西里大教堂，极富特色，被戏称为"洋葱头"式圆顶，在俄罗斯和东欧国家中独具一格，已成为红场的标志性建筑。

红场北面是 19 世纪时用红砖建成的历史博物馆，为典型的俄罗斯风格。东面是一座由 240 家商店组成的超大型商场，虽然其地位已经下降，被附近更高级、更新颖的商场取代，但其设计之独特、装修之豪奢，完全可以与欧美最现代化的商场媲美。

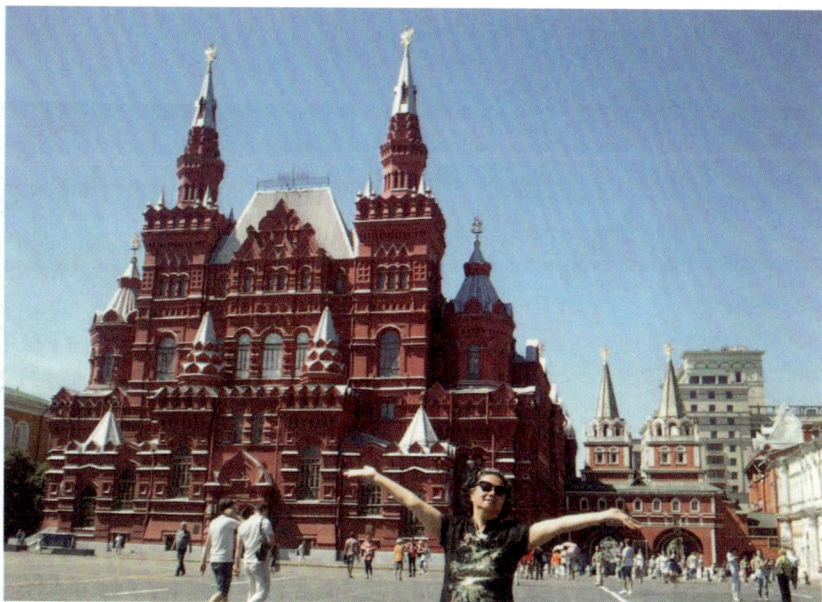

红场

在红场入口处留影

在红场的西侧是列宁墓和克里姆林宫的红墙及三座高塔，列宁墓位于靠宫墙一面的中部。墓上为检阅台，两旁为观礼台。列宁墓与克里姆林宫红墙之间，有 12 块墓碑，包括斯大林、勃列日涅夫、安德罗波夫、契尔年科、捷尔任斯基等苏联政治家的墓碑。可惜我们在莫斯科期间，列宁墓在维修，不对游客开放。

红墙下面，除了威严伫立的俄罗斯卫兵外，更引我们瞩目的是用钢铁做成的"二战"中苏联军队的军旗和钢盔。它似乎在用无声的语言向我们重述那段曾经光辉的历史，告诉人们无数英雄为了国家的自由和解放所经历的可歌可泣的故事。

我们怀着敬仰的心情来到第二次世界大战无名烈士墓地前，向英雄们献上鲜花。这也是红场的一角，远处有卫兵站岗，有熊熊燃烧的长明火焰……

在红场向英雄致敬，献上鲜花

我与红场上一座纪念碑的合影

在红场上我们惊喜地发现有两个特型演员——他们扮演着"斯大林"和"列宁"与前来旅游的游客们合影。可以看出他们都很专业，见到中国游客时，他们会说"你好"，看到欧洲游客也会用英语打招呼。由于对十月革命的

崇拜，我们也毫不犹豫地与他们合了
影，这种机会也许只有在莫斯科的红
场才有，难忘的一瞬间伴随着照片嵌
入我们的记忆里，也为我们的俄罗斯
之行增添精彩的一笔。

在这两个特型演员旁边还有一位
导游，他专门负责招揽游客来合影，
并用俄文签上斯大林与列宁的名字送
给游客并收费。价格当然是不菲的，
但前来照相的游客仍是络绎不绝，甚
至要排队等候。

在红场上还可以看到教皇的雕像

红场的雕塑与喷泉

与特型演员合影　　　　　　特型演员与导游

251

俄罗斯军乐队演奏乐曲

享受音乐的游客

随着音乐快乐起舞的孩童

参观克里姆林宫

克里姆林宫初建于 12 世纪中期，15 世纪莫斯科大公伊凡三世时初具规模，以后逐渐扩大。16 世纪中叶起成为沙皇的宫堡，17 世纪逐渐失去城堡的性质而融入市中心建筑群。从 13 世纪起，克里姆林宫就与俄罗斯的所有重大历史政治事件有关。

克里姆林宫是俄国历代帝王的宫殿，位于莫斯科中心，与红场毗连，它们一起构成了莫斯科最有历史文化价值的地区，1990 年被列入"世界遗产名录"。这里既是俄罗斯民族最负盛名的历史丰碑，也是世界最美丽的建筑作品之一。

克里姆林宫南临莫斯科河，西北接亚历山大罗夫斯基花园，东南与红场相连，呈三角形，周长2 000多米。20多座塔楼、错落有致地分布在三角形宫墙边，宫墙上有5座城门塔楼和箭楼，远看似一座雄伟森严的堡垒。宫殿的核心部分是宫墙之内的一系列宫殿，建筑气宇轩昂，最具特色的是一组有洋葱头顶的高塔，它们的红砖墙面用白色石头装饰，再配上各种颜色的外表，如金色、绿色以及杂有黄色和红色等。这由俄国著名建筑师巴尔马和波斯尼克设计，其风格不同于欧洲古代的哥特式与罗马式，而与东方清真寺风格颇为相似。克里姆林宫也吸收了西方建筑的精粹，它的几幢主要建筑都是由意大利设计师设计的。所以，克里姆林宫建筑艺术上博采众长又独具特色，获得普遍赞誉。

克里姆林宫中，苏联部长会议大厦、苏维埃最高主席团大厦、克里姆林宫会议厅和大克里姆林宫最为重要。苏联部长会议大厦平面为三角形，有巨大的绿色圆顶，建于高大的基座之上。克里姆林宫墙内，朝莫斯科河有3列高窗的漂亮建筑物就是大克里姆林宫，由古老的安德列夫斯基大厅和阿列克山德洛夫斯基大厅联结而成。宝石大厅精美的装饰别具一格，墙边竖立着许多有华丽浮雕的螺旋柱。宫殿西侧为一列别致的房间和冬季花园，有600多个各具特色的房间。索皮尔娜雅广场位于克里姆林宫中央，周围环以历史、艺术和纪念性建筑，中心是高81米的大伊凡钟楼，它曾经是莫斯科最高的建筑。钟楼旁有一座沙皇钟，号称世界最大，重200吨。附近有一门沙皇大炮，长5.35米，口径40厘米，重40吨，本用于守卫莫斯科河渡口与斯巴斯基大门，但一直没发射过。克里姆林宫，既是最富丽堂皇的帝王住所，又是坚固的堡垒，还珍藏着大量的文物。它与红场一起构成了今日莫斯科最迷人的风景线，让游客流连忘返。

我们以为参观克里姆林宫可以看到俄罗斯最高领导人办公的地方，但事实上那里并不对游客开放，对游客开放的只有俄罗斯东正教堂、钟王和炮王。这多少让我们感到有些失望。

在东正教堂前留影

在钟王旁留影

在炮王旁留影

克里姆林宫俄罗斯领导人办公大楼的标志

古姆商场入口

别具一格的地铁站

俄罗斯地铁站内部

　　在这次莫斯科之旅中，参观地铁站是我们安排的一项特别行程。我们买了不同线路的地铁票，将全部的地铁站点都浏览了一遍。

　　此刻看着这些照片，我们似乎又回到了俄罗斯地铁站的艺术殿堂。之前我们到过很多欧洲国家，参观过很多有特色的地铁站，但像莫斯科这样辉煌灿烂的地铁站是独一无二的。

　　莫斯科地铁站举世闻名，不仅是因为其建筑年代久远，规模巨大，更重要的是每个地铁站的站台都像一座博物馆和艺术宫，让我们赏心悦目、流连忘返。站内有对共产主义理念的宣传，也有对苏联不同时期重大事件的描述，更有介绍著名领袖斯大林和列宁的艺术作品。

苏联共产党旗上的镰刀斧头雕塑

专为纪念列宁而设置的一站地铁，在列宁的雕像前留影

255

高尔基头像

苏联工农兵的雕像

地铁列车上的特殊标志

内部像博物馆一样漂亮的地铁站

地铁站墙壁的美丽浮雕

在俄罗斯士兵雕像前留影

俄罗斯科学家的雕像

俄罗斯共产党团结一致的标志

俄罗斯战士的石刻像

农庄里的俄罗斯农民与马和鸽子石刻像

学生学习科学的石刻像

芭蕾舞者的石刻像

捧花少女的石刻像

斯大林与苏联人民在一起的油画

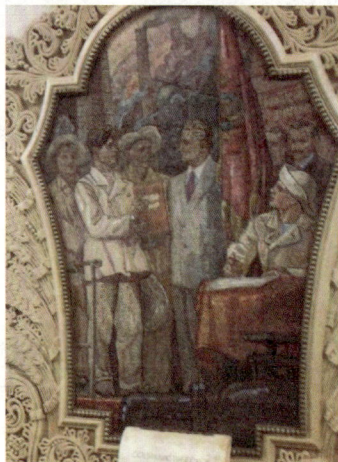

科学家与工程人员在一起的油画

列宁在十月革命中演讲的油画

257

浮雕

寓意"热爱和平"的描金画

画家在作画的彩色玻璃画

品尝俄罗斯风味大餐

在餐厅门前与俄罗斯吉祥熊留影

享受阳光与鲜花

　　餐厅外的小花园里，阳光明媚，为我们享用美味的午餐提供了优越的环境、惬意的氛围。

　　品尝俄罗斯大餐给我们一种别样的感觉，与法式西餐相比，俄罗斯美食简单很多。头盘是著名的罗宋汤，主菜是三文鱼沙拉，主食是黑面包和煮土豆，这算是典型的俄式风味了。

享受美食

我与陈和平共进午餐

与其说我们在奥姆商场内的餐厅享受俄罗斯大餐，不如说是在体验鲜花和阳光的异国情调，这也是我们回忆中的美好一幕。

莫斯科的酒店

我们在莫斯科住过两家酒店，印象最深的是名为"宇宙"的酒店，当我们站在酒店前和走入酒店大堂之后，才深刻理解和体会到为什么酒店名字叫"宇宙"了。

在这个巨大的拱形建筑内，从东到西足足有两公里之远。酒店的房间十分宽敞，普通客房都超过 50 平方米，床也特别大，普通单人标准

在宇宙酒店前留影

床睡两个正常体型的亚洲人绰绰有余。选择这家酒店，不仅是因为中国旅行团常住于此，而且因其旁边有著名的航天纪念园。

在这个纪念园里，我们可以瞻仰人类航天史上第一位航天员加加林的塑

航天纪念园的地球仪雕塑

在加加林塑像前留影

航天纪念园内的飞天标志

像，更可以重温苏联宇航史。从 20世纪 60 年代起，加加林就是我们这代人心目中的英雄，随着时间的推移，虽然我国航天事业也已经走向了太空的征程，但在人类从地球走向太空的历史中，苏联航空宇航界对航天事业的贡献有着不可磨灭的意义。

看歌舞表演

在酒店的意外收获，是看了一场正统的俄罗斯国家歌舞团的表演，这个歌舞团名为——亚历山大红旗歌舞团。演出展现的是不同历史时期的俄罗斯文化，非常震撼。让人悲痛的是两年后（2016 年），这个歌舞团在去叙利亚的表演中飞机失事，全团有超过 60 名成员在此次事故中遇难。我们能看到原核心成员参演的节目，实属三生有幸。但是，歌

亚历山大红旗歌舞团演出海报

舞团没有从此一蹶不振，而是快速补充优秀的新鲜血液，至今仍在活跃着。

逛超市与买火车票

在俄罗斯逛超市的经历给我们留下了深刻印象，据说俄罗斯的巧克力味道醇美，我们特意去了百货商场挑选巧克力。当我们回到酒店打开包装时，惊讶地发现巧克力都是发霉的。认真查看生产日期，才知道竟然都是过期产品。后来我们再次去到商场，竟发现几乎大部分商品都是过期的，却被堂而皇之、明目张胆地摆在售货架上，售货员的服务态度也是极其傲慢无礼。此情此景，似曾相识，但这在深层次上体现了俄罗斯正处于计划经济向市场经济转轨阶段，反映出这一转变的艰难之处。

莫斯科郊外著名的最大的自由市场外景

自由市场内琳琅满目的套娃

与超市相比，逛莫斯科自由市场令我们记忆犹新，进入市场之前，大门口有一个手持个人印制入市券的工作人员，据说这个自由市场是被私人承包的，因此游客需要交100卢布购券之后才能进入。这令我们感到十分惊奇，一般来说，这种私人印制票券的行为是不被允许的，在俄罗斯却可以，这也许是市场经济初期的特殊表现吧。

这个自由市场内的商品非常丰富，以俄罗斯的特色产品为主，购物的货币可以是欧元、美元、人民币。最受欢迎的当然是欧元，卢布是最不受欢迎的。兑换的方式都是按照当天的汇率来计算的，整个市场有上百个摊位，但是不论你购买哪个摊位的商品，除了讨价还价之外，几乎每个店主都能脱口而出当天的汇率并准确计算，熟练的程度也让我们颇感惊讶。

在火车站买票的经历同样难忘，在我们排队买票的时候，我前面仅九个人，本以为半小时可以完成购票，却足足等了两小时，过程也不那么顺利。由于我们不懂俄语，售票员也不懂英语，最后找到一位懂法语的学生，才把我说的法语翻译成俄语，成功购票。当然，乘坐火车也给我们留下难忘的印象，当我们乘坐高铁时预订了莫斯科的出租车，本来对这种预订是否奏效，我们心中并没把握，出乎意料的是，火车一到站，就有一位司机找到我们的车厢，十分热情地帮我们将两个大箱子拿下火车，并一直拿到等在车站外停车场的出租车上，他热情周到的服务值得点赞。

在旅行结束前，我们曾与一位出租车司机聊到俄罗斯经济的转变，司机说，在俄罗斯住房、看病、上学都不要钱，但住的房子是 20 世纪五六十年代建造的，年久失修；到大医院看病需要排上很久的队；上了大学的人毕业之后却不一定能找到好的工作，他自己就是大学毕业之后找不到工作开起了出租车。这让我不由地想到中国，在 20 世纪 50 年代以前，我们是紧跟苏联的步伐，处处向苏联学习，而 80 年代改革开放之后，我们走到了苏联的前面，真是三十年河东三十年河西呀！

第十六章

在童话故乡邂逅美人鱼

北欧一般指的是丹麦、挪威、瑞典、芬兰和冰岛。去北欧旅行是我多年以来的愿望，但是成行实在不容易：一来北欧天气寒冷，只有夏季的七月和八月是最佳旅游季节；二来当时从中国内地直接到北欧的旅游团很少。所以，当2015年我和陈和平踏上欧洲大陆时，就开始实施我们"蓄谋已久"的北欧之旅了。

我们是在德国参加旅行团的，如果不参加旅行团，要在五天时间内游完北欧四国（我们没有去冰岛），简直就是异想天开！不过也正是因为参加旅游团，所到之处只能是"走马观花""惊鸿一瞥"，虽留下了美好回忆，但也留下不少的遗憾。

安徒生与美人鱼雕塑

从年幼时起，一提到哥本哈根，就想起安徒生。他的许多童话，如《丑小鸭》《卖火柴的小女孩》和《皇帝的新衣》等，已深深嵌入我们的记忆，伴随着我们成长，一起走过了我们的青春年华……

在哥本哈根市政府大楼一侧，端坐着安徒生铜雕像。他头戴绅士高帽，脖子上扎着领结，身着燕尾服，悠然地坐着。左手持一根木杖，右手握一本书，像是在旅行途中小憩，更像在构思着新的童话故事。

安徒生铜雕像

细观这座安徒生铜雕像，会发现，他的双膝已经被摸得锃亮。我猜想，这些抚摸是来自世界各地的游客的，特别是孩子们的，因为孩子们都希望能和安徒生一样，有强健的腿脚、非同寻常的睿智和绝佳的运气，他们或许是想通过触碰童话大师的铜像，走进安徒生的童话世界吧？

陈和平与安徒生童话专卖店的模特合影

哥本哈根一角

哥本哈根是丹麦的首都，也是北欧最大城市，还是丹麦政治、经济、文化、交通中心。它位于丹麦西兰岛东部，与瑞典第三大城市马尔默，隔厄勒海峡相望，曾被联合国人居署选为"最适合居住的城市"，予以"最佳设计城市"的评价。哥本哈根既是传统的贸易和船运中心，又是新兴制造业城市。全国重要的食品、造船、机械、电子等工业多集中在这里，世界上许多重要的国际会议也都在此召开。

在旅游大巴上，导游向我们介绍了丹麦的历史。在 12 世纪时，洛斯基勒的阿布萨隆大主教在此筑起要塞，兴起了"商人之港（哥本哈根）"。从地质上来看，哥本哈根位于冰川时期留下来的冰碛层上，这里最高温度为 30℃，最低温度为 –20℃，在哥本哈根的历史上从来没有超出这个温度范围。北欧的寒冷由此可见一斑。

哥本哈根整个城市美观整洁，新兴的工业建筑和中世纪古老的建筑交相辉映，使这里既有现代化都市的气息，又不乏古色古香的韵味。在众多古建筑物中，最有代表性的是古老的宫堡。克里斯蒂安堡宫便是其中之一，它在 1794 年遭火焚后重建，过去它是丹麦国王

街景

身后背景是市政广场

的宫殿，如今成为议会和政府大厦所在地。

此外，丹麦国王居住的王宫——阿马林堡，也颇负盛名。哥本哈根市政厅的钟楼，特别值得一提，因为那里有一座机件复杂、制作精巧的天文钟。据说，这座天文钟不仅走得准确，而且能计算出太空星球的位置，它能告诉人们：一星期各天的名称、日子和公历的年月、星座的运行、太阳时、中欧时和恒星时等。这座天文钟是锁匠奥尔森呕心沥血四十年、耗巨资建造的，也算是世界上一件不可多得的珍宝吧！

不过，我们最感兴趣的景点在哥本哈根的海边，因为我们想要观赏著名的美人鱼铜像。

美人铜像闻名世界，它高约 1.5 米，基石直径约 1.8 米，由丹麦雕刻家爱德华·艾瑞克森根据安徒生童话《海的女儿》铸塑，位于市中心东北部的长堤公园。远远望去，"美人鱼"端坐在一块巨大的花岗石上，恬静娴雅，悠闲自得。然走近看到的却是一个神情忧郁、冥思苦想的少女。

美人鱼铜像

与"美人鱼"合影

前来观赏美人鱼铜像的游客络绎不绝，要想单独和"美人鱼"留影，简直比登天还难，于是就留下了这张我的人像比例远大于"美人鱼"比例的合影。

据说郭沫若在参观哥本哈根后，留下了这样的诗句："五月晴光照太清，四郎岛上话牛耕；樱花吐艳梨花素，泉水喷去海水平。湾畔人鱼疑入梦，馆中雕塑浑如生；北欧风物今观遍，民情最美数丹京。"寥寥数语，道出了哥本哈根的阳光明媚，春暖花开，美人鱼铜像似在海边静静冥思的动人风情。

难怪人们说，哥本哈根是座集古典和现代于一体的城市，充满活力、激情与艺术气息。也难怪安徒生会选择在这里生活与创作，其大半生都在这里度过。我们不得不说，哥本哈根集聚着充满童话气质的古堡与皇宫、乡村与庄园，也使得安徒生创作的各种神奇的童话故事如潺潺流水，不断涌现。

新港湾区——北欧的威尼斯

2015 年 7 月，在一个风和日丽的日子，我们来到新港湾区，在停泊着许多游艇的蓝色港湾旁，在这样的蓝天白云、风景如画的场景里，我与好友陈和平一起留影，留下美好的一瞬。

新港湾区是一个著名的旅游点，蓝色的小河围绕着小镇。我想，北欧的威尼斯也许是因此而得名的吧。放眼望去，有不少游艇停泊在港湾内，更有许多北欧年轻人，在经历漫长的冬季后，尽情地在这里享受着煦煦暖阳。

对于晒太阳这个问题，北欧人与亚洲人在观念上有很大不同，亚洲人在大太阳下往往要打伞遮阳，怕皮肤被晒黑

新港湾区停泊了不少私人游艇

港湾边坐着晒太阳的年轻人

了。而欧洲人，尤其是北欧人，却非常热衷晒太阳，当他们的皮肤被晒成古铜色或者小麦色时，会被认为是最美的颜色。

风景

新港湾区河边排列着各式小楼房，它们是当地政府特意保留下来的，其中有家专门出售安徒生童话的书店。我们参观了这个不大但十分精致的书店，除了安徒生的童话故事书外，还有专门为读者制作的各种玩具、纪念品，以及专门留影的模特。

在这些小楼中，有一个不少名人住过的酒店，酒店门口挂着曾入住这里的名人、明星的照片，以此来扩大影响，招揽顾客。

此外，美味的餐厅、咖啡店比比皆是，有一种冰激凌给我留下深刻印象。它是一种加入了特质盐而成的冰激凌，价格较贵（好像是普通冰激凌价格的五倍），

蓝天白云下的盖费昂喷泉

喷泉上的雕塑

但样式极可爱，蓝白色与粉红色呈螺旋上升状，让人看一眼就忍不住要咬上一口。于是，我狠狠心，买了一个，大大地饱了口福。

盖费昂喷泉

在长堤公园里，除美人鱼铜像外，还有座同样闻名于世的喷泉——盖费昂喷泉。

导游告诉我们，喷泉是由丹麦雕塑家昂拉斯·蓬高根据西兰岛的传说，花费十年时间，于1908年完成的。

相传古代瑞典有个叫戈尔弗的国王，答应盖费昂女神可以从瑞典国土上挖出一块土地，但限时一昼夜，挖多少算多少。盖费昂是北欧神话中的一位女神，一生未婚，却同大力神生下了四个儿子。于是，盖费昂女神就把她的四个儿子化为四头牛，用犁从瑞典国土上挖了一大块土地，并把它移到海上。从此，瑞典的国土上留下了一个维纳恩湖，而挖出来的土地就是现在哥本哈根所在的西兰岛。

这个神奇的传说使得盖费昂喷泉成为哥本哈根最著名的旅游点之一，巨大的青铜雕塑让参观的人不禁为丹麦雕塑家的高超技艺而赞叹！

在告别哥本哈根之前，我留下这张相片，同时也留下了对哥本哈根，这个齐聚着古老与神奇、艺术与现代、自然与人文、激情与宁静，以及种种迷人景色和神奇童话的国度的无限眷恋。

白云蓝天下，宁静的港湾好似一幅油画

第十七章

相遇"波罗的海的女儿"

芬兰对我们来说，是一个遥远而陌生的国度。平日里对这个国家的印象有二，一个是这里是圣诞老人的故乡，另一个就是著名的芬兰浴。

在北欧四国的旅行中，我们到了芬兰的首都赫尔辛基，不过仅仅只短暂停留了一天，在匆匆忙忙之中就开始了我们的旅程。

在旅游大巴上，我们得知，赫尔辛基临波罗的海，是一座古典美与现代文明融为一体的都市，既有欧洲古城的浪漫情调，又充满国际化大都市的韵味。

赫尔辛基不仅是芬兰最大的港口城市，也是重要的经济、文化中心。城市海岸线曲折，外有群岛屏蔽。虽地处北纬60°，但因受海洋影响而气候温和。夏季平均气温16℃，冬季 –6℃。我们旅行时间虽是7月，但还是要穿上毛衣和薄棉袄，才能抵挡住港口沿岸的阵阵寒风。

芬兰最初是瑞典的领地，"芬兰"之名在瑞典语中是"新发现的地方"之意。芬兰人自称"苏米"人，瑞典国王古斯塔夫一世为了和汉萨同盟的城市塔林争夺贸易，于1550年在塔林对面的波罗的海海岸修建了这座城市，名为赫尔辛基，由此开始了它的历史。

当初建城时，此地的贫瘠不毛、战争和瘟疫，阻碍了赫尔辛基的发展。由于1561年古斯塔夫一世攻占塔林，赫尔辛基就更没有了发展的意义。在很长一段时间内，赫尔辛基都维持在一个海边小城镇的规模，相较于其他在波罗的海沿岸繁荣的贸易中心来说，当时的赫尔辛基的确是相形见绌。1710年，它遭遇了一场灾难性的瘟疫。3年后，初具规模的赫尔辛基城被一场大火烧毁，直到建设斯韦堡海军防御工事才提升了赫尔辛基的地位。1808—1809年，瑞典与俄国之间的最后一次战争时，赫尔辛基又经历了一场大火，1/4的城市被毁。直至1809年俄国于北方战争打败瑞典，合并了芬兰，成立了自治的芬兰大公国之后，赫尔辛基才正式开始发展为一个主要城市。

历史上赫尔辛基经历过许多战争，在20世纪70年代，赫尔辛基快速的城市化与欧洲其他地方相比是较迟的。后来到20世纪90年代，

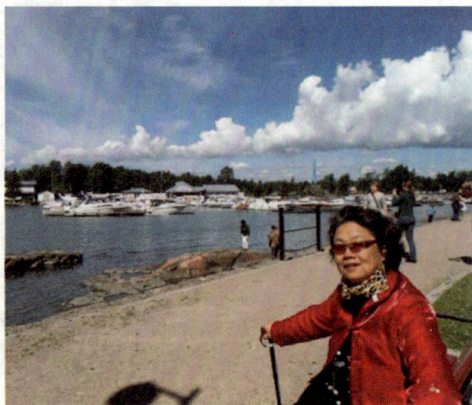

在赫尔辛基港口留影

它的人口增长了三倍，2006年为150万人，占芬兰全国总人口的1/5，令赫尔辛基都会区成了当时欧盟内发展最快的城市中心。今日的赫尔辛基是欧洲第二个人口增长最快的国家首都，仅次于布鲁塞尔。

赫尔辛基也是欧洲夏季旅游胜地，尤其在夏至前后的日子，由于地处高纬度，夏天太阳只落下一个小时，但气温不高，气候凉爽，也是游客最多的时候。港口外几个小岛更是游泳的好地方。但这里冬季常是阴天，太阳仅在空中持续几个小时，可是由于大西洋暖流，气候并不寒冷，比北京晴空万里的冬日要暖和得多。

西贝柳斯公园

西贝柳斯公园，位于岩石教堂西北方约1.5公里处，是为纪念芬兰名作曲家让·西贝柳斯而建。夏天时节，公园内鲜花怒放，草木扶疏，是市民休息的好地方，常见散步、慢跑的民众。

园中最可观的，便是西贝柳斯纪念碑。它以数百条钢管组合而成，造型十分前卫。公园前的海边港口，停泊有帆船及游艇，公园内设有餐厅及咖啡座可供休憩。我一边啜饮咖啡，一边欣赏如画的园景，享受浮生半日闲，为紧凑的旅程画上美丽的句号。

在闲逛时，我遇到一个吹号少年，他在音乐家的雕塑旁边吹响了小号，以表达他对音乐家的敬佩与思念之情，我也因此留下这张珍贵的相片。

在西贝柳斯公园留影

与吹号少年合影

273

岩石教堂

岩石教堂外景

岩石教堂是几乎所有造访赫尔辛基的游客的必游之地，这座闻名欧洲的教堂是从一整块岩石中开凿出来的，由著名设计师 Timo Suomalainen 和 Tuomo Suomalainen 兄弟设计，1969 年完工。

站在教堂外，映入眼帘的是一块巨大的岩石，看不到一般教堂所具有的尖顶和钟楼，只有一个直径 20 多米的淡蓝色铜制圆形拱顶暴露在岩石的顶部。教堂的屋顶由放射状的梁柱支撑，同时镶嵌透明玻璃，身处其中丝毫感觉不到是在地下。教堂内部墙面仍为原有的岩石，教堂入口设计成隧道。

如果不是导游带领和讲解，不知此地的游客经过此地，多数会以为这是一个石头堡垒，不会将其与"教堂"联想到一块。

整座教堂如同着陆地球的飞碟一般，造型相当独特。位于教堂中央一侧的圣坛，极简而庄重，其后侧则是圣歌乐台，此教堂不仅作为弥撒之用，也是音乐会的演奏场所，教堂内的管风琴是北欧最大的一座。

芬兰堡

芬兰堡建于赫尔辛基外海上的一串小岛上，是现存最大的海上要塞，1991 年时被联合国教科文组织列入"世界遗产名录"。芬兰堡由瑞典炮兵军官奥科斯丁设计。1772 年，他在靠近赫尔辛基附近的一系列岛屿上修建完成了一圈链式连接的防御性城堡。但直到 18 世纪末，芬兰堡的设计计划才圆满完成。后来，随着瑞典军事力量的衰退和俄罗斯帝国的逐渐强盛，驻守芬兰堡的瑞典军队在 1908 年向俄国投降。在克里米亚战争中，英国人率领的舰队

芬兰堡外景

对芬兰堡进行了大规模的炮击，并最终夺取该地。1917 年末芬兰独立后，芬兰人收回了这个建筑。

乌斯别斯基教堂

乌斯别斯基教堂

乌斯别斯基教堂是斯堪的纳维亚半岛上最大的希腊东正教教堂，由俄罗斯建筑师 Gornostayev 设计，于 1868 年完成。教堂的红砖尖塔极为醒目，设计巧妙，具有浓郁的莫斯科建筑风格。教堂内葬有芬兰民族英雄马达汉将军，他曾率领芬兰军队抵抗俄国入侵。

与远处的乌斯别斯基教堂合影

赫尔辛基参议院广场

广场占地约 7 000 平方米，广场地面覆盖着不少于 40 万块灰红相间的芬兰圆花岗岩。早在 17 世纪，这里还有市政大厅、教堂和中央广场，但这些建筑在战争中被夷为平地，后来重建，并在其南边修建了这个城市的第一批石头建筑。1808 年的大火摧毁了所有木制的东西，但是俄国立即委任建筑师卡尔·路德维希·恩格尔重新修建广场，并作为赫尔辛基新城市规划的市政中心。后来，许多重要机构都设于此，因此参议院广场在某种意义上成为国家中心。参议院广场被视为芬兰的重要地标，不仅是赫尔辛基市民活动的中心，也是欣赏新古典主义建筑的最佳场所。

参议院广场上的赫尔辛基大教堂

在我为数不多的赫尔辛基旅游照片中，参议院广场的白色高大建筑——赫尔辛基大教堂特别醒目。广场南侧是一个停泊游艇的小码头，在那里向东拍摄，能看到远处的乌斯别斯基教堂，观景摩天轮也被囊括在相片之内。看到这两张相片，可以勾起我们对赫尔辛基一日游的种种难忘的回忆。

第十八章

在诺贝尔奖颁奖大厅的遐想

　　整个北欧旅行中，在离开赫尔辛基到斯德哥尔摩的路上，有一些特别难忘的经历。

在旅游大巴旁的留影，这辆大巴伴随着我们走过北欧四国

高速公路旁的古城堡废墟远景

　　我们乘坐的旅游大巴离开赫尔辛基，开上了高速公路，直奔瑞典首都斯德哥尔摩，在高速公路上，一座古城堡废墟引起我们的注意。没有想到，这座古城堡废墟竟然也是我们旅游参观的景点之一。待车停稳，我们兴奋地走下大巴，经过一段坎坷不平的道路，来到古城堡废墟前。

参观Brahehus古堡

古城堡废墟一瞥

　　这座名叫"Brahehus"的古城堡，实际上只剩下坚固的石头墙了。如果不是导游让司机停下车来，带我们穿过横跨高速公路的地下隧道，我们是无法进入这座建筑的。从旅游大巴上远远望去，我们还以为那座石头建筑是哪个农家没有修好的房屋呢！

　　首先映入我们眼帘的，是这座

古城堡的介绍，我在这个介绍里仔细寻找可以看懂的内容，至少我对英文和法文是不陌生的。无奈上面好几种文字，像是德文、瑞典文、挪威文，反正没有一种我可以看懂。

回到广州以后，在网络上，我查到了这个古城堡的来源。原来这是位于瑞典的延雪平省（Jönköping）的古城堡废墟，它距离南部的城镇格兰纳（gränna）大概有 3 公里。

这座古城堡建于 1640 年，是一位名叫 Per brahe the Younger 的伯爵的城堡，在海拔 270 米之上，位于维亚湖之旁，风景非常优美。但是在 1680 年，不知道什么具体原因，这座古城堡被遗弃，更不幸的是，1708 年该古城堡遭受一场大火，大火彻底摧毁了古城堡的主要建筑，只剩下无法摧毁的石头墙了。

值得庆幸的是，历来重视历史遗迹的瑞典人，非常细心地维护了这座

古城堡简介

在古城堡的一个窗口旁留影

古城堡外景

古城堡内景

站在古城堡上

几百年前遗留下来的古城堡废墟。虽然这座古城堡经过数百年风风雨雨，但其石头围墙还是被整体保留下来，现在它还在文化、经济等方面，继续为瑞典人民作出贡献。据说，这座古城堡废墟已经成为外国游客从赫尔辛基到斯德哥尔摩的高速公路 E4 上的必经景点。

站在废墟古城堡上，身后是辽阔的韦特恩湖（Vättern），可以看到不少瑞典农家房舍和美景。

站在废墟古城堡上，我们不仅仅是在欣赏这远山与镜湖的优美风景，更在感叹着历史遗迹在现代文明中的地位与作用！

乘坐国际游轮

我对国际游轮的向往，还是来自著名女作家毕淑敏的那本《毕淑敏母子航海环球旅行记》。虽然十几年过去了，已经有不少朋友乘坐国际游轮旅行，国际游轮对许多中国人来说，已经不神秘，也不算奢华。但是，毕淑敏当年的勇气，包括她和儿子每人花二十多万元参加游轮环游世界的旅行，还是让我敬佩不已。

我们乘坐的国际游轮，从图尔库开往斯德哥尔摩

游轮非常大，看上去好似一栋十余层的大厦，游轮内部配饰非常奢华，有各种世界名牌的商店，更有免税店、超市、电影院、歌舞院、游戏厅、咖啡厅、小型赌场。还有各式餐馆，几乎 24 小时营业，除了

280

在海上看日落

游轮内部一瞥

在游轮甲板上晒太阳，风很大，不得不反穿我的丝棉袄，把美丽的刺绣孔雀抱在胸前

一个足有两个足球场大的餐厅是提供免费三餐外，其余更多的是只要付费就可以随时就餐的餐厅。

我和陈和平当然只去了免费的大餐厅，那里提供的是自助餐，供应的食品琳琅满目、种类繁多。各种海鲜、水果、甜品、饮料，让我们眼花缭乱。我们抵不住各种美食的诱惑，大快朵颐，早就把减肥计划抛到九霄云外了。

途经一些不知名的小岛

向斯德哥尔摩开去

斯德哥尔摩之旅

我们仅仅在瑞典的首都斯德哥尔摩停留了一天两夜，晚上还是在游轮上休息，游轮如酒店一样。这样的安排无疑省去了部分旅行费，但是，仅仅一个白天的参观，能让我留下比较深刻印象的就只有颁奖大厅了。

诺贝尔纪念馆

我们在导游的指引下，下游船登上大巴。导游向我们介绍道：斯德哥尔摩是阿尔弗雷德·诺贝尔的故乡，是瑞典的政治、文化、经济和交通中心；它位于辽阔的波罗的海西岸，梅拉伦湖入海处，风景秀丽，是著名的旅游胜地。在北欧三国中，斯德哥尔摩是岛屿最多的城市，算上郊区的岛屿，共有24 000个，被称为"北方威尼斯"。

斯德哥尔摩也是一个高科技的城市，拥有众多大学，工业发达。钢铁、机器制造（电机、造船、机车）、化学、炼油、纺织等工业发达。设有科学院、大学和原子能研究中心，还有宫殿、教堂。斯坎森露天博物馆保存着十二、十三世纪的文物。市内有音乐厅，诺贝尔奖授奖仪式在此举行。

斯德哥尔摩是诺贝尔的故乡。从未上过大学的诺贝尔，刻苦自学，虚心求教，以发明黄色炸药和无烟火药闻名于世。他捐献了全部遗产，设立诺贝尔基金。从1901年开始，每年12月10日为诺贝尔逝世纪念日，斯德哥尔摩音乐厅举行隆重仪式，瑞典国王亲自给诺贝尔奖获得者授奖，并在市政厅举行晚宴。

斯德哥尔摩是一座古老又年轻、典雅又繁华的城市。由于免受战争的破坏而保存良好，现在共有100多座博物馆和名胜，涉及历史、自然、艺术等各个方面。这里有装饰着雕塑和石刻的中世纪建筑物，老城的中央广场还保留着一口古井，据说它是几百年前供居民饮用的唯一一口淡水井。这里还有巍峨的王宫、圣尼古拉教堂等古迹。
如果在中午时分赶到王宫前，还会看
到衣饰华丽、仪式隆重的哨兵换岗。
只要花几个瑞典克朗就可以买张门
票，顺利地通过这些岗哨，入宫参
观历代瑞典王室遗留下的金银珠宝和
精美器皿，观赏王宫内艺术精湛的壁
画。在感受斯德哥尔摩古城风貌的
同时，还会看到市内绿草如茵，建
筑均为树墙围绕，街心、路旁、宅
边广植草坪，遍栽花卉。

　　位于城市以东的沙丘巴登地区曾
是中国近代史上著名的维新派领袖康
有为居住的地方。康有为在戊戌变法

看似邮筒的小建筑，实则是哨兵的岗所

后流亡国外，环球之行时来到瑞典。1909 年，他购下这里的一座小岛，修建
起一座中国式的园林，取名"北海草堂"。

斯德哥尔摩街景

诺贝尔雕像，身后是诺贝尔纪念馆

283

诺贝尔纪念馆远景

售卖纪念品的小市场

斯德哥尔摩市中心广场局部

市政厅外墙的雕塑

市政厅的外景

斯德哥尔摩市政厅就建筑本身而言，它是一座造型别致、装潢华美的建筑；就功用本身而言，它与欧洲其他城市的市政厅并无二致，这里是市政会议的召开地和市政府公务的办公地，只不过它也是每年诺贝尔各奖项最终归属的揭晓地。

斯德哥尔摩市政厅位于市中心梅拉伦湖畔，始建于1911年，1923年完工，主体以红砖建造，右侧高高耸立的钟楼顶端，向上延伸的金属杆一分为三，插着代表丹麦、瑞典、挪威三国的金色三王冠（象征着曾经的卡尔马联盟）已成为市政厅最常被人提及的特点。钟楼内则设有以艺术品展览为主的博物馆。钟楼高达 105 米，登临其上，即可一览美景风光。

斯德哥尔摩市政厅外建有宽阔的广场，绿植间以喷泉雕塑装点，似在迎接每位来此的访客。

参观诺贝尔奖颁奖大厅

在斯德哥尔摩这趟旅行中，我印象最深的是参观诺贝尔奖颁奖大厅，颁奖大厅位于市政厅内部。市政厅内有巨大的宴会厅。宴会厅也有"蓝厅"的誉称。每年 12 月 10 日诺贝尔奖奖金颁发后，瑞典国王和王后都要在宴会厅为获奖者举行隆重盛大的宴会，表示热烈祝贺。如今，某种程度上可以说，诺贝尔奖已经成为物理、化学、医学、经济学、文学领域众多学者、研究者的毕生追求和奋斗目标。

市政厅的外墙是很有特色的红砖建筑，门口伫立着两尊青铜的天鹅塑像，墙上挂着典型的瑞典大钟，游人们纷纷摄影留念。

市政厅内还有一个被称作"金厅"的大厅。大厅纵深约 25 米，四壁用 1 800 万块约 1 厘米见方的金子镶贴而成，在明亮的灯光映射下，无数光环笼罩，金碧辉煌。其间，还镶嵌着用各种彩色小块玻璃组合成的一幅幅壁画。正中墙上的大幅壁画上方，端坐着神采飞扬的梅拉伦湖女神。女神脚下还有两组人物，分别从左右两边走近她，右边一

市政厅门口的广场是网红打卡地之一

在市政大厅前留影

组是欧洲人，左边一组则是亚洲人。

离开一层大厅，我们信步来到二楼诺贝尔颁奖礼堂，途中，意外发现一块纪念牌，它记录了一艘名叫"HMS Devonshire"的船从1692年始航至1984年沉没的漫长历史。

至今为止，只有两名华人科学家获得诺贝尔物理学奖，他们分别是杨振宁和李政道。但是在人文科学领域，如哲学、经济学、政治学、社会学等仍无华人获奖，这似乎成了几代中国人耿耿于怀的事情，也可以称为"诺贝尔情结"。

望着墙上那幅诺贝尔颁奖礼的照片，我感慨万千。2012年中国作家莫言获得诺贝尔文学奖，这本来是让国人骄傲和自豪的事情，但当我仔细阅读了莫言的获奖作品——《蛙》，以及一系列小说如《红高粱》《檀香刑》《丰乳肥臀》等后，我不得不坦言，他并不是我心目中敬仰的作家。对于他作品中的创作技巧，不可否认很不错，但对其作品传达出来的价值观，我并不认同。

大厅内部恢宏大气的壁画

在瑞典国家歌剧院前留影

"HMS Devonshire" 航海纪念牌

诺贝尔奖颁奖大厅里的一张颁奖礼的相片

街边的卡通小塑像

某位名人的青铜雕像

作曲家约翰·哈尔沃森的雕像

287

斯德哥尔摩街景

面目有点狰狞的神话人物雕像

在斯德哥尔摩的街上留影

街景

半身雕像

第十九章

"愤怒的小孩子"

——维格兰雕塑公园的震撼

维格兰雕塑公园

在挪威首都奥斯陆的西北角，有一座占地50公顷的奇特公园。园内繁花绿茵，小溪淙淙，矗立着造型优美、婀娜多姿的雕塑，这就是维格兰雕塑公园（Vigelang Park）。维格兰雕塑公园以挪威著名雕塑大师古斯塔夫·维格兰的名字命名，它的另一个名字叫弗罗格纳公园（Frogner Park）。园内有192座裸体雕塑，雕塑中有650座人物雕像，它们或用铜，或用铁，或用花岗岩制成，是维格兰20多年心血的结晶。

公园内雕像多而不乱、错落有致。园里中轴线达850米，正门、石桥、喷泉、圆台阶、生死柱都在轴线上，主要雕像、浮雕分布其间。石桥两侧各有29座彼此对称的铜雕。喷泉四角，各有5幅树丛雕，四壁为浮雕，中央是托盘群雕。圆台阶周围是匀称的36座花岗岩石雕，中央高耸着生死柱。

全部雕像形成几幅美丽的几何图案，浑然一体。公园里所有雕像凸显一个主题——人的生与死。如喷泉四壁的浮雕，从婴儿出生开始，经过童年、少年、青年、壮年、老年，直到死亡，表现了人生的全过程。而四角的树丛雕，分别表现着天真活泼的儿童、情思奔放的青年、劳累艰苦的壮年和垂暮临终的老年，组成人生四阶段。圆台阶的36座石雕，表现的内容也是从婴儿出生开始的，游人依次环行，渐渐看到人生各个时期的形象：孩子们在捉迷藏，少年们在扭打玩耍，恋人们在窃窃私语，老人们熬度暮年，环绕一周，到第36座死亡球塔为止。石桥两边的护栏上，放置着表现日常生活的58座青铜雕像，塑刻了许多青年男女和儿童。体格雄健的男子、绰约多姿的少女和纯真无邪的儿童组成了大组群雕，他们有的在尽情跳舞，有的在谈情说爱，有的在生气吵闹……

维格兰在这组雕像群中，穿插了一个新的主题思想——父亲与孩子们在一起。相传20世纪初期，在西方男人们的观念中，料理家务、养儿育女和照顾家庭乃是妻子们的事。他们一方面向往成家立业，另一方面又不愿陷入家庭生活的网套。他们厌烦婚后的生活，企图挣脱家庭的束缚。但现实生活像一团乱麻，剪不断，理还乱。

圆台阶中心的生死柱是维格兰花费14年心血雕成的，无论在艺术技巧还是思想内容上，都算得上园中的杰出代表。石柱高达17米，周围上下刻有

121 个裸体男女浮雕。柱上所刻浮雕人物的惨相令人目不忍睹，有夭折的婴儿，受难的青年，披头散发的妇女，骨瘦如柴的老人。这根生死柱描绘了世人不满尘世而向"天堂"攀登时，相互倾轧和相互扶掖的情景。他们之中有的沉迷，有的警醒，有的挣扎，有的绝望，组成了一段陡峭上升的旋律，令人惊叹不止。

维格兰雕塑公园的创作者——挪威著名雕塑大师古斯塔夫·维格兰的雕像

在雕塑大师古斯塔夫·维格兰雕像前留影

青铜雕像——生命的力量

一位父亲和四个孩子，这个雕像带给我的震撼在于力学在雕塑上的运用达到极致，这么巨大体量的青铜雕像仅由"父亲"的一条腿支撑。

"父与子"，表达了全世界父亲对孩子的关注。

父亲与孩子

父与子

雕塑园中有一座喷水池，其造型是中央六个男孩用手捧着一个巨大的盆，水从盆里溢出。周围布满了青铜雕像，代表着各种含义。喷水池周围的地板

喷水池

在喷水池前留影

也颇具特色，是经过精心设计的。

喷水池周围的铺道，以黑白花岗岩拼成马赛克式的图样，且设计成颇有趣味的迷宫图，全长约三公里，据说是维格兰用此来象征人生的错综复杂。

观雕塑，悟人生

愤怒的小孩

在奥斯陆的访问是短暂的，仅仅一天两夜。在走马观花的旅程中给我印象最深的就是这个维格兰雕塑公园，不仅被巨大的青铜雕塑像和石刻像所震撼，而且折服于精湛的技艺。

最引人注目的是一尊号啕大哭的小男孩雕像——愤怒的小孩，他的面部表情非常形象，孩子那纯真的愤怒被刻画得淋漓尽致。只见"他"跺着脚，两拳紧握，架着胳膊，仿佛在寻求父母的爱，又似乎在对世界的不公表达不满，发出呐喊。每位驻足者都震惊于这孩子的愤怒表情，被雕塑者巧夺天工的高超技艺所感动。

　　雕塑公园里的青铜雕像，人类的喜怒哀乐、生老病死、人生百态都呈现在人们面前，观之感慨良多。我不由得想起法国的雕塑艺术家——罗丹，他被认为是 19 世纪和 20 世纪初最伟大的现实主义雕塑艺术家，同他的两个学生马约尔和布德尔，被誉为欧洲雕刻"三大支柱"。我曾在法国参观罗丹博物馆，欣赏了他的很多雕塑作品，颇受震撼，但其规模与维格兰雕塑公园的雕像相比小很多。能用如此巨大的雕像表现人物喜怒哀乐的，真是独一无二。

我身后是奥斯陆议会大楼

参观奥斯陆古城堡，与门口士兵合影

奥斯陆的街景

骑自行车出行的孩子们

293

　　雕塑园呈现给我们的，是一部人类进化的故事，从亚当、夏娃的相遇到生命的开始，从幼小的婴儿到垂暮的老人，生生不息。站在这些雕像面前，感受到的不仅仅是生命的更迭，更是对生命的无比敬重，我们不禁想到一个永恒的主题——我们从哪里来，要到哪里去。

一个非常有意思的音乐剧广告

议会大厦广场

在议会大厦一楼门口的斑马雕塑前留影

欢度圣诞节

　　随着一架银鹰腾空而起，我们开始了 2014 年新加坡圣诞节之旅，虽然在法留学时也过了不少次圣诞节，但这次新加坡的圣诞节之旅给我留下了深刻的印象。2001 年我从巴黎飞往广州，因为途中需要在新加坡转机，所以在那里停留了两天一夜。我在朋友的带领下匆匆游历了新加坡，但那时对这个国家的了解其少。

　　20 世纪 80 年代，新加坡经济迅速发展，一直是发展中国家的榜样和楷模。因此，我们对这个城市国家一直抱有好奇，此次新加坡之旅也有助于我们对它有更全面的了解。

　　一到新加坡，我们就和朋友来到著名的鱼尾狮公园（Merlion Park）。鱼尾狮公园坐落于浮尔顿一号隔邻的填海地带，是新加坡面积最小的公园。在1972 年，新加坡前总理李光耀为鱼尾狮公园剪彩开幕。现公园已迁到浮尔顿一号的新"家"。新的鱼尾狮公园面积达 0.25 公顷，比旧公园面积（0.007 1公顷）扩大了 30 多倍。公园内设有站台、购物商店和饮食店供游人休息，看台也能变成可容纳 100 名表演者的舞台，观众坐在阶梯上，就能背靠滨海湾，在星空下欣赏音乐会或精彩的表演。

鱼尾狮公园

鱼尾狮公园的两尊鱼尾狮塑像是新加坡著名工匠林浪新先生制作。鱼尾狮塑像高 8.6 米，重 70 吨，狮子口中喷出一股清泉，狮身由混凝土制作，表面覆盖上陶瓷鳞片。它作为新加坡的标志性景点之一，代表新加坡形象的鱼尾狮吐出强劲有力的水柱。这个公园不大，但四面八方都是游客。这里临河临海，微风徐徐，在公园里散步非常惬意。

鱼尾狮是一种虚构的鱼身狮头的动物，它在 1964 年由时任范克里夫水族馆馆长的布仑纳先生设计。两年后新加坡旅游局将鱼尾狮注册为它的标志，1971 年新加坡旅游局委托著名雕塑家林浪新塑造，雕塑如今在鱼尾狮公园内，为新加坡市中心著名喷水雕塑，是新加坡的城市地标。

新加坡共有大大小小 7 座鱼尾狮，但只有鱼尾狮公园的两座是林浪新创作，其他几座位于旅游局总部、圣淘沙、花柏山和宏茂桥。

鱼尾狮狮头的设计灵感源自《马来纪年》的记载。14 世纪时，三佛齐国一个名叫圣尼罗乌达玛的王子在前往马六甲途中来到新加坡，他一登陆就看到一只神奇的野兽，随从告诉他那是狮子。于是，他为此岛取名"新加坡"，在梵文中即"狮城"的意思。而鱼尾象征当年漂洋过海而来的祖辈。

晓慧是我们在广州认识的一位朋友，早在几年前，她远嫁新加坡，结婚生子。得知我们来旅行，为尽地主之谊，特意带我们参观了鱼尾狮公园。

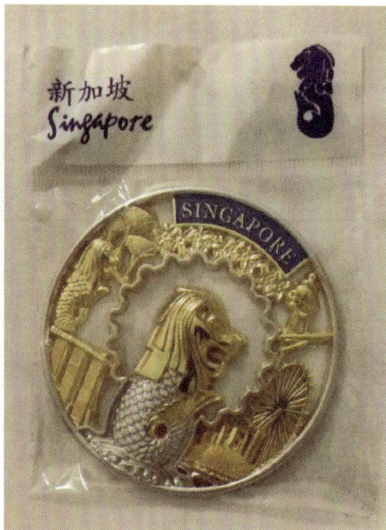

鱼尾狮冰箱贴

晓慧和她先生

赠球衣

在鱼尾狮公园广场留影

2015 年正值新加坡建国 50 周年，鱼尾狮公园广场是举办纪念大会的重要场地，圣诞节之前就已被装扮得焕然一新，游人如织，我们也被这种节日气氛感染。鱼尾狮公园会在平安夜会举办一场盛大的烟火晚会，为了观看这个晚会，必须在周围餐馆或酒店预订位置。当天上午大概 11 点，我们来到广场周边的酒店，发现所有江边的好位置都已被铺上地毯，被"占领"了。在阳光下坚持十几个小时以等待观看夜晚 12 点的烟火晚会，这样的体力付出是我们无法承受的，因此我们决定找一家酒店预订，在舒适的位置观看。

圣诞节气氛浓郁的皇家大酒店

走出餐厅，我们沿着广场转了一圈，找到一家名叫"山水"的日本餐厅——唯一没被订满的餐厅。在此处也可看到

餐厅厨师为圣诞大餐做忙碌准备

焰火和美丽的夜景，游人一般提前两个月就已订好位置，我们由于临时订位，价格必然不菲，但是没有更多选择。于是，我们在此享用日式午餐和晚餐，等待夜幕降临。

夜幕降临，映入我们眼帘的是另一幅景色，远处的新地标金沙酒店，独具特色的建筑造型给人一种别开生面的感觉，此时各路专业与非专业的摄像师们都不约而同地端起"长枪短炮"记录这难忘的一刻。

金沙酒店的探照灯给整个夜空增添了神秘色彩，此时音乐响起，烟火腾空，一幅美妙绝伦的景象展现在人们面前，这是我们在欧洲无法想象和欣赏到的圣诞夜景，以至于多年以后，这幅绚烂的新加坡圣诞夜景仍然留在我们的记忆深处。

当我们愉快地结束观赏，一件意想不到的事情发生了，至今记忆犹新。我们随着熙攘的人潮走出公园准备去乘坐地铁时，被眼前的景象惊呆了，在距离地铁站还有几公里的地方就已经人山人海，根本无法顺利进站。我们只好返回江边的皇家大酒店，打算乘出租车回我们居住的酒店，没想到的是等候出租车的队伍也排了几公里长，无奈之下我们计划在附近寻找一家酒店休息，但这个愿望也落空了。此时，我们注意到江边坐

山水餐厅及其日式菜品

夜色即将降临

着许多游人，通过询问才知道，他们打算在此等到天亮再回去，因为此时既无公共交通工具回去，出租车也难以乘坐，干脆留在草地上继续伴着圣诞夜的灯光欢乐到天亮。但我们还是决定回酒店休息，于是跟皇家大酒店的服务员说明我们愿意出高价请专车送我们回去，以缩短排队等候的时间，此时已是深夜 2 点。虽然不能说有钱能使鬼推磨，但这个决定帮助我们在 20 分钟之内坐上了出租车，回到酒店已约是凌晨 4 点。

夜色中的金沙酒店

　　新加坡并不是一个人口拥挤的国家，但让我们意想不到的是，这次圣诞晚会竟聚集了如此多的游人，就个人而言，人群疏散的体验并不好。

滨海湾金沙酒店

　　2010 年 6 月 23 日，新加坡滨海湾金沙酒店举行盛大开业庆典。当天，这个耗资 40 亿英镑打造，拥有室外泳池、观光平台、豪华娱乐场等高档设施的度假酒店正式对宾客开放。最令人叫绝的是，宾客们可以在游泳的同时，俯瞰新加坡的城市景观。室外泳池建在滨海湾金沙酒店 55 层高的塔楼顶层，其长度是奥运会泳池的 3 倍，高度为 650 英尺（约 198 米），是这一高度下世界最大的室外泳池。

金沙酒店坐落于滨海湾，由三座连成一串的酒店大楼组成，顶部建有景色壮观的空中花园，酒店内则设有"漂浮式"的水晶

新加坡的新地标——金沙酒店

阁、莲花外形的博物馆、出售各种先进商品和国际奢侈品牌的零售商店、精致时尚的名厨餐厅、视听效果震撼的影院以及拉斯维加斯风格的娱乐场。商务旅客还可享受配有多种先进技术的 MICE（会议、激励活动、大型会议、展览）设施、灵活高效的展览大厅以及可容纳 45 000 多位与会代表的会议中心。金沙酒店实现商务与休闲的完美融合，打造绝无仅有的独特体验。

金沙酒店内不仅有水疗中心、空中花园，还有汇集了 300 多家名店旺铺和餐饮设施的滨海湾金沙购物中心，更有一座艺术殿堂——滨海湾金沙艺术科学博物馆，虽馆龄不长，但不容小觑。它像一朵盛开的莲花，外形不仅与滨水地区的独特造型相映成趣，也充分表现出对世界各地游客的热烈欢迎。由于艺术和科学、媒体和技术、设计和建筑对其产生的良好作用，自开馆以来，这里已成功举办多项世界级名作艺术珍品展览，反响不俗。

漫步在这座艺术殿堂，既可细细品味多位大师呕心沥血的艺术杰作，亲历一场顶级艺文美学飨宴，还可欣赏金沙酒店的卓越建筑。

奢华的滨海湾金沙综合娱乐城，具有世界级的景点、卓越的设施、豪华的住宿环境、拉斯维

在金沙酒店顶层遥望市区

加斯风格的娱乐场以及最先进的会展设施，可谓动静皆宜的城中之城，通过提供超凡缤纷的娱乐与休闲新体验，为新加坡这个繁华大都会画下一道亮眼的风景线。

参观金沙酒店是每位游客的必去行程，有朋友告诉我可以直接坐电梯到顶楼，只需要支付 28 新币便可以参观酒店，既可以到顶楼酒吧喝酒，也可以在天边游泳池游泳。我们来到酒店大堂，其布置非常气派，富丽堂皇。我们希望能够在楼顶的天边游泳池亲身体验一番，同时一览新加坡的美景。但服务员告诉我们，只有入住酒店的客人才有机会到游泳池游泳。而酒店的住宿费贵得令人咋舌，住一晚约 3 000 元人民币，而新加坡普通酒店一晚才 500 元左右。这个价格打消了我们入住的念头，也打消了我们体验天边游泳池的奢望。于是我们决定去顶楼酒吧看看，只需购买一杯饮料，在酒店的停留时间就不受限制。

在下午茶的时间，我们来到顶楼。在顶楼观看新加坡全景，虽然我们没有进入游泳池，但在一旁看其他人戏水，则是另一番景象。酒店的底层是新加坡最大的博彩娱乐城，进入的规定十分严格，外国人持护照入内，新加坡人严禁入内。当我们一走进，手机立刻出现许多信息，大部分为中文，内容是告诉我们前往的路径。这让我们不得不感叹在信息社会，新加坡人是很懂得抓住机会的。

在金沙酒店顶楼可遥望新加坡港湾

背后是金沙酒店与空中植物园

滨海湾花园——空中植物园

新加坡给我印象最深的景物，一个是组屋，这是由新加坡政府提供的廉租房，只要是在新加坡有正式工作的人，政府都能做到让居者有其室，这是新加坡政府被世界各国交手称赞的一项政策。另一个是空中植物园，新加坡是一个资源非常贫乏的国家，即便种了大量树木，城市的绿化程度也十分有限。然而，空中植物园大大拓展了人们的眼界，远远看去似乎是几个水泥灯柱造型的建筑，但走近一看，没想到居然是建在空中的人工植物园，这种奇特的美景也许是绝无仅有的。

新加坡滨海湾花园由滨海南花园、滨海东花园和滨海中花园三个风格各异的水岸花园连接而成。该花园占地 101 公顷，位于滨海湾亲水区的黄金位置。滨海湾花园在新加坡下一步建设国际化城市的战略中占有中心位置，是新加坡打造"花园中的城市"愿景不可分割的一部分。

滨海湾花园远景

滨海湾花园内景

滨海湾花园近景

303

为各种植物留影

空中植物园内景

一个奇特的娃娃雕塑

园中幽静的小径

狮子根雕

兰花是新加坡的国花，我们在新加坡国家植物园的兰花园参观留影

多元文化

多元文化融合是新加坡的一个特征，没来新加坡之前，我只知道新加坡通行粤语、普通话，到这之后，才发现除华人之外，还聚集了马来裔、印度裔和欧美裔等。从文化影响看，除了中国儒家文化，西方的影响也巨大深远，从环球影城便可以窥见一斑。环球影城是美国好莱坞的翻版，西方文化在此得到充分展现，这个聚集各种休闲功能的巨大影城，成为新加坡旅游者的必游之地。

环球影城

新加坡环球影城坐落于亚洲著名的家庭度假目的地——圣淘沙名胜世界之内，是耗资43.2亿美元兴建的圣淘沙名胜世界的重点项目之一，于2010年3月18日正式开放。它共推出24个旅游设施和景点，重现电影世界的神奇，为游客开启探险旅程。其体量和主题区设置堪称经典。

环球影城的游乐项目中，有18个专为新加坡设计，有些为全球独有的游乐项目，如以科幻影集《太空堡垒卡拉狄加》（*Battlestar Galactica*）为蓝本，高度达42.5米的双轨过山车，以及拥有3 500个观众席、全球最多座位的"未来水世界"剧场。

在影城门口留影

圣诞花环高悬影城入口

西方文化眼里的鱼尾狮像

充满圣诞节气氛的街道

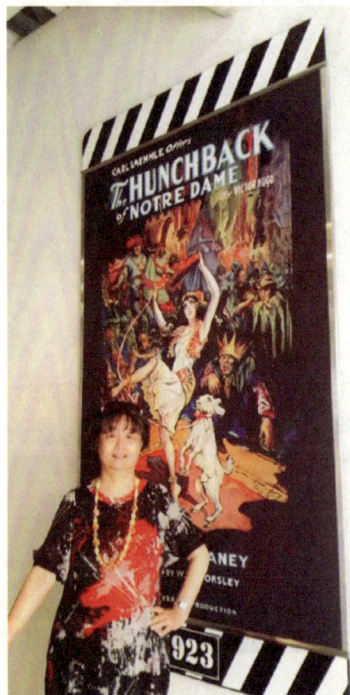

在《钟楼怪人》海报前留影

游客在影院前排队，等候观影

调动气氛、吸引游客的街舞表演

306

芝麻街的演出是环球影城的重头戏之一。看来不仅在中国，芝麻街作为幼儿英语教育主打品牌，也来到了新加坡。在剧场内80%的观众都是小朋友及其家长，欢乐的剧情引得观众欢笑不止，30分钟的演出在不知不觉中结束，在此，我们不得不佩服美国文化的渗透力。

整个环球影城的参观，让我们感到美国文化在新加坡及东南亚的渗透，其影响广泛而深远，已经成为新加坡多元文化的重要组成部分。

芝麻街剧场演出

埃及馆外景

国家博物馆

参观国家博物馆也是我们旅行计划的一部分，博物馆庄严漂亮，但其馆藏内容非常有限，相较于英国国家博物馆、法国卢浮宫以及美国国家博物馆，可谓小巫见大巫。

博物馆外景

博物馆展现的内容可以追溯到远古时代

印度庙

我们入住的酒店离印度区非常近，因此在第二天一早，我们就参观了印度庙。过去我们对印度文化了解甚少，在庙外，首先被庙顶颜色鲜艳、缤纷多彩的雕像吸引，没想到印度古建筑是如此丰富绚丽，引人注目。

印度庙顶部各种神像

虔诚的印度教教民正在祈祷

庙内的神像雕塑

印度象头神

印度庙里的祈祷活动

甘奈施是印度教的象头神，是印度教主要的五神之一，其肖像遍布印度的大街小巷，拥有众多信徒，据说印度人在公元前四五世纪就开始朝拜甘奈施。印度有为期 10 天的甘奈施节来祈求好运，因为甘奈施的寓意是为人去除障碍，它主管科学和艺术，又是提婆神智慧的象征（印度教认为大象的头象征智慧）。

中国佛堂

中国的儒家文化在新加坡有深远影响。在新加坡，华人的孩子几乎人人都学中文，就业前要在华文学校获得文凭。中国的观音堂位于一条十分拥挤的小街上，但是香火旺盛，尤其到了周末，可以看到许多虔诚的香客来礼佛。

佛堂前

佛堂周围的小摊贩

教堂

高高耸立的教堂是另外一大景观，教堂里面极其安静，祈祷的人不多，但是可以感受到新加坡人的精神需求，宁静的教堂似乎成为人们净化灵魂的圣地。

教堂外景

教堂内景

伊斯兰清真寺

伊斯兰清真寺全景图

在一个僻静的街区，一条幽静的小路上，我们看到别具一格的清真寺。

伊斯兰教在新加坡的马来族里信徒众多，在新加坡独立之后，原住民与移民到新加坡的马来人便组成了人数众多的伊斯兰教信徒的主体。

清真寺外景

清真寺内景

310

美丽街景

摩天轮大转盘是新加坡著名旅游景点，登上转盘，可将新加坡景色一览无余，天气晴朗时甚至可以看到新加坡与马来西亚交界的地方。

牛车水（Chinatown Singapore）是新加坡唐人街的代称。它的位置大致上为北到新加坡河，西至新桥路，南至麦斯威尔路和克塔艾尔路，东到塞西尔街。之所以名叫"牛车水"，是因为唐人街在形成的初期没有自来水，人们普遍用牛车运水来清扫街道，后便称唐人街为"牛车水"。牛车水是新加坡华人聚集的地方，也是现代购物中心站，拥有中国各色小吃，是新加坡华人非常喜欢的地方。夜市灯火辉煌，有点儿像中国的庙会。

远眺摩天轮大转盘

在牛车水让我们最难忘的是广场舞，当《小苹果》的旋律响起时，我们恍如回到了中国。循着音乐走去，发现不大的广场上，一位风姿绰约的大妈在领舞，后面几十人跟随起舞。其中除了有华人，还有不少马来人、印度人和欧洲人，他们都是当地居民，在欢快的舞曲中自我陶醉。

新加坡港位于新加坡的南部沿海，西临马六甲海峡的东南侧，南临新加坡海峡的北侧，是亚太地区最大的转口港，在世界沿海港口行业比较知名，也是世界最大的集装箱港口之一。该港扼太平洋及印度洋之间的航运要道，战略地位十分重要。它自13世纪开始便是国际贸易港口，目前已发展成为国际著名的转口港。新加坡港也是重要的政治、经济、文化及交通中心。

牛车水

新加坡港一瞥

远眺新加坡港

在新加坡，有一位家喻户晓的人物——莱佛士爵士。莱佛士全名为托马斯·斯坦福·莱佛士爵士（1781—1826），是英国殖民时期重要的政治家。他对新加坡的建设与发展做出了相当多的努力，并创下不朽的功绩，助力新加坡从一个落后的小渔村发展成为世界重要的国际商

圣诞节的街景

港之一。直到今天，他的形象还深深地印在新加坡人的脑海中。新加坡许多的建筑、机构、街道和百年名校都以他的名字命名，如东华大学莱佛士国际设计学院、莱佛士广场、莱佛士书院、莱佛士医院、莱佛士酒店、莱佛士网络超市、斯坦福路等。

加文纳桥坐落于新加坡市中心，横跨新加坡河，于1870年通车，是新加坡唯一的悬索桥，也是新加坡最古老的依然保持原始风貌的桥梁，连接了新加坡河北岸的行政文化区和南岸的商业区。

加文纳桥建成之初名为爱丁堡桥，作为对爱丁堡公爵到访的纪念，之后更名为加文纳桥，是为了对最后一位印度任命的海峡殖民地总督——威廉姆斯·奥佛尔·加文纳爵士表示尊敬。加文纳桥长79.25米，宽9.45米，最大跨度为60.96米，现为一座人行桥。1990年，桥身上增加了灯光设施，以突出傍晚桥梁的美观度，因而也成为恋人们乐于流连的浪漫之桥。

旧国会大厦艺术之家莱佛士雕像前留影

　　加文纳桥是唯一被新加坡古迹保留局宣布为值得保留的桥梁，成为新加坡标志性景观，新加坡市民因拥有这样一座百年老桥而感到自豪。

加文纳桥

第二十一章
宝岛台湾，我们来了

　　2013 年 12 月 23 日至 2014 年 1 月 3 日，我和儿子来到宝岛台湾，完成了难忘的跨年自由行。

　　当飞机在白云蓝天上翱翔，我的思绪一下子回到十年前，那时候，儿子还在上高中，有一天放学回家，他很认真地对我说："妈，我想去台湾。"

　　我漫不经心地回答："想象的空间是无限的，您尽管想吧！"

　　随后他马上一字一句地说："我要去台湾！"

　　他把那个"要"字说得特别重，对我漫不经心的回答表示极大的不满。

　　我知道儿子对台湾歌曲、电影、小说，还有各种小吃都很痴迷，台湾作家九把刀写的小说《那些年，我们一起追的女孩》改编成电影以后，他居然看了十遍！

　　然而在 2004 年要去台湾旅行，可不是一件容易的事情。我咨询过旅行社的专业人士，2004 年，台湾还没有开放自由行，只能跟旅行团旅行，而且要提供很多资料，诸如房产证、资产证明、银行存款证明、单位在职证明等，而我的户口在北京，我儿子的户口在广州，两个户口不在同一个地方，还不能参加同一个旅行团，我们必须在北京和广州分别报旅行团，出行时间也很难安排在同一个时间段，总之，种种不方便让我对实现儿子的台湾旅游梦产生了种种顾虑，直到自由行开放，我们才把台湾行放在旅行计划之内。

两人成团不是梦

　　2014 年去台湾旅游，其中有一件事给我们留下深刻的印象，让我们对台湾旅游从业者的热情服务态度和认真履行条款的精神大为感动。当我们飞到台北报名参加当地的一个旅行团时，旅行团有一项规定，必须两人才能报名，当时我们对这条规定持半信半疑的态度。当时是旅游淡季，最终我们报的团就只有我与儿子两人，很难想象两个人的团也会有专门的导游陪着我们环岛游。抱着试试的心态，我们在旅行社签好了合同，开始了我们的环岛游。在接下来的六天旅程中，旅行社为我们安排好了一切，真的做到了团队旅游该有的待遇——即便我们只有两个人。在我们到达的每一个捷运站点，都像幼儿园的小朋友一般被安排好如何转车，每一处都有专业导游到站点接待我们，游览之后又一站一站传递，直到把我们送回台北。如果当地还有人参加，也可一起参观游览，我们曾有过一次七人乘坐面包车游历日月潭的经历。但在离开日月潭到阿里山及以后的所有景点，就只有我们两人成团。这样的经历，让我们不由地感叹，两人成团环岛游真的不是梦。

美丽的日月潭

日月潭位于台湾阿里山以北、能高山之南的南投县鱼池乡水社村，旧称水沙连、龙湖、水社大湖、珠潭、双潭，亦名水里社。湖面海拔748米，常态面积为7.93平方千米（满水位时10平方千米），最大水深27米，湖周长约37千米，是台湾外来种生物最多的淡水湖泊之一。它以光华岛

我与儿子在日月潭地标旁留念

为界，北半湖形状如圆日，南半湖形状如弯月。2009年，日月潭入选世界纪录协会"中国台湾最大的天然淡水湖"，有"海外别一洞天"之称。

日月潭的文武庙

317

日月潭文武庙前许愿池

从缆车上俯瞰日月潭

日月潭

民族小屋

乘船游览日月潭

云遮雾罩的湖中仙境

壮丽的阿里山

阿里山，是台湾的著名旅游风景区，位于嘉义市东方 75 千米，海拔 2 216 米，东面靠近台湾最高峰玉山。由于山区气候温和，盛夏时依然清爽宜人，加上林木葱翠，是全台湾最理想的避暑胜地。阿里山、玉山山脉与玉山公园相邻，阿里山森林游乐区西靠嘉南平原，北界云林、南投县，南接高雄、台南市，总计面积高达 1 400 公顷（14 平方千米）。

阿里山由十八座高山组成，属于玉山山脉的支脉，隔陈有兰溪与玉山主峰相望，群峰环绕，山峦叠翠，巨木参天。阿里山的日出、云海、晚霞、森林与高山铁路，合称阿里山五奇。阿里山铁路有70多年历史，是世界上仅存的三条高山铁路之一，途经热带、暖温带、温带、寒带四个气候带，景致迥异，搭乘火车如置身自然博物馆。尤其三次螺旋环绕及第一分道的Z字形爬升，更是难忘的经验。祝山是观赏日出的最佳地点，要到祝山可坐火车或从电信局旁的石板路循阶而去，穿过森林大约40分钟即可到达。

阿里山旅游全景图

阿里山国家森林游乐区标志

阿里山上

我与导游合影

民族舞蹈

阿里山的小火车

阿里山火车终点站——沼平车站

神秘而秀丽的玉山国家公园

玉山国家公园，成立于1985年，位于台湾本岛中央地带，范围跨越南投、嘉义、花莲县和高雄市，海拔3 950米，以玉山群峰为中心，东隔台东纵谷与台东海岸山脉相望，西临阿里山山脉，南面包括南横公路及关山，北面以东埔村及郡大山为界，总面积105 491公顷，是典型的也是台湾最大的亚热带高山地区公园。

玉山国家公园标志

鹿林山

园中猴子们会在固定地点等候喂食

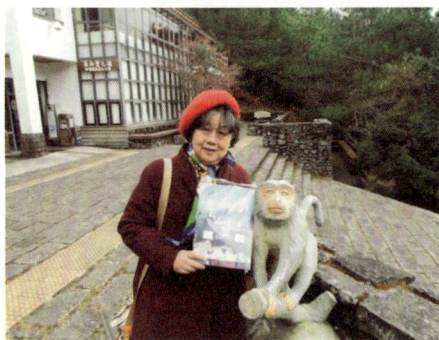
玉山博物馆前与石雕猴合影

远眺玉山国家公园

高雄之旅

　　导游曾先生向我们介绍了高雄的全景，也许因为他是湖南老兵的后代，因此对从中国大陆来的游客特别热情。虽然我们只是两个人的旅游团，但他还是为我们详细介绍了可参观的地方，两天的高雄之行让我们成为朋友，回大陆之后我们还保持联系，并给他介绍大陆游客赴台旅游。

高雄出火特别景观区

曾先生向我介绍旅游景点

24 小时燃烧的地下火焰

高雄海景一瞥

高雄的沙滩

高雄创意园区一瞥

巨型大黄蜂

卡通动漫人物

抽象铁艺雕塑

高雄街景

高雄双塔公园

在高雄过圣诞节

花莲——太鲁阁国家公园之游

太鲁阁国家公园是台湾第四座国家公园，位于台湾岛东部，地跨花莲、台中、南投三个行政区。园内有台湾第一条东西横贯公路通过，称为中横公路系统。太鲁阁国家公园的特色为峡谷和断崖。另外，园内的高山保留了许多冰河时期的孑遗生物，如山椒鱼等。

太鲁阁国家公园入口处

鲁阁长春

山中峡谷的河流

汽车沿着峻峭的峡谷山路行驶

太鲁阁的铁索桥

著名景点——燕子口

台湾知名土木工程师——靳珩像

靳珩桥

从燕子口俯瞰峡谷湍流

太鲁阁山下的梅园

梅园一景

漫步台北

台北故宫博物院

"乾隆潮"宣传板

野柳地质公园局部

台北故宫博物院是到台北旅游必去的地方，它比北京的故宫博物院规模要小，藏品也相对较少。台北故宫博物院建于1962年，1965年夏落成。为中国传统宫殿式建筑，主体建筑共4层，白墙绿瓦，正院呈梅花形。院前广场耸立五间六柱冲天式牌坊，整座建筑庄重典雅，其中的藏品是1949年蒋介石在撤离大陆之前辗转运来的。

我们参观台北故宫博物院时正在进行关于乾隆生平事迹的展览，其中展出的藏品包括乾隆的手迹、书画作品及其收集的古玩。

野柳地质公园，位于新北市万里区。野柳是突出海面的岬角（大屯山系），长约1 700米，由于海蚀风化及地壳运动等作用，造就了海蚀洞沟、蜂窝石、烛状石、豆腐石、蕈状岩、壶穴、溶蚀盘等绵延罗列的奇特景观。

红毛城古称"圣多明哥城""安东尼堡"，位于新北市淡水区文化里中正路二十八巷1号。该城在1628年由当时侵占台湾北部的西班牙人兴建，后由荷兰人于1644年重建，1867年后被英国政府长期租用，作为英国领事馆的办公地点，沿用至1980年，该城的产权才转到台湾当局手中。红毛城不但是台湾现存的古老建筑之一，也是台湾一级古迹。

最著名的石塑——女王头介绍

被海浪长年冲蚀形成特殊形状的石头

淡水红毛城全区配置图

红毛城

　　台湾的渔人码头也是我们要去的地方。台湾年轻作家九把刀的小说使渔人码头的知名度提高不少，这里成为年轻人谈情说爱的佳地和游客必到的旅游景点之一。

渔人码头

渔人码头的爱心桥

327

24 小时营业的阿给鱼丸汤

渔人码头的港湾

　　富福顶山寺位于三芝乡横山山上，又称"三芝贝壳庙"或"十八罗汉洞"。1996 年，一位信徒向济公活佛发愿，要在三芝乡造一间漂亮的贝壳庙献给济公活佛，后来此信徒陆续在岛内及东南亚各地购买珊瑚礁及贝壳。砌筑整间庙总共用了上百种珊瑚与六万多种贝壳，历时两年才建造完成。

　　富福顶山寺色彩炫丽的庙景就像海底龙宫，主奉祀济公活佛、十八罗汉与圣母娘娘。庙内有一个琥珀大元宝，吸引了许多乐透迷上山摸元宝，这让这里的香火旺得不得了；寺里的香炉也是用珍贵的珊瑚做成的。根据庙方人员说明，参观时信徒若可穿越小洞即可增添福分，庙方也备有面条、甜点供信徒食用。

富福顶山寺入口

贝壳砌筑的十八罗汉像

台北自由广场原名中正广场，位于台北市中心地区，广场总面积达 25 万平方米，是当地的公共活动广场、大型活动广场、艺文表演中心，也是台湾著名的旅游胜地。

台北自由广场

自由广场旁两栋相似的建筑并立两旁，分别为戏剧院和音乐厅

圆山大饭店的跨年夜

圆山大饭店位于台北市中山北路四段一号，历史悠久，是台北市的地标之一。圆山大饭店采用了相当多的龙形雕刻，也有人称其为"龙宫"，除采用龙形之外，也有石狮、梅花等中国建筑常用的元素图案。圆山大饭店的中国宫殿式格局，分为正楼、金龙厅、翠凤厅与麒麟厅等，各厅装潢豪华典雅，后山是客房部，常为接待外国元首之处，七彩画梁、丹珠圆柱与金碧辉煌、遍悬各厅的画饰与浮雕，如康人雪山图、洞天山堂图、清明上河图，以及周公制礼作乐浮雕等，均出自名家手笔。

其他如各色各样盘根错节的盆景奇石，连绵的大理石阶梯栏杆，号称世界最大的旅馆大厅与房间内部的明式、红木家具，都具有中国古代的味道。圆山大饭店在过去是贵族宴客的高级场所与敦睦邦交的招待所，更是见证了台湾的许多历史。圆山大饭店除了富丽堂皇精雕玉琢的外观，"御厨"的美誉让其餐饮水准闻名国际。

让我们意想不到的是，圆山大饭店并不受台湾当代年轻人的欢迎。在我们参加跨年晚会时，101 大厦附近的酒店全部被订满了，只有圆山大饭店有位置，我们很快订到了位置，并在此观看了跨年演出。但让我感到迷惑的是为何只有这里还可预

跨年夜暮色降临之前，我们来到圆山大饭店

订，后来询问才知道，老一辈人认为圆山大饭店是蒋介石和蒋经国权力的象征，台湾年轻一代对它有抵触情绪。现在这个酒店的主要客人大部分为日本人，另外则是外宾。

跨年夜暮色降临之前，我们来到圆山大饭店。跨年晚会热闹非凡，演员们正在倾情演出，这是我们参加过的唯一一次跨年晚会。

零点时分，随着跨年钟声的响起，从圆山大饭店遥望 101 大厦的烟花，场面非常壮观。

跨年晚会现场

从圆山大饭店遥望台北 101 大厦的跨年烟花

十分

十分，是新北市平溪区的一个小镇，是《那些年，我们一起追的女孩》的取景拍摄地。

十分车站

把写好的心愿竹筒挂在房檐

让心愿随着天灯一飞冲天

从幸福邮筒寄出一封信，愿找到未来的幸福

从十分出来到达蜿蜒公路，此处曾是某部电影的赛车场景拍摄地

阳明山的小油坑

　　小油坑位于七星山西坡，又称硫磺谷，是七星山的代表景观。小油坑在旺盛的后火山作用下，地下热源很旺盛，硫磺蒸气从地壳较薄的地方喷出，嘶嘶作响。在这里，可以欣赏一串串晶状、针状，色泽为黄色的美丽硫磺结晶，倾听那喷气口的爆裂声，感受一下火山活动的情形。

喷气口

第二十二章

我的冰箱贴，我的世界

现在有许多人都喜欢收藏，有的喜欢收藏邮票，有的喜欢收藏钱币，有的喜欢收藏红木家具，有的喜欢收藏古董。而我的收藏比较特殊——冰箱贴。准确地来讲，我收藏的不是世界各地漫无边际的冰箱贴，而是我去过的国家和地区的冰箱贴。

说起收藏冰箱贴还有一段趣事，记得那是 2010 年。有一天在法国朋友徐小玲的家里，她在做饭，我在旁边打下手。无意间，发现她家的冰箱门上贴着四五个小小的工艺品。仔细看来，这些工艺品有楼房，有河流，有人物造型，很特别，体积也很小，五颜六色。我就问这是什么。她得意地说："我儿子的学校组织他们去东欧旅行，每到一个城市，我儿子就买下这个城市的冰箱贴，回来以后就贴在冰箱上，你看，他们旅行的路线从巴黎开始，先到了匈牙利的布达佩斯，然后到了捷克的布拉格，还到了奥地利的维也纳，最后从奥地利回到巴黎。你看，从他买的各个城市的冰箱贴就可以看到他们这次的行程。这样子，儿子有空的时候可以看着这些冰箱贴温习这些国家的历史地理情况，是一个很好的学习辅助材料。"

在此以后我开始对小小的冰箱贴产生兴趣，也是从那时起，我每到一个国家或者城市就开始收集与其文化、历史人物相关的纪念品冰箱贴。短短几年，我已收集了不少，我们家的冰箱门已被占满。剩下多余的冰箱贴怎么处理呢，我就在家里的一面墙上挂了三个白板，这些白板都有磁性，冰箱贴可以牢牢地吸在白板上，这样一面冰箱贴的墙，就在家里诞生了。

每当我在家里散步的时候望着墙上形式多样、色彩缤纷的冰箱贴，思绪就飞向了远方，飞向了曾经旅行过的地方，联想这些地方的历史人物，飞到了文化传统中去。几乎每个冰箱贴的后面都有一段故事，因此看着这些冰箱贴，思绪就可以在历史的长河中遨游，在文化的长河中吸收营养，享受精神的乐趣。

异域元素系列冰箱贴

法国元素

我的冰箱贴按照国家分了很多组，当然最多是来自法国的。在与法国相关的冰箱贴里，可以看到埃菲尔铁塔、凯旋门、巴黎圣母院、圣心教堂，这些都是巴黎的标志性建筑物，每个冰箱贴都有着很多的故事。

有个猫的冰箱贴是在圣心教堂著名的艺术长廊买的，这个艺术长廊里之所以有名，是因为有来自世界各地的画家在此作画，也有很多画家、诗人的作品在此出售，从而再次成为流传世界的精品。

木制的冰箱贴是里尔的象征。里尔是我去过很多次的城市，我们学校跟里尔法国高等政治学院是姊妹学校，每年都举办学术交流活动。看到里尔的冰箱贴我就会想起在过往的十年当中，我们跟法国大学交流的岁月里那些意义非凡的回忆和故事。

兰斯教堂的冰箱贴也特别有意思，兰斯是我第一次跟着旅行团去的地方。兰斯教堂非常大且古老，但在教堂外面有一个非常大的蜘蛛人形的机器人给教堂打扫卫生，这让我们印象深刻。

冰箱贴

荷兰元素

具有荷兰元素的冰箱贴

荷兰的冰箱贴是以郁金香为主的，2011年去荷兰旅游时正值4月郁金香盛开的季节，因此买到了郁金香的冰箱贴。此外，风车也是荷兰的一个象征。荷兰是世界上海拔最低的国家，四分之一的国土面积在海平面以下，因此荷兰的大坝——拦海大坝是世界上著名的工程之一。据说从卫星上能看到地球上两个著名的工程，一个是中国的长城，另一个就是荷兰的拦海大坝。我们从冰箱贴风帆图画中可以看到这个拦海大坝的缩影。

德国元素

具有德国元素的冰箱贴

除了法国，德国也是我非常喜欢的国度。德国人认真勤恳的工作态度和一丝不苟的工匠精神特别令人佩服。

德国的科隆大教堂非常有名。德国的汉堡是个港口城市，在汉堡的海洋博物馆里，我收集了大龙虾冰箱贴，这也是我唯一收集到的动物冰箱贴。看着这只鲜红的大龙虾，我的思绪一下就飞到了汉堡的海洋博物馆。此外，德国的啤酒杯也是非常有名的，在科隆我恰好赶上了狂欢节。在狂欢节上看到德国人喝啤酒时疯狂的样子以及穿着五颜六色的服装在街上狂欢的情景，都给我留下了非常欢乐的印象，于是我把这个啤酒杯冰箱贴带回来了。

法兰克福冰箱贴把我的思绪领向了另一个世界，在法兰克福，我参加了欧洲银行的学术交流，欧洲银行的总裁请我们一行人吃饭，并且进行了座谈。

我们对欧洲货币欧元的走势，欧债危机对欧洲经济的影响以及中国经济改革等许多共同关心的话题做了很好的讨论。

不过，德国给我最深印象的，还是东西柏林的冰箱贴，它的特别意义在于这是一幅东西柏林的旧地图，一边是东柏林，一边是西柏林。望着这张旧地图，我的思绪回到"冷战"时代。虽然伴随着历史的前进，德国再也不会回到国家和首都一分为二的那个时代，但是那个时代给人们造成的伤害和给人们提供的历史思考是值得人们记忆的。

柏林旧地图的冰箱贴

卢森堡元素

卢森堡国土面积小，毗邻德国、比利时和法国。卢森堡特殊的地理位置以及优惠的税收政策，吸引了欧洲各国把资金存放在此，并使它成为欧洲的另一个金融中心。卢森堡的环境特别好，除了古城堡就是原始森林。关于这个国家，我只有一个小小的冰箱贴。

具有卢森堡元素的冰箱贴

比利时元素

我去过很多次比利时，欧盟总部大厦就位于比利时的布鲁塞尔，在这里我购买了一个"撒尿小童"铜像的冰箱贴。关于他的故事，有一个很有趣的传说，据说在第二次世界大战的时候，布鲁塞尔的城市布满了炸药，一个小童的一泡尿把

具有比利时元素冰箱贴

炸药的导火索熄灭了，这个城市才得以安全保存。由于这个神奇的传说，铜铸的"撒尿小童"塑像成为布鲁塞尔非常著名的旅游点。每年的圣诞节，世界各地的人会送来各种不同的衣服给"撒尿小童"铜像。这么多年下来积攒的衣服实在太多了，因此布鲁塞尔最热闹的广场上建立起了一个博物馆，专门用来收集、存放这些积攒的衣服，由此这个博物馆又成了到比利时旅游的另一个景点。

意大利元素

意大利是一个非常浪漫的国度。我到意大利的第一站便是米兰，在米兰大教堂前面停留了很久，教堂广场热闹非凡，游人如织，有许多鸽子以及喂鸽子的人。导游告诉我们，千万不要接受别人给你的苞谷粒去喂鸽子，但还是有游客不听劝告，当他们接受了满面笑容的人递来的苞谷粒，喂完鸽子以后就马上被要求支付5欧元。这些递苞谷粒的人多数是阿拉伯人，大部分是以难民的身份来到意大利的。他们谋生的一个主要方法就是赚取游客的钱，这种谋生方法是可以理解的。但不能忍受的是一些三五成群、以妇女为主，抱着孩子专门盗窃游客财物的人。他们以问路为由，然后在游客不经意间就将其财物洗劫一空。所以，当我们来到米兰大教堂广场的时候，导游特别嘱咐我们千万不要和这些陌生人打交道。

具有意大利元素的冰箱贴

没有想到在蓝天白云下的米兰大教堂前，在熙熙攘攘的游客和漫天飞舞的鸽子群里还有这么多的故事。离开了米兰，我们来到了维罗纳，这是一个小却古老而浪漫的城市，是罗密欧与朱丽叶的故乡，我们参观了罗密欧与朱丽叶博物馆。

　　威尼斯是在意大利非去不可的城市，是一个水乡。我们在威尼斯坐了著名的贡多拉船，在阳光明媚的午后，坐在船头，听着船上水手为我们一边唱歌一边摇船，我们随着船在威尼斯的河流里游荡，享受着罗马帝国时期的文化底蕴，那幅美好的画面伴随着冰箱贴一直留在我们的记忆深处。

　　离开了威尼斯，我们来到罗马，罗马是意大利最著名的城市。在罗马，我们看到了罗马斗兽场，这是非常著名的建筑物，还知道了母狼雕像是罗马城市的一个象征。一只母狼喂着一群小狼崽，充分展现了其内心的仁慈。

　　离开罗马，我们去比萨参观了比萨斜塔。

　　意大利确实是一个非常值得游玩的国家，它的文化古迹都保存得非常好。

摩纳哥元素

　　摩纳哥是蓝色地中海旁边的一个小国家，和法国接壤，离马赛非常近。我们去过两三次了，这个国家的美丽海景和现代化建筑给我们留下了深刻的印象。在这里，每年都有赛车比赛举行。

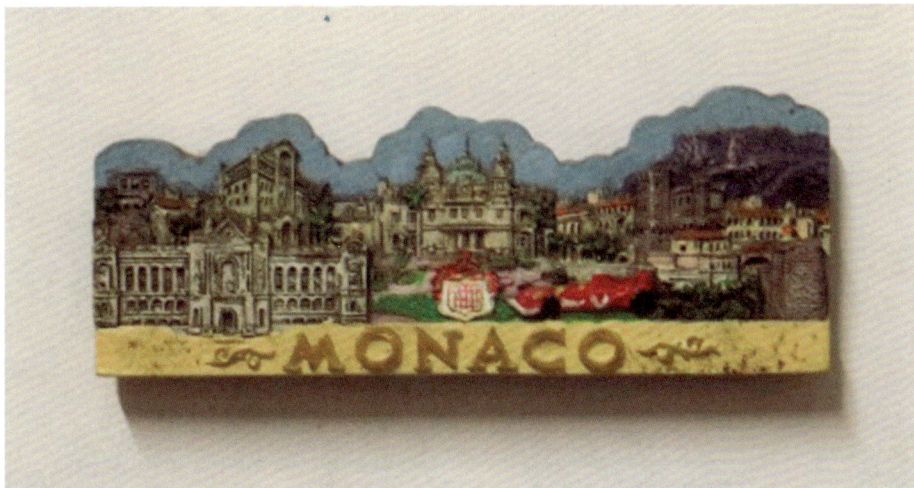

具有摩纳哥元素的冰箱贴

西班牙元素

西班牙是一个非常美丽的国家，也是一个历史非常悠久的国家。我们在西班牙参观了马德里，还有著名的圣家族大教堂，这个教堂到现在都还没有完工，已经有几百年的历史了，据说还要继续修建。西班牙的斗牛表演和弗拉明戈舞蹈也都是人们耳熟能详的。

具有西班牙元素的冰箱贴

葡萄牙元素

航海之国葡萄牙也是非常值得去的国家，我们在葡萄牙停留的时间很短。但是，我们可以在澳门这个城市看到许多葡萄牙的痕迹。除了著名的葡挞之外，葡萄牙还有非常多的航海标记和航海纪念馆等。

具有里斯本元素的冰箱贴

希腊元素

希腊是南欧的一个著名国家，我们参观了奥林匹亚村庄遗址，这里是奥林匹克圣火点燃的地方。在雅典我们参观了许多博物馆，还有著名的圣岛。我们在圣岛住了三天，尽情地欣赏爱琴海美丽的风光。

具有希腊元素的冰箱贴

英国元素

旅行时，我们跨过英吉利海峡，来到英国并在伦敦住下。

英国的大本钟、大风车，还有皇家宫殿都给我们留下了深刻印象，印象最深的还属剑桥大学。我住在剑桥大学的朋友家中，当我们一起漫步在剑桥的街上，谈论着往昔的种种事情，不禁感慨万分，时间的年轮毫不留情地在我们脸上刻下了痕迹，值得庆幸的是我们有很多值得回忆的东西。

具有英国元素的冰箱贴

341

捷克和匈牙利元素

中欧的旅游也给我们留下很深的印象，我们跟随旅行团到过匈牙利的布达佩斯，也到过捷克的布拉格。

具有捷克和匈牙利元素的冰箱贴

奥地利元素

奥地利维也纳茜茜公主的冰箱贴勾起了我的很多回忆。

2015 年，受奥地利维也纳大学的法学院邀请，我到维也纳大学做讲座，其主题是从经济学的角度研究知识产权问题，这是我第一次在维也纳大学进行学术交流。参加学术交流的除了从中国大陆来的我，还有从香港以及台湾来的学者。因此当学术交流结束以后，中国驻维也纳大使馆特别邀请我们和维

茜茜公主冰箱贴

也纳大学的教授一起，开了一个规格相当高的招待会。在招待会之前我临时被大使叫去，说让我代表中国学者发言，还要求我先讲英文再讲中文。于是在晚宴的后半段，我悄悄地来到了会议室，用二十分钟时间拟好了发言稿，没有想到我的发言相当成功。

会议结束后，我们参观了维也纳茜茜公主的皇宫，然后买下了这个精致的冰箱贴，它上面刻的是一个非常漂亮的公主。每当我看到它的时候，在奥地利的经历就会不自觉地浮现在眼前。

北欧四国元素

到北欧四国的旅行也相当有意思，我们跟着旅行团到了芬兰、丹麦、挪威和瑞典。首先到达的是芬兰，芬兰的赫尔辛基给我们留下很深刻的印象，极光的影像、芬兰的鹿以及圣诞老人的故乡都让我们感叹，与这些景象相关的这些冰箱贴向我们展现了典型的芬兰文化。

具有北欧四国元素的冰箱贴

在丹麦我们来到了哥本哈根，这里是《安徒生童话》的作者——安徒生的故乡，我们看到了在海边垂着头的美人鱼。

我们参观了安徒生童话博物馆，《安徒生童话》伴随我们童年成长，可是当我们真正来到了安徒生的故乡参观他的博物馆，看到许许多多栩栩如生的童话人物展现在我们面前时，思绪一下就回到了童年。看来童心是无疆界的，是不受年龄和性别限制的。在安徒生童话博物馆里，我们看到了许许多多来自世界各地的游客留言写下安徒生的童话故事对他们人生的影响。

在挪威，我们来到了斯德哥尔摩，斯德哥尔摩给我最深的印象就是诺贝尔颁奖大厅，诺贝尔奖是让人们高山仰止的奖项。

俄罗斯元素

我们在俄罗斯前往了莫斯科和圣彼得堡，对这两个城市印象深刻。在这里，我获得了冬宫冰箱贴。

冬宫冰箱贴

新加坡元素

在东南亚一带，我们去了泰国和新加坡，新加坡最著名的标志就是鱼尾狮。从那里获得的鱼尾狮冰箱贴也算对这一趟旅行的一个纪念。

鱼尾狮冰箱贴

泰国元素

在泰国，我们参观了曼谷的许多佛像、佛塔，当然我们也去了泰国著名的皇宫还有水上市场。水上市场里水路纵横，水上木楼别具风格。在水上市场既可以吃到来自泰国各地的风味小吃，也可以买到地方特产以及工艺品，还可以搭乘小木舟，穿梭于桥亭之间，或是跑到湖中心最高处，坐上索道，飞驰下来，体验双脚掠过水面的刺激与凉意。泰国的甲米岛是一个非常漂亮的岛屿，海水清澈，但它不像普吉岛那样游人特别多，环境特别好。

具有泰国元素的冰箱贴

韩国元素

看到这些在韩国买的冰箱贴，我想起了2003年去韩国旅游的经历。

那时候，我还在深圳的一家高科技公司工作。2003年秋天，我们一行人

具有韩国元素的冰箱贴

前往北京参加博览会。博览会结束后，我们有五天的假期，于是我和我的表弟计划一起到韩国旅游。那时韩国的首都被称为汉城还不叫首尔。我们跟随导游参观了汉城市容和古代皇宫，韩国宫殿的建筑风格跟中国古代的宫殿非常相似。韩国的字也是四方块的，只是跟汉字的结构不一样，所以参观时给人一种似曾相识的感觉。

给我印象最深的还是跟着旅游团参观三八线，在三八线上有一栋巍峨的塔式高楼。我们进入这座高楼，透过窗口可以看到朝鲜的山川和河流。楼上分为两个展馆，一边是韩国展馆，另一边是朝鲜展馆，大部分游人都是参观朝鲜展馆，给我印象最深的也是朝鲜展馆。

展馆里布满了金日成和金正日的画像与雕塑，有许多敬仰他们的标语和宣传画。展厅里还循环播放着许多歌颂他们的歌曲，可以看出朝鲜人民对领袖的无限崇拜……

展厅里还有许多机械和轻工业产品，展示着朝鲜经济的发展水平，但是在我看来，那些轻工业品，如服装、日用品，都款式陈旧，毫无新意，就像中国 20 世纪六七十年代的产品，也许那就是当时真实的朝鲜现状。

在三八线上参观这栋高楼是每个旅游团到韩国旅游必不可少的一站，站在这些展品面前，让我们有种匪夷所思的恍惚感：我不禁想我在哪里？在哪个年代？

我在心中默默地想着：只有开放，社会才能进步，只有开放，人们的经济生活才会有所改变。

中国台湾元素

我们在台湾的旅行历时两个星期，我们去了日月潭、阿里山、野柳地质公园、太鲁阁国家公园等，在台北去了自由广场，参观了台北故宫博物院。

具有台湾元素的冰箱贴

世界杰出人物系列冰箱贴

身为五零后的我们，在世界观形成的时候马克思主义思想就一直作为理念深深地印在我们的脑海中。因此，我旅游的时候看到了这些革命领袖的纪念冰箱贴时，崇敬之心油然而生。

德国在世界思想史、科学史上都涌现出许多杰出人物，如马克思、爱因斯坦和康德，他们都是非常值得人们崇敬的。

无产阶级革命领袖系列冰箱贴

德国杰出的犹太人系列冰箱贴

这些冰箱贴随着我们的记忆走进了我们的回忆当中，享受这些回忆成为我们愉快的精神世界的重要内容。

348

第二十三章
我的纪念品，我的挚爱

我在世界各地旅行不仅喜欢带冰箱贴回来，而且喜欢买各种各样的纪念品。每当我回到家里望着这些纪念品，就会想起它们带着的故事，回忆起很多美好的事物。

来自法国的礼物

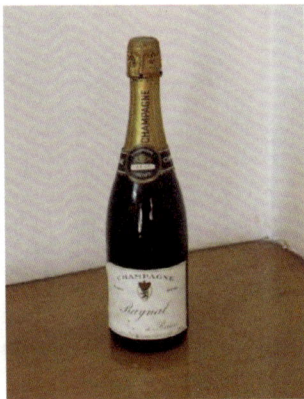

香槟酒

当人们看到这瓶香槟酒的时候会觉得它再普通不过了，不就是一瓶香槟吗，或者说不就是一瓶法国香槟吗，但对我来说它是标志着我生命最重要里程碑的一个纪念品。时间可以追溯到1993年1月11日，那是我生命中最重要的一个日子，永生难忘。这天，我的经济学博士论文在法国巴黎第八大学顺利通过。我从1988年10月到法国留学，经过5年的苦读，经历了多少风风雨雨，经历了多少磨难，克服了多少困难，终于在1993年1月11日顺利通过了博士论文答辩。

按照惯例，答辩会后，会举办一个小型派对来庆祝，当时我的朋友高天皓，也在法国留学，来自上海。她原本是一个医生，但是她始终喜欢版画，于是自费到法国留学学习版画。她跟我住在同一栋宿舍里，是她帮我张罗了我的答辩酒会。在答辩酒会上，她准备了很多葡萄酒、香槟以及从中国城买来的春卷等各种中式点心。

当我在完成了答辩，在一旁的高天皓已经为我把一切都准备妥当。杯碟都摆放整齐，准备的酒也已都打开醒着。

二十多年过去了，我仍然记得当天的情景。在老师、同学的祝贺声中，我们畅饮香槟，吃各种小点心。在答辩结束的第二天，我就坐飞机回国了。

答辩酒会结束后还剩了一瓶香槟酒和一瓶葡萄酒没有开，于是我就把这两瓶酒带回国准备跟我的家人一起庆祝。那是1993年，当时法国的葡萄酒在国内还是非常少的，我记得当时回到家打开葡萄酒，让大家品尝的时候，大家对法国葡萄酒的味道都不怎么欣赏。因为那种葡萄酒喝到嘴里是涩的，但在喉咙里回味会有一种甘甜的感觉，这种味道的葡萄酒，中国人还是不习惯。开了一瓶葡萄酒以后，因为家人和朋友们对它并不感兴趣，所以香槟酒就没有开了。

当时并非有意要留下这瓶香槟酒，只是无意当中留下了。但是随着时间的推移，我发现这瓶酒随着我的记忆，随着我的成功答辩而越来越珍贵，它成了我人生历程中很珍贵的纪念品。不仅是我感到珍贵，我的家人也感觉到这瓶酒非常珍贵。记得当时搬家，母亲专门捧着这瓶酒，从老房子搬到现在的新房子，然后很小心地放在酒柜里，因此多年来这瓶酒一直保存着。

记得 2014 年，Bernaed Chanvance 教授，他是我博士答辩委员会的主席，他当时在暨南大学做学术交流，当我请他到我们家过周末的时候，他看到了这瓶法国的香槟酒。我告诉他这是在 1993 年 1 月 11 日我答辩酒会上留下来的酒，至今已经二十多年了。他告诉我葡萄酒或者是白酒存放的时间越长越好，但是香槟酒属于一种果子酒，存放这么长时间可能味道已经变了。然而，对我来讲这不仅仅是一瓶酒了，它是我生命当中最重要的日子相伴而随的纪念品。因此，它将会永远留在我的酒柜里，永远地留存在我记忆的深处。

我家里有好几个小小的埃菲尔铁塔纪念品，望着这些铁塔往往能让我想起难以忘怀的巴黎岁月。关于巴黎，可以讲的故事很多，我也讲过许多故事了。这里我想讲的是一个关于难民的故事。法国是一个移民的国家，对世界各地的移民或者说难民一直持开放和接受的态度。记得我刚到法国时就听法国朋友说，20 世纪 60 年代，在法国最时髦的事情就是法国的白人和非洲的黑人结婚，然后他们生出混血的小孩儿就叫牛奶加咖啡，当时成为一种时尚。而我在法国接触最多的是来自柬埔寨、越南和老

埃菲尔铁塔模型

挝的难民，因为这三个国家曾是法国的殖民地，所以法国对这些国家前来避难的难民有特别宽容的制度。

我认识一个柬埔寨的难民，我认识他的时候，他已经在法国读完医科大学并成了一名医生，他告诉我在柬埔寨的时候他们家是富裕的。他们家世代行医，家境优渥。但是在波尔布特的红色高棉时代，他们全家人都被赶到农村，家人在逃难中病的病、死的死，最终一个原本二十多人的大家庭，只有他和他的哥哥辗转逃到了巴黎。来到巴黎的时候，他只有十六七岁，他哥哥也不到二十岁，他们就被送到了法国的语言学校免费学法语。他通过自己的努力，后来考上了大学、成为一名医生，他的哥哥成为一名计算机工程师。

这应该是 20 世纪 80 年代的故事，当时的法国对来法国避难的难民，尤其是对原法属殖民地来的难民都有非常好的社会福利制度，孩子可以免费读书，家庭可以得到非常廉价的公屋，而且可以找到一份比较稳定的工作。由于这项比较好的社会福利制度，这些从原法属殖民地来的难民就在此生存下来了。但是法国优惠的社会保险制度也受到了种种挑战，给一些人带来了偷懒和钻空子的机会。印象最深的是读到法国报纸的一篇报道，有一个从非洲原法属殖民地来到巴黎的难民，先后和九个女子同居。其中只有一个是合法妻子，其他八个都是同居者。他们生了十三个孩子，在法国，每一个孩子每个月都能够得到法国政府 800 法郎的牛奶补助。靠这十三个孩子的补助，这个年轻的非洲男子不做任何工作，坐享其成。

因为与他同居的女子都在法国的不同区域，而且当时互联网不普及，每个区域的警察局没有将婚姻和子女信息进行统一管理，所以他的行径并没有被发现。最后被发现，是因为他在同一个区域里，在相隔不到两个月的时间里为两个新生儿办理户口登记，被警察怀疑是拐卖儿童，因此警察对这个男子进行了跟踪调查，由此才发现这个男子和这么多女子同居。当时法国政府不仅对每个孩子每个月有 800 法郎的牛奶费补助，对没有工作的单亲母亲每个月也有五六百法郎的补助。因此这些女性靠着政府的补助就可以很好地生活，而这个男子同时和这么多女人有关系，他光是拿着法国政府的补助就已经能够过上相当优渥的生活了。

这个报道引起了相当大的轰动，当时法国社会普遍认为是他们的福利制度有漏洞，才被这些懒人钻了空子，福利制度用的全是纳税人的钱。但是无论如何，在 20 世纪七八十年代甚至九十年代，法国政府对难民非常宽容，持一种开放的态度。然而，进入 21 世纪，法国政府面临着越来越多的社会问题，对过去那种开放的难民和移民制度也进行了检讨。现在外国人要在法国居住且拿到合法的身份，难度大大增加。我也曾经问过我的法国朋友，他们对外国人在法国居住是什么态度，他们普遍认为来学习的，他们会欢迎。但是如果学成在法国就业的，他们表示不欢迎或者不太欢迎，因为这部分人的就业增加了法国本身的就业难度，当前法国年轻人就业形势一直非常严峻。

法国总统从萨科齐到奥朗德，乃至马克龙都希望增强法国企业的竞争力，于是试图修改一些就业制度，比如说工会对劳工的保护制度，但是法国领导人的努力都未获得成功。我们知道法国工会的力量强大，我印象最深的就是法国对青年劳工的保护非常严密，一旦老板跟年轻人签署劳动合同则不可随便撤销，这对年轻人来讲当然是好事，工作有了保障，但是对老板来讲就减低了企业的竞争力。为了阻止修改这条劳工条款，法国的年轻人和工会组织曾经多次游行抗议，和法国历届总统进行抗争，因此这个条款至今都没有得到彻底修改。从客观上来讲，这个条款在保护年轻人的同时，确实降低了法国企业自身的竞争力，企业管理者在招聘人才方面就缺少了更多的选择。

由此看来，社会福利制度也是一把双刃剑，好处是给普通劳动者带来了基本保障，然而一些条款又会影响整个社会竞争力的提升。法国接受移民和难民的制度，实际上也是法国社会福利制度的一个缩影。不过，目前随着法国经济形势面临严峻的挑战，政府在接受难民的制度上已经采取了很多严厉的措施，现在要想移民法国或者获得法国合法居住权需要经过非常多严格的审查。因此，我们现在可以说法国已经不再是一个对所有移民都无限开放的国家了。每当看着埃菲尔铁塔的纪念品，就会想起法国社会制度的一些变迁，以及由这些变迁引起的深刻思考。

我还有一个巴黎荣军院的小模型，也是在法国时买的。巴黎荣军院目前依旧行使着它初建时收容安置伤残军人的功能，同时是多个博物馆的所在地，拿破仑之墓就安置在这里。巨大的拿破仑墓安置在墓堂地穴中央，院内还有许多法国的历史纪念物。从巴黎荣军院的前门进去，看到的是一个非常庞大的建筑物，走进这个建筑物，首先看到的是拿破仑的棺木，棺木放在地下三

巴黎荣军院模型

层，从地上通往地下三层的过程中，我们可以看到墙壁上有关拿破仑的生平介绍以及对巴黎古代王朝的介绍。在这个建筑物后面，是巴黎军事博物馆，里面有一些法国古代的枪炮以及历史战争中用过的各种武器。

法国有无数教堂，无论是天主教还是基督教，我们几乎在每一个有人居住的地方都能发现教堂。出国前，我们对教堂的理解是非常狭隘的，甚至在我们的幼年时代，教堂的牧师是跟特务联系在一起的。然而到法国以后，我参观过许多各式各样的教堂，除了巴黎圣母院这样非常有名的教堂之外，更多是参观在乡村、小镇或者城市里的教堂。

周日我曾经跟法国朋友一起去教堂做礼拜，做礼拜的时候是非常神圣的，可以说整个过程是一个灵魂得到净化的过程。信教的人都非常善良，非常乐意帮助他人，因此我常常想，他们这种精神好像跟我们的雷锋精神是相似的。在法国时，尤其是我半工半读期间，在生活、工作和学习上遇到过很多的困难，得到过很多善良的法国朋友的帮助。在得到他们帮助的同时，我也伸出过援手，力所能及地帮助他人，因为给予别人帮助和接受别人帮助都是对自己灵魂的一种洗礼。这和我们中国人讲的"赠人玫瑰，手有余香"是同样的道

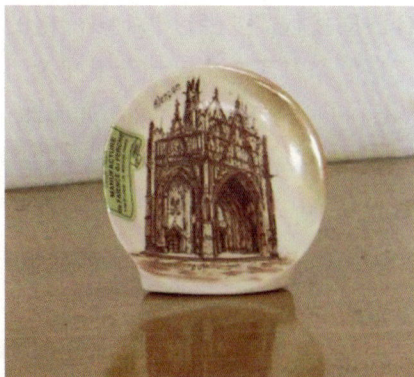

巴黎教区教堂模型

理。我虽然不信教，但是我信奉一条真理——人的价值就像面对着一面镜子，只有你的价值被别人发现了，你的价值才能实现。也就是说，只有在别人需要你的时候，你才能够实现自己的价值。因此帮助别人的过程，实际上是实现自己价值的过程，也是让自己快乐的过程。

看着圆圆的马赛港瓷盘，我的思绪一下子就飞到了1992年，我记得在我博士论文初稿完成答辩之前，我和高天皓

开始了我们在留学期间的第一次远足旅行。我们坐火车从巴黎来到了马赛，在马赛最难忘的就是我们参观了伊夫岛。

伊夫岛上有当初为了抵御邻国从海上入侵而修建的一座城堡。1658 年，路易十四在对异教徒的镇压中将伊夫城堡变成囚禁新教徒和刑事犯的监狱。据说伊夫城堡防守极为严密，越狱简直是不可能的——然而被关押在这里的法利亚神甫和爱德蒙·邓蒂斯成功地逃了出去。大仲马根据他们的经历，创作了著名的小说《基度山伯爵》，伊夫城堡正是因为这部小说而声名大噪。

马赛港的瓷盘

我们坐船到了伊夫岛，看到那个城堡已经成了一个旅游景点。在岛上我买了这个扁扁的酒瓶，酒瓶上的画是人工绘上去的。于是马赛的瓷盘和伊夫岛的酒瓶成了我那段留学生活的纪念。

伊夫岛酒瓶

在五年多的留学生活里，我一直半工半读，甚至大部分的时间都用来打工挣钱，以维持自己的学习。直到最后博士论文初稿完成，我才有机会进行了唯一一次的远足旅行。

2011 年，我们随着法国旅行团经过兰斯地区时购买了一些香槟酒，兰斯是法国著名的香槟酒产区。在此之前，我只知道法国著名的葡萄酒是在波尔多地区，并不知道兰斯地区的香槟也是非常著名的。

我家酒柜里有十几瓶法国红酒，它们有我当年从法国带回来的，也有后来在学术交流过程中法国的朋友从法国带来的，这些酒都成了我美好回忆的纪念品。

看到这些红酒，最让我感慨

这四个小酒瓶是法国兰斯的香槟

法国红酒

的是中国人对法国红酒的认识过程。我是1988年去法国留学的，记得第一次从法国带红酒回来给家人品尝，大家对法国红酒的味道都不怎么感兴趣，后来随着中国改革开放的深入，法国的葡萄白兰地以及各种各样的酒慢慢进入中国市场，也被越来越多的中国人接受。

法国葡萄酒在中国有了广泛的市场后，葡萄酒生意日益繁荣。记得我有一个法国留学生朋友就是将葡萄酒转卖到中国，还赚取了他人生的第一桶金。当时他好像是在山东的某个城市建了一条法国葡萄酒的生产线，然后从法国进口葡萄酒原浆，到了中国以后再在生产线上灌装，而后进行出售。

曾几何时，法国葡萄酒成为一种高贵的象征，尤其是在宴会当中，好像备有法国葡萄酒宴席，档次就会提高。随着对法国葡萄酒认识的加深和需求的增加，中国人也从品葡萄酒、买葡萄酒到买法国的葡萄酒庄，这个过程也就是仅仅十几年的变化。

记得若干年前在报纸看到一则关于云南的企业家的报道，他带着家人前往波尔，准备买下一个专门生产葡萄和葡萄酒的酒庄。就在他们很高兴地签下合同之后，在酒庄老板的盛情邀请下，这个企业家和他的儿子以及酒庄老板三人，乘坐直升机巡视而不幸遇难。只有企业家的妻子，因为当时害怕坐直升机，而成了唯一的幸存者。这个事件虽然让人唏嘘不已，但从中我们也可以看到，法国的葡萄酒酒庄吸引了越来越多的人。

法国葡萄酒的品种很多，但是真正好的葡萄酒，仍然是喝在嘴里是涩的，在喉咙里的回味是甘甜的。因此，有时候望着家里酒柜的这些来自法国的葡萄酒，不禁感慨万千，酒还是当年的酒，然而人们对它的认识却已发生了翻天覆地的变化。

一个酒瓶的工艺品旁边挂了六个小酒杯，这样的纪念品，我有两套。一套是我自己在葡萄酒庄买的，里面的瓶子是玻璃的，但外面是水泥做成的葡萄酒柱子，那个瓶子我放在北京的家里；另一套是我在法国的好朋友王颖送给我的。和王颖的认识时间并不长，是通过徐小玲介绍认识的。2014年，我和陈和平一起去法国进行学术交流和旅游，就住在王颖家。她是名医生，留学法国的年代和我差不多，也是20世纪80年代末到法国的，她在法国读完博士学位后就把女儿接到了法国，然后在留在法国工作了。

我们在她家居住了两个多星期，度过了非常愉快的日子。为了欢迎我们的到来，她亲手做了提拉米苏，味道非常鲜美，并且录制了整个制作过程。2015

我的酒瓶与酒杯

年我再度来到她家时，因为她要搬家，她把许多纪念品都分散给了她的朋友，在我离开的时候，她从酒柜里拿出了这个酒瓶，依依不舍地把这个酒瓶送给了我。

这个酒瓶的外面是铜制的，做工非常精美，这是她在法国波尔多的一个酒庄参观的时候买的，在她家已经保留十几年了。因此看到这个酒瓶，不仅使我想到了法国葡萄酒和酒庄，还想到了我和王颖以及许许多多法国朋友之间的友谊。

摩纳哥风景石片

这个画有摩纳哥的城堡和国旗的石片，是从摩纳哥带回来的旅游纪念品，石片是从当地的岩石上敲下来的。记得当时我和朋友高天皓坐在海岸边，看着蔚蓝的蓝天、灿烂的阳光、美丽的沙滩时，不禁想起了在海南岛"插队"的日子，想

摩纳哥风景石片

357

起了黄土高原很多农民面朝黄土背朝天的情景，感叹着人生有如此大的区别。连我自己都非常奇怪，为什么坐在海边欣赏美丽的海景时，会有这样一幅画面出现在脑海，并且很多年以后都挥之不去。那时的人生阅历，开始让我们感慨：人生道路的不同也许会使人与人之间的际遇不一样。

来自圣马力诺的酒瓶

圣马力诺国土面积为 61.2 平方千米，人口约三万人，是世界上较小的国家之一，是欧洲第三小的国家，仅次于梵蒂冈和摩纳哥。圣马力诺位于意大利半岛的东部，整个国家被意大利包围，所以又被称为意大利的国中之国。因此到圣马力诺是不用特别签证的，只要有了意大利签证就可以直接到圣马力诺了。圣马力诺市作为首都，人口不足 5 000 人，我们从山脚走到山上就参观完了这个国家的主要部分。这个国家主要就是古堡和教堂，然而给我印象最深的是三个纪念品。

第一个是蓝色的描花酒瓶。

蓝色的描花酒瓶

蓝色的酒瓶本身非常漂亮，瓶身上有手绘的花，但是最难得的是旋转幅度非常大的瓶颈。年轻的时候，我在专门经营玻璃器皿的进出口公司工作，也参观过制造玻璃器皿的工厂，我深知玻璃器皿加工以后，制作这种盘旋纤细的酒瓶难度有多大。因此，当我看到这个酒瓶时，立刻深深地爱上了它。我当即买下它，而且小心翼翼地把它包装好放在我的手提袋里，一直从圣马力诺到意大利，之后又带到了非常多的国家，最后把它带回中国。

在旅途中我经常担心这样细细的玻璃瓶颈会被损坏，所以百般呵护，最终它完美无缺地来到了我家的酒柜里。

第二个纪念品是有各种人物像的小酒瓶。

我买的这一套是红色政权国家领袖系列，此外还有美国总统系列、法国总统系列以及德国希特勒系列等。这些人物的画像印在酒瓶上，也许并没有运用什么高超的技术，但是将各国的领袖印在酒瓶上，并且形成一个个系列，这是我在其他地方未曾看到的，也算是圣马力诺旅游纪念品的一个亮点。

第三个纪念品是吸塑包装的酒瓶和酒杯。

酒瓶和酒杯上都是圣马力诺的风景画，这样的纪念品，在我去过的很多欧洲国家也不多见。因此，圣马力诺的三个纪念品都与酒相关，虽然酒瓶里滴酒未装，但酒瓶的文化是酒文化的缩影。

印有各种人物像的酒瓶

吸塑包装的酒瓶和酒杯

比利时来的模型

关于比利时的纪念品有两个，一个是拿破仑时代的手枪，另一个是比利时的原子塔。

拿破仑时代的手枪模型

原子塔模型

纪念品拿破仑时代的手枪，当然是个复制品，2011 年旅行的时候，我们来到了比利时。在比利时布鲁塞尔南部的一个小镇，我们参观了滑铁卢古战场纪念馆。提起滑铁卢，我们不得不提拿破仑将军，然而参观了滑铁卢古战场纪念馆，我才知道从欧洲或者比利时人眼里看到的拿破仑和从法国人眼里看到的拿破仑完全不同。

在法国人眼里，拿破仑将军是一个非常值得尊重的历史人物，在巴黎荣军院还有他的雕像、画像以及棺木。虽然拿破仑最后在滑铁卢一败涂地，结束了他的政治生命，但是在法国人的眼里，他仍是一位非常值得尊重的领袖。我还记得在参观巴黎荣军院的时候，当讲解员向我们讲解拿破仑生平的时候，都尊称一声将军。

然而，在滑铁卢古战场的纪念馆旁边，我们看到了一座拿破仑的雕像，据说是跟拿破仑身材一样尺寸的雕像。这个雕像刻画的是一个戴着歪军帽，双手插在胸前，腿一长一短，跛足的形象，完全不像一个将军。滑铁卢古战场记录了那场著名的让拿破仑将军一败涂地的战争以及战胜他的威灵顿公爵的事迹。古战场博物馆里还放映着一部电影，讲述的是 1815 年 6 月 17 日那场著名的战争——滑铁卢战役。这场战争使拿破仑的人生发生了转折，最后只能在大西洋的一个岛上度过自己余下的生命。

　　最让我们震惊的是在这个旧址有一棵松树，至今已达两百多岁。经过这么多年的沧桑巨变，这棵树依然屹立在古战场，不禁使我浮想联翩，感慨万千。随着时光的飞速流逝，多少帝王将相都化为黄土一抔，唯有这棵树还实实在在地存在着，经历着风霜雨雪，观看着物换星移，体会着沧海桑田。

　　在众多的纪念品中，我挑中了这支拿破仑时代的手枪。它象征着已经过往的时代，也象征着那段历史。它让我们重温拿破仑那段传奇经历，似乎也在提醒着人们，世界上没有永远的常胜将军。

　　我在比利时获得的另一个纪念品是原子塔的模型。这个原子塔是1958年比利时布鲁塞尔为了开世博会而特意建造的一个建筑物，实际上是一个博物馆。整个博物馆由九个中间用电梯连接起来的圆形建筑组成。在1958年，这样的建筑是相当先进的，电梯的速度也算是非常快的。每个圆球里面都是博物馆，展示着比利时科学技术发展的历史。原子塔内博物馆呈现的内容也根据时代的发展而不断地翻新，而原子塔这样的特殊建筑就成了比利时布鲁塞尔的一个标志性旅游景点。

日本刀

　　看着从日本带来的两把具有典型东洋特色的刀，我不仅想起了2010年11月的日本之行。那时我们去日本立命馆大学参加国际研讨会，同去的还有梅林海教授、王洪光教授、李坪副教授。李坪副教授是广东商学院（今广东财经大学）的老师，也是梅林海教授的在职博士生。

　　会议于11月23日至24日在立命馆大学召开，主题是"低碳经济时代亚太地区如何创新"，整个议程十分紧凑。我们四位老师都做了主题发言，我发言的题目是"在低碳经济时代，中国企业如何应用智力资本商业模式提高企业竞争力"。我介绍了中国两个成功应用

日本刀

智力资本商业模式的案例，一个是小型高科技企业，另一个是大型香港上市公司。

环境保护的研讨会每四年召开一次，分别由中国、韩国、泰国和日本四个国家的大学轮流主持。暨南大学日本研究中心是会议的主办者之一。在这个研讨会上，日本滋贺县的女县长（女博士，环境保护专家）专门向我们介绍了日本的琵琶湖从污染走向治理的过程。

会议结束后，我们参观了琵琶湖。现在的琵琶湖确实美丽，湖水清澈见底，但是在几十年前，日本工业高速发展的时候，这个湖被严重污染，后来经过了十来年的努力才得到彻底治理。环境保护的概念，在当代日本已经深入人心。

站在琵琶湖边望着清澈透明的湖水，我想起了中国，想起了我们许多水域被污染的现象。甚至想起了在广州，就在离我们住的地方不远的天河区石牌桥，桥下的河水已经被严重污染并散发着臭味，那是 2010 年的事儿，好在时代在进步，这条河也已经得到了彻底治理。

会议结束以后，我们开始了在日本的自由行。我们首先去了京都，京都是一个古城，有非常多的古建筑和古寺庙。据说在"二战"的时候，美国曾经计划要轰炸京都，后来是接受了中国建筑家梁思成的建议，京都的古建筑才得以保存。

走在京都的大街上，随处可见的古寺庙着实让人赏心悦目。清水寺是京都最大的一个寺庙，也是最著名的寺庙。在众多的庙宇当中，我们来到一个喷泉前，这个喷泉的水是从山上流下来的，经过寺庙，最后流到一个小池子。不少来拜祭的人都在池子里舀水，然后喝一口，据说这样可以保佑家人平安。我和李坪老师入乡随俗，在游客队伍中排了半个小时，才品尝到一碗平安水，我们在心里都祈祷着家人平安。

清水寺不仅风景如画，游人如织，而且香火兴旺。几乎每个寺庙门口都摆满了各种各样的纪念品。这些纪念品的销售对象涵盖了划分得非常精细的各个年龄段，不论是男性还是女性，青年还是壮年，幼儿还是老人，都能找到相应的吉祥物。因此每个摊位上都是人头攒动，让我们不得不佩服日本人做生意的头脑。

在京都还有专门为年轻人结姻缘的寺庙、有专门保佑青年人仕途发展的寺庙以及为老年人祈佑健康的寺庙。不同的人可以去不同的寺庙祭拜，但是不论在哪个寺庙，人们都恭恭敬敬地脱下鞋，穿着袜子走进庙堂内，或跪拜，或默默祈祷，整个佛堂里的气氛非常庄严肃穆。

在日本，除了清水寺，我们还参观了永源寺和浅水寺。它们各有特点，但凡是进寺庙祈祷的人都严肃且虔诚。各个寺庙外的纪念品琳琅满目，让人眼花缭乱。

我的日本刀纪念品就是在浅水寺买的。它是日本东京最大的一个寺庙，与其说是寺庙，不如说它更像是个市场。因为这个寺庙在市中心，所以除了有非常古典的园林建筑之外，还有很多小摊贩，他们占据了长长的一条街，出售各种各样的纪念品。

我们去参观浅水寺的那天，寺庙最大的一个法堂正在做法事。于是，我们在法堂外悄悄地观摩了做法事的整个过程。大概是上午十一点，法事开始，我们看到有和尚在念经，要求做法事的家属们盘坐在地上，双手合十，默默祈祷。我们听不懂日文，但是我想大概都是祈祷先人安息，家人平安幸福。据导游说，这个寺庙做法事的规格非常高，价格不菲，而且法事只对日本人做，不对任何外国人做。

参观完寺庙，让我心里产生强烈的反差。日本的市场竞争十分激烈，企业要在竞争中获胜都会毫不留情地打败自己的对手，因此在物质领域的名利之争非常激烈，这是可以理解的。而人们在寺庙里虔诚的态度却反映了他们淡泊名利和对纯净灵魂的追求。这种十分矛盾的现象体现在日本经济生活的方方面面，让我们看到了日本的矛盾之处，而多年来，日本就是在这种矛盾中挣扎向前。

在日本最难忘的当属富士山之旅。富士山是日本最高的山。我们四人和梅林海教授的日本留学生一行五人足足开了八个小时的车，天黑的时候才到富士山下订好的酒店。11月是日本寒冷的季节，经常会有大风大雪，而我们的运气非常好，到达的第二天阳光明媚。在阳光下看到白雪皑皑的富士山，景色优美。我们租了一部小车，一个六十岁左右的日本司机开车送我们来到富士山中部，也是富士山公路的顶端。再往上就没有公路了，游人一般也不会往上爬，徒手爬富士山在冬季是很危险的。公路的顶端正好是一个旅游点，有很多纪念品商店，还有一个邮局和两个餐馆，我们就在那里休息。

远看富士山，白雪覆盖山顶，但是当我们真正走近富士山的时候，发现山并不是很高，也没有想象中的漂亮。也许这就是中国人说的，有些风景，只能遥望而不能近品，也或许是我们在中国看的崇山峻岭太多了。因此，富士山看来是一个只适合遥望的美丽之山。

双子塔模型

马来西亚的纪念品是双子塔的模型。说起这个双子塔让我想起了"9·11事件"，记得 2001 年"9·11 事件"发生的时候我正在深圳工作，接到了要去香港参加展销会的工作任务，为了过境签证，我买了从深圳到马来西亚的往返机票，可以在香港过境七天，这七天正好是我们参加展销会的时间。于是，我独自坐飞机从香港到吉隆坡住了一天两夜，然后又返回香港参加展销会。当时到达马来西亚已经是晚上了，第二天早上我约了车参观马来西亚的首都吉隆坡，看了著名的双子塔。印象最深的是，因为美国在那时不久前发生了"9·11 事件"，马来西亚的安保措施做得非常到位，参观双子塔要经过层层安保检查。而且当时游客特别少，我们一行不足十人上塔，但有专门的讲解员用英语给我们讲解这双子塔的历史。

马来西亚双子塔模型

平安佛与船模型

从泰国带回的纪念品有两个，平安佛和水上市场的小船模型。在泰国，我们不仅领略了秀丽壮观的皇宫，还在很多地方参观了佛堂。泰国是个信仰佛教的国家，在泰国见得最多的就是佛堂，凡是有人居住的地方便可看到佛堂。而泰国人对佛的虔诚也是处处可见，人们进入佛堂前必须脱鞋，然后静静地跪拜在佛像前。不论是捧着鲜花还是捧着鲜果，人们都双手合十，默默地向佛像祈祷着自己的心愿。佛堂里焚香袅袅，净化灵魂。

据说泰国的男童长到七岁后要专门进佛堂进行修炼。我在西双版纳看到的傣族人也有类似的习俗。中国傣族和泰国主体民族非常接近，是泰民族的一个分支，傣族也是非常信仰佛教的。泰国的佛堂里供奉的佛像非常多，有很多的分类，有保佑婚姻的、保佑家庭的、保佑健康的、保佑财富的、保佑风调雨顺的、保佑老人孩童的、保佑男性和保佑女性的。在众多的佛像当中，我们也入乡随俗地请了一尊平安佛。

还有个纪念品是水上市场的小船模型。在泰国的南部有一个安帕瓦水上市场，它由湄南河的一个支流形成的，湄南河的支流非常多，整个水上市场看上去有点像威尼斯或是我国的苏州。好朋友 Golden 教授夫妇开车带着我和我儿子到了安帕瓦的一个农庄，这是一个原生态的农庄，大树参天，绿草盈盈，我们在这里度过了难忘的一夜。这里也有一条小河，据说是湄南河的一个支流，从农庄旁边流过。

第二天早上，我们在薄雾中看到了这样一幅画面。在湄南河的支流上，有一条小船，船上有两个出家人，身穿黄色的袈裟，年轻者在后面划船，年长者坐在船头双手合十。小船在岸边停着，河边有许多供人们洗衣服和船只靠岸的地方，这些靠岸的地方放着水果和其他食品，有的地方有人，有的地方没有人。坐在小船

泰国平安佛和水上市场的小船模型

前面的出家人在小船停靠以后默默地把这些食物放在自己面前的一个箩筐里。也有游客在岸边守候，他们递给这个年轻出家人一些货币，不论是泰铢、美元、人民币或者其他货币，这个出家人都非常谦恭地双手合十，然后接住这些货币。Golden 教授的夫人是个泰国人，她向我们解释说，出家人出来祈福的同时，也来筹集食品和钱财以分送给寺庙，或者分送给更需要这些食品的人们。

小船在岸边上只停留了几分钟，然后又缓缓地离去，我们看着他们从薄雾中慢慢地来又看着他们的背影在薄雾中慢慢地隐去。这幅画面，在我的脑海里久久不能忘怀。那是一个多么安静神秘的画面，好像有神的力量在指挥着人们从事着这一切。

太阳出来了，河上的薄雾慢慢散去，河水泛着粼光，一切又恢复了正常。好像小船和出家人从未来过。当然，小船模型是在安帕瓦水上市场买的。水上市场是泰国的一个特色景点，在纵横交错的支流里，许多小船载满了各种水果、小吃、纪念品。除了商家各种各样的小船之外，更多是游客的小船。Golden 教授的夫人告诉我们，我们必须要在十点前进入安帕瓦水上市场的主航道，否则在河区就会出现堵船现象，就跟马路上的堵车一样。甚至堵船比堵车更严重，因为堵车，还有人行道，你可以下车步行前往，而堵船的话游客几乎是无路可逃。因为水很深，不可以下到水里。在堵船最严重的时候，游客可能要在船上纹丝不动地坐五六个小时。

我们那天非常幸运，在上午九点左右就来到了安帕瓦水上市场的主航道，我们兴高采烈地进行购物，和商贩讨价还价，同时品尝了各种各样的水果。在十点半堵船高峰到来之前，我们已经顺利地离开了水上市场的主航道并上了岸。Golden 教授的夫人告诉我们，以前安帕瓦水上市场上摇船的人大部分是渔民，现在由于旅游的开发，基本上全民都是商家了。而且由于湄南河的水污染，部分流域已经没有什么鱼了，所以这些人只有利用河道来贩卖一些泰国的特产，特别是水果，因此这里已经成为泰国一个非常著名的景点。水上城市我们去过不少，比如威尼斯、圣彼得堡还有苏州，但是像在泰国这样，船上贩卖水果和纪念品，并且规模之大人群之多，还真是第一次看见。

彩绘木靴与风帆

从荷兰带回的纪念品也有两个，一个是彩绘木靴，另一个是风帆。荷兰是世界有名的低地国家，地势低洼，因此非常潮湿，木靴便应运而生。自古荷兰人就有用特殊的木头做成木靴的传统。而这种木靴现在成为荷兰著名的工艺品，在荷兰旅游时导游带我们专门参观木靴的制造工厂。我们看着工人师傅把一块大大的木头削尖，接着按不同脚的尺寸把木头中间的木料挖出来，然后在机器上加工成大大小小不同形状的靴子，最后涂上油漆，画上非常美丽的民族图案。虽然现在荷兰人不再穿这种木靴了，但是它作为荷兰四宝之一，作为荷兰旅游的纪念品，特别有代表意义。

我收藏的这个风帆模型应该是我第一次到荷兰的时候买的，那是 20 世纪 90 年代初，朋友开车载我们去荷兰参观举世闻名的荷兰大坝。在这个风帆里，我们看到最著名的相片就是荷兰大坝。当我们漫步在大坝的堤岸上时，不禁为人类的创造力而惊叹。荷兰人用自己的智慧在海中间筑起了这座大坝，把海水成功地拦在大坝之外。这个举世闻名的建筑，因为传说能在太空被看到而更加著名。据说，航天员在太空能看到地球上的两个著名建筑，一个是荷兰大坝，另一个是中国长城。

彩绘木靴

风帆

斗牛士模型

西班牙斗牛士模型

西班牙是一个非常美丽、非常热情的国家，在西班牙除了弗拉明戈舞蹈给我留下深刻印象外，西班牙斗牛也是非常著名的。由于没有赶上斗牛比赛的现场表演，我就买下了这个斗牛士模型。

葡萄牙帆船模型

帆船模型

来自航海先驱之国葡萄牙的纪念品是两艘船的模型，一艘是精雕细刻的小木船，虽然模型非常小，但是制作工艺非常精细，活灵活现地展现出一个航海帆船的样子。另一个是装在玻璃瓶子里的帆船模型，这个纪念品非常别致。

在葡萄牙，我去了著名的罗卡角，这是毗邻大西洋的一个海角。面对辽阔的海洋，波涛的海浪，我站在高高的岩石上，迎着海风，听着讲解员讲述葡萄牙航海家们在开发航海线路上的种种故事。过去对葡萄牙最深的印象，无非葡萄牙有着黑白相间波浪式的石头建筑，在中国澳门我看到很多街区的地面都是用这样的石头铺成的，但是真正到了葡萄牙的里斯本才发现，葡萄牙到处都充满了航海先驱国的迹象。

在著名的航海广场的纪念馆里，我买下了这两个别致的帆船模型纪念品。在大航海时期，葡萄牙成为一个早期发达的资本主义国家。但是随着时代的发展，现在的葡萄牙在欧洲已经是属于经济比较落后的国家了。面对大西洋阵阵海风，站在罗卡角上，不禁使我回顾起葡萄牙航海的历史，以及葡萄牙从早期先进的殖民主义者到现在欧洲经济比较落后的国家，这段跌宕起伏的历史让人感慨万千。然而，这段历史也再一次告诉我们不发展就会落后，落后就会被时代的车轮抛到后面。

啤酒杯与啤酒桶

德国纪念品是啤酒杯和啤酒桶，德国人爱喝啤酒，这是举世闻名的。德国有各种各样的啤酒，比如黑啤酒、鲜啤酒等。20世纪90年代初，我们去德国旅游，正好在科隆赶上德国的啤酒狂欢节，也买下了这个啤酒桶和啤酒瓶。让人印象最深刻的是在好客的德国人看来，只要出现在

德国啤酒桶与啤酒杯

啤酒节上的人都是他们的朋友，大家不分彼此地碰杯饮酒。另外，还有装扮成各种各样角色的人在街上进行巡游，真是热闹非凡。

克里姆林宫模型与伏特加

在俄罗斯购买的纪念品只有两个，一个是克里姆林宫的模型，另一个是伏特加。对于我们这些50后，对俄罗斯有着一种特殊的感觉。在我们成长的20世纪五六十年代，苏联成了共产主义的代名词。共产主义无非就是"楼上楼下，电灯电话"，这是人们对美好生活的向往。那时候我们羡慕苏联的生活，因为在那时，苏联人民这样的生活在我们眼里是最幸福的生活。后来中

克里姆林宫模型和伏特加

苏关系紧张，我们对苏联的一些幻想也随之破灭，在我们的眼里，苏联已不再是天堂。后来苏联的解体以及东欧社会主义国家的剧变，更如一剂清凉剂，让我们头脑清醒起来。苏联的剧变使我们充分认识到计划经济存在的种种弊端，而中国改革开放的成功经验也使我们对俄罗斯有了新的看法。

俄罗斯改革的步伐虽然比较缓慢，但也是坚定而有力地向着市场经济的改革方向前进，那句经典的"十月革命一声炮响，给我们送来马克思列宁主义"虽然还在我们的耳畔回响，但是现实中的俄罗斯已不再是"马克思主义的故乡"了。克里姆林宫曾经意味着苏联十分辉煌的时代，也让我们联想到苏联从辉煌到解体，到解体后的各个国家重新走上健康发展之路的这段历史。望着被人们称为洋葱头的克里姆林宫建筑模型，回想着这些年俄罗斯的变化，真是让人感慨万千。

在离开莫斯科机场的免税店时，我毫不犹豫地买下了一瓶伏特加。之所以这样，并不是因为我能喝酒，而是因为伏特加的名字，让我想起了许多苏联著名的作家，比如托尔斯泰、肖洛霍夫、契诃夫、高尔基等。同时，也让我想起了许多俄国著名的文学作品，比如《安娜·卡列尼娜》《静静的顿河》《我的大学》《州委书记》《怎么办》等。这些文学巨著大部分是我们"上山下乡"时在海南岛看的，当时书籍非常匮乏，精神生活也非常单调。除了八个样板戏和电影《列宁在十月》《列宁在1918》外，几乎没有什么电影可看。然而在知青当中，这些俄国的小说、文豪的作品却广泛流传着。因此，在那个年代除了读马克思、恩格斯和列宁的原著之外，读俄国作家的小说也成了我们的一个爱好。

俄罗斯人对伏特加的喜爱程度，也深深地印在我们的脑海里。从他们的著作里，我认识了伏特加。俄罗斯有非常多的爱酒之人，有些人甚至到了嗜酒如命的地步，因此伏特加对他们来讲，对那些喜欢白酒的俄罗斯人来说，几乎像生命一样可贵。但是，伏特加对我来讲意味着一种文化，那是与许多著名小说和著名作家相联系的东西。因此，当看到这瓶伏特加的时候，我想到的不仅仅是一瓶酒，更多是苏联的作家及其作品。望着这个酒瓶，那些作家、作品就会在脑海中浮现。于是，这瓶伏特加和我从法国带来的各种红葡萄酒以及兰斯的香槟酒相安无事地摆在我的酒柜里，但是伏特加对我的意义和其他酒是完全不一样的。

父亲的根雕

在所有的纪念品当中最珍贵的就是父亲的两个根雕作品，睹物思人，这两个根雕作品的创作时间可以追溯到1973—1976年。1973年我从海南岛下乡回来，进了广东省外贸学校读中专，这个时候我的父母已经从五七干校回到了华南师范大学，给当时招收的工农兵学员上课。

根雕台灯——我父亲的工艺品

父亲因为身体不好，从1973—1976年，他多次到位于从化的广东省干部疗养院下的广东温泉宾馆疗养。当时的广东温泉宾馆规模还比较小，除了几栋房子和温泉疗养室之外，满山都是树。当地的很多农民都把树的树根加工成拐杖、花架或者做成各种各样的根雕。记得当时放寒假，我就会和母亲一起去看望父亲，当时我在外贸学校学习的同学，也是好朋友——曾小梅的父母以及林小清的父亲，都在广东温泉宾馆疗养。到了宾馆以后，给我印象最深的就是住在宾馆的干部们纷纷陷入了根雕制作的热潮，这些来疗养的干部们也像农民一样，每天一有时间就到山上去捡树根，甚至挖树根。他们把树根搬回宾馆的房间以后，先拿玻璃或者小刀将树根的树皮刮掉，然后把它们放到浴缸浸泡，以便于清洗干净，洗干净后要晾干，然后根据树根的形状和自己的想象对树根进行再创作，之后还要涂抹很多次桐油。

我父亲也是这一热潮的参与者，我们进到父亲的房间，就能看到他在浴池里泡满了各种各样的树根。应该说，父亲并不是一个很有艺术创作天赋的人，但是他认真的态度让我们非常感动。每个树根在他的雕琢下变得有模有样了，我记得他做了不少树根的台灯，所以每次休假完回到学校，他都会把这些根雕台灯送给他的好朋友和其他老师。

从1973年到现在，50年过去了。在他众多的根雕作品当中，我们保留了两盏根雕台灯。现在根雕上黄色发亮的这些光泽，就是当年涂的桐油。

望着这些根雕，我总能想起父亲的为人，想起父亲对我的谆谆教诲。特别是在1985年我硕士毕业以后，当时的硕士研究生凤毛麟角，我非常安于现状，想着在学校当个老师，相夫教子就可以了。但是父亲坚持要我出国留学，在父亲的坚持下，我通过了教育部的英文测试，获得了到法国留学的机会。正是父亲的这一决定改变了我的后半生，也正是这个决定把我引上了学术研究的道路。

我望着父亲做的这个根雕台灯，怀念父亲。父亲虽然离开我已经几十年了，但是他永远活在我的精神世界里，将永远陪伴着我走到生命的尽头。

后 记

　　当这本《来自远方的回忆》完成时，我长长地松了一口气。我文学创作的封笔之作，终于在 2018 年元旦到来之前画上了句号。衷心感谢施雨丹老师和她的研究生刘腊艳同学的鼎力支持，感谢陈康霖先生为本书所做的设计，感谢挚友陈和平为本书提供了大量珍贵的照片、图片，感谢家人和朋友们的理解和帮助，让我终于完成书写这本书的心愿。

　　读书与写作是我生活中最大的乐趣，希望读者们与我一起分享这个乐趣！